Cormac McCarthy

DRAUSSEN IM DUNKEL

Roman

Deutsch von
Hans Wolf

Rowohlt

Die Originalausgabe erschien 1968 unter dem Titel
«Outer Dark» bei Random House, Inc., New York.
Redaktion Thomas Überhoff

1.–10. Tausend August 1994
11.–13. Tausend Dezember 1994

Umschlag- und Einbandgestaltung Walter Hellmann
Gesetzt aus der Iridium (Linotronic 500)
Gesamtherstellung Clausen & Bosse, Leck
Printed in Germany
ISBN 3 498 04331 5

DRAUSSEN IM DUNKEL

IN DER SPÄTEN Nachmittagssonne langten sie oben am Steilufer an, ihre Schatten dehnten sich über Schneidegras und versengtes Ried, langsam zogen sie hintereinander dahin, hoch über dem Fluß und ähnlich unerbittlich wie er, blieben stehen, rückten einen Moment lang zusammen und schritten weiter, ein breiter Scherenschnitt vor der Sonne, stiegen dann unter dem Hügelkamm in eine blauschattige Bodenfalte hinab, das Licht umgab ihre Köpfe mit einem falschen Heiligenschein, bis die Sonne endgültig untergegangen war und sie endgültig im Schatten marschierten, was ihnen sehr zupaß kam. Bei vollständiger Dunkelheit erreichten sie den Fluß und machten ein kleines Lagerfeuer, hinter dem ihre Schemen ein namenloses schwarzes Ballett tanzten. Sie bereiteten sich irgend etwas in ihren schlichten Gefäßen zu und legten sich anschließend in voller Montur schlafen, hingerekelt auf festgetretenem Schlamm, die Münder aufgesperrt zu den Sternen. Mit dem ersten Tageslicht waren sie wieder rege, der Bärtige erhob sich, stieß mit dem Fuß die zwei anderen wach, noch immer fiel kein einziges Wort, sie fachten ihr Feuer neu an, verteilten ihre zerbeulten Näpfe darauf, gingen in die Hocke und aßen mit Jagdmessern wortlos ihr Mahl; danach stand der Bärtige auf, stellte sich spreizbeinig vors Feuer und hüllte die beiden anderen in eine stinkende weiße Rauchschwade, worauf sie jäh und ohne Vorwarnung in ein stummes Gerangel ausbrachen, ebenso jäh wieder einhielten, ihre vergammelten Sachen aufhoben und dann westwärts am Fluß entlang weiterzogen.

SIE RÜTTELTE ihn wach ins lautlose Dunkel. Scht, sagte sie. Hör auf zu brüllen.

Er fuhr hoch. Was? sagte er. Was?

Sie rüttelte ihn wach, vom Dunkel ins Dunkel, vom tobenden Pöbel unter der schwarzen Sonne in eine noch schmerzensreichere Nacht; leise fluchend saß er aufrecht im Bett, das er mit ihr und der namenlosen Bürde in ihrem Bauch teilte.

Wach aus diesem Traum:

Auf einem öffentlichen Platz stand ein Prophet mit mahnend erhobenen Armen vor einer zerlumpten Menge. Vor einer Abordnung menschlicher Wracks mit blinden verdrehten Augen, schrundigen Gliederstümpfen und schwärenden Wunden. Die Sonne stand kurz vor Beginn einer Eklipse, und der Prophet sprach. Gleich verfinstere sich die Sonne, alle Seelen hier seien, noch ehe sie wieder erscheine, von ihren Gebrechen geheilt. Auch der Träumende befand sich unter den Demütigen, und als der Segen erteilt war und die Sonne allmählich schwarz wurde, drängte er sich nach vorne, hob die Hand und rief. Und ich, rief er. Kann ich geheilt werden? Der Prophet senkte den Blick, wie erstaunt, ihn hier unter den Parias zu sehen. Die Sonne stockte. Der Prophet sagte: Ja, auch du wirst geheilt werden. Da schrumpfte auf einmal das Licht, und Finsternis brach herein wie ein Schrei. Überkroch zuletzt auch die drahtdünne Korona. Die Menschen warteten. Nichts regte sich. Sie warteten lange, es wurde kühl. Oben hingen die Sterne einer anderen Jahreszeit. Unruhe kam auf und Gemurmel. Die Sonne kehrte nicht wieder. Kalt wurde es, noch schwärzer und stiller; einige fingen zu schreien an, einige ließen den Mut sinken; die Sonne tauchte einfach nicht wieder auf. Der Träumende begann sich zu fürchten. Stimmen erhoben sich gegen ihn. Die Menge strömte zu ihm nach vorne, der Mief ihrer Fetzen stieg ihm in die Nase. Noch wilder wimmelten die Schäbigen um ihn herum; er versuchte sich zwischen ihnen zu verbergen, aber sie erkannten ihn auch noch in diesem Schlund der dunklen Verzweiflung und fielen über ihn her mit gellem Geheul.

Am nächsten Morgen hörte er schon von weitem im Wald das Glöckchengebimmel des Kesselflickers; er stand auf und wankte zur Tür, um nachzusehen, was für ein neues Übel das sein könnte. Seit ungefähr drei Monaten war niemand zur Hütte gekommen; sooft jemand zufällig oder in unklarer Absicht an diesem abgeschiedenen Ort auftauchte, stürzte er aufgelöst und wie rasend auf die Lichtung hinaus. Einmal die Woche stapfte er vier Meilen weit durch den frischen Frühlingsschlamm zum Laden und wieder zurück, im Gepäck das wenige, das sie benötigten. Maismehl und Petroleum. Süßigkeiten für sie. Als der Kesselflicker in trunkenem Lärm seinen klirrenden Karren über die Lichtung zog, stand der Mann da und wedelte wild mit den Armen, als wolle er einen Fluch abwehren. Der Kesselflicker, ein mit grauem Haarwust gekrönter Gnom, blickte auf und musterte ihn mit milden grauen Augen.

Hier iss jemand krank, rief der Mann. Bei uns iss'ne Krankheit ausgebrochen.

Der Kesselflicker, rückwärts gegen den Lauf des Karrens gestemmt wie ein störrisches Maultier, trat noch ein paar kurze Schritte näher, blieb stehen, ließ die Deichsel sinken und fuhr sich mit dem Ärmel seines zerschlissenen blauen Kittels über die Stirn. Was für'ne Krankheit denn? sagte er.

Der Mann, noch immer fuchtelnd, schritt auf ihn zu, seine

Arbeitsstiefel lautlos auf einer Schicht aus Kiefernnadeln, das einzige Geräusch auf der Lichtung das blecherne Klappern der auspendelnden Eimer am Karren.

So'ne Art fiebrige Erkältung, sagte der Mann. Bleiben Sie lieber weg.

Der Kesselflicker reckte den Kopf. Wer'n ja wohl nich gleich die Pocken sein.

Neenee. Der Arzt war schon da. Hat gesagt, 's darf keiner nah ran.

Wer isses denn? Eins von'n Kleinen?

Nein. Meine Schwester. Außer uns zwei gibt's hier niemand.

Tscha, also dann wünsch ich ihr gute Besserung. Braucht ihr was? Hätt alles mögliche für'n Haushalt, vom Bindfaden bis zur Bratpfanne. 'n paar eins a Messer. Dupont-Pulver und jede Menge Munition. Kaffee und Tee, wenn der Pfarrer ma' kommt. Und außerdem – der Kesselflicker senkte die Stimme und spähte schlau in die Runde – und außerdem den besten Maiswhiskey, den Sie sich je in die Gurgel gekippt ha'm. Iss mein letzter Pott, raunte er mit mahnend erhobenem Finger.

Hab aber kein Geld, sagte der Mann.

Hm, sagte der Kesselflicker nachdenklich. Passen Sie ma' auf. Ich helf ja gern, wo ich kann. Hätten Sie eventuell was zum Tauschen? Vielleicht kommenwer irgendwie ins Geschäft. Was Neues und Schnuckliges, das bringt Ihre Schwester garantiert wieder auf die Beine. Ich hätt da'n paar hübsche Hauben...

Neenee, sagte der Mann und scharrte mit der Fußspitze im Staub. Ich brauch nix. Trotzdem dankschön.

Nix für die Lady?

Nee, danke. 's geht ihr schon wieder einigermaßen.

Der Kesselflicker lugte an ihm vorbei zur baufälligen Hütte und horchte in die Stille ringsum. Gucken Sie ma', sagte er.

Was denn? sagte der Mann.

Der Kesselflicker winkte ihn mit dem Zeigefinger heran. Ich zeig Ihnen was, sagte er. Hier.

Was denn?

Der Kesselflicker durchstöberte seinen Kram und langte in

einen schmierigen Leinenbeutel. Dann zog er ein Heftchen heraus und drückte es dem Mann verstohlen in die Hand.

Der Mann starrte das Heft an, schlug es auf und blätterte die schlampig bedruckten Wurstpapierseiten durch.

Könn'Sie lesen?

Nee. Nich besonders.

Macht nix, sagte der Kesselflicker. Sind Bilder drin. Hier. Er griff sich das Heft, stellte sich vertraulich neben den Mann, schlug eine Seite auf und präsentierte die armselige Zeichnung eines grotesk koitierenden Paars.

Na, wie finden Sie das? sagte der Kesselflicker.

Der Mann schob das Heft weg. Nee, sagte er. Ich brauch nix. Sie entschuldigen. Ich muß wieder zu meiner Schwester.

Tscha, dann nix für ungut, sagte der Kesselflicker. Wollt Sie halt einfach ma' reinlinsen lassen. Tut ja keinem weh, oder?

Nee. Trotzdem, ich muß jetz. Vielleicht brauch ich was, wenn Sie's nächstemal wiederkommen... Er trat zurück. Der Kesselflicker, das Heft in der Hand, stand immer noch da; die Habgier in seinem Gesicht war leisem Ärger gewichen.

Na denn. War ja bloß ma'ne Frage. Ich wünsch Ihnen was. Und Ihrer Schwester auch.

Dankschön, sagte der Mann. Er drehte sich um und hob zum Abschied zaghaft den Arm; dann vergrub er die Hände im Overall und marschierte zur Hütte.

In'n paar Tagen bin ich wieder im Land, rief der Kesselflikker hinter ihm her. Der Mann ging weiter. Der Kesselflicker spuckte aus, stellte sich zwischen die Deichselstangen, hievte sie hoch, wendete den scheppernden Klapperkarren und zog zurück durch den Wald.

Der Mann war direkt vor der Tür stehengeblieben, stützte den Fuß auf die Schwelle und blickte dem Kesselflicker nach, bis er verschwunden war. Eine Weile hörte er noch das Scheppern und Rasseln des über die zerschrundete Landstraße wankenden Karrens; dann ebbte das Geräusch ab und wich schließlich dem sanften Rauschen der Kiefern, dem Gesumm der Insekten. Er trat in die Hütte.

Culla, sagte sie.

Ja.

Hat der Hausierer auch Kakao?

Nein.

Ich hätt so gern mal'ne Tasse Kakao.

In eine schmuddlige Steppdecke gehüllt, hockte sie auf dem Stuhl, stützte die Füße auf den unteren Steg und betrachtete den kargen Kamin, auf dessen Asche das Mittagslicht lag und aus dem ihre zitternde Stimme zurückhallte.

Er iss wieder fort, sagte der Mann. Hat eh nix gehabt.

Sie schauderte leicht. Sollen wir heut abend mal Feuer machen?

Iss doch garnich so kalt.

Heut nacht isses kälter geworden. Hast du selber gesagt. Ich hätt so gern mal abends'n warmes Feuer. Wenn's richtig kalt wird, machen wir uns dann eins?

Er lehnte am Türrahmen und schnitt mit dem Taschenmesser dünne Spankringel heraus. Vielleicht, sagte er, ohne zuzuhören; er hörte nie zu.

Drei Tage nach dem Besuch des Kesselflickers setzten die Wehen ein. Sie sagte: Ich hab Schmerzen.

Isses soweit? sagte er; er saß auf dem Bett, fuhr hoch und starrte durchs kleine Fenster hinüber zum dichten Kiefernwald.

Weiß nich, sagte sie. Wahrscheinlich.

Er fluchte leise vor sich hin.

Holst du sie dann?

Er schaute sie an und sah wieder weg. Nein, sagte er.

Sie lehnte sich auf dem Stuhl nach vorne und blickte durchs Zimmer, die Augen riesig im schmalen Gesicht. Du hast gesagt, wenn's soweit iss, dann holst du sie.

Garnich wahr, sagte er. Ich hab gesagt, vielleicht.

Hol sie, sagte sie. Jetz hol sie doch bitte.

Geht nich. Dann erzählt sie's bloß rum.

Wem denn?

Allen.

Und wenn du ihr'n Dollar gibst? Kannst ihr nich einfach'n Dollar geben, daß sie's nich rumerzählt?

Nein. Außerdem isse bloß so'ne olle Niggerhexe.

Sie iss'ne Wehmutter und hat schon viele Babys zur Welt gebracht. Hast selber gesagt, daß sie das macht.

Sie hat's gesagt. Ich nich.

Er hörte sie wimmern. Ein leiser glucksender Laut; sie ruckte hin und her. Nach einer Weile sagte sie: 's geht wieder los. Willst du sie nich endlich holen?

Nein.

Es hatte wieder zu regnen begonnen. Die Sonne hing bleich und fahl über dem Wald. Er marschierte zur Lichtung hinaus und spähte hinauf zum farblosen Himmel. Als wolle er etwas sagen. Nach einer Weile leckte er sich das perlige Naß von der Lippe und ging zurück in die Hütte.

Es wurde dunkel, und jetzt machte er endlich Feuer; ab und zu ging er mit der abgewetzten Axt nach draußen und hackte Holz, durchkämmte dann mit der Lampe die nähere Umgebung nach alten Baumstrünken, spaltete sie, löste sie vom verrotteten Kern, trug die harten verwitterten Scheite in die Hütte und stapelte sie neben dem Kamin.

Sie lehnte inzwischen im Bett, noch immer die zerschlissene muffige Decke um sich. Immer wieder packte sie die schmale eiserne Kopfstange, bäumte sich langsam und hechelnd auf und fiel dann wie ein verwundeter Vogel aufs Bettzeug zurück.

Er fragte sie nicht mehr danach. Er saß auf dem Stuhl, fachte das Feuer an und wartete einfach ab.

Wenn sie bloß endlich still wären, sagte sie.

Wer?

Die Viecher.

Er hatte geistesabwesend in der Glut gestochert und zog den Schürhaken aus dem Feuer. Irgendwo zwischen dem pfeifenden Wind und dem aufs Teerpappendach prasselnden Regen hörte er einen Hund heulen. Die tun dir doch nix, sagte er.

Er hörte das Eisen unter ihren Fingern quietschen, das Knarren der Sprungfedern unterm gekrümmten Leib. Ein paar Minuten später sagte sie: Trotzdem wär's schön, wenn sie endlich mal still wären.

Sie wollte nichts essen. Er stellte eine Pfanne auf den Ziegelstein vor dem Feuer, wärmte sich einen Maisfladen auf und verzehrte ihn mit dem Rest kalten Fleisches, das er im Laden besorgt hatte. Dann holte er die Axt unter dem Bett hervor und marschierte noch einmal hinaus zum Holzhacken. Es regnete noch, aber der Wind hatte nachgelassen; irgendwo am Fluß hörte er das dumpfe Gebrüll eines Alligators. Zurück in der Hütte, stellte er die Axt in die Ecke, stapelte das Holz und hockte sich wieder vors Feuer. Eine Weile saß er so da; dann rief sie nach ihm.

Was iss? sagte er.

Bitte leg doch's Beil wieder unters Bett. Ich glaub, davon wird's bissel besser. Und außerdem bringt's Glück.

Gegen Morgen rief sie erneut.

Ja? sagte er.

Was iss'n das?

Ich seh nix.

Hier. Hier bei mir.

Er trat ans Bett. Sie legte seine Hand auf den groben Matratzenbezug.

Dein Fruchtwasser iss abgegangen, sagte er.

Der Regen hatte aufgehört; graues Licht leckte über die Fensterscheibe. Nichts war zu hören, bis auf das leise Getrippel der Wassertropfen am Dach; nichts regte sich, bis auf den träge wabernden Dunst über der Lichtung, hinter der schwärzlich die Bäume aufragten.

's iss schon Morgen, sagte er.

Ich hab kein Auge zugetan.

Er hielt Wache am Fenster, sein Gesicht ebenfalls schlaflos und abgespannt. 's klärt sich scheint's auf, sagte er.

Ob's unter der Asche noch Glut hat?

Er stellte sich vor den Kamin, stocherte in der Asche herum und blies sie an. Ich glaub nich, daß es heut früh da draußen noch irgendwo'n trockenen Stecken gibt.

Die Sonne ging auf und hing dann als kleiner heißer Mittelpunkt am Himmel. Der Mann stand im Hof, sein Schatten eine Pfütze zu seinen Füßen, ein dunkler Fleck. Worin er losmarschierte. Einen zerbeulten Emaileimer in der Hand, zog er in Richtung Quelle, einen Waldpfad entlang, durch kniehohen Farn, auf einem verrotteten Knüppeldamm über ein blaßgrünes Fenn in einen Fichtenhain, durch Hartholzgestrüpp, über weichen Humus- und Flechtengrund, bis er schließlich vor einem moosbewachsenen Felshügel stand, unter dem das Wasser klar und kalt übers sonnenfarbene Sandbett sprudelte. Er bückte sich mit dem Eimer und sah mit blutunterlaufenen Augen einem davonhuschenden Leopardfrosch nach.

Zurück auf der Lichtung, hörte er sie rufen. Er hastete hinüber zur Hütte, das Wasser schwappte über den Eimerrand und netzte die Beine seines Overalls. Okay, sagte er. Ich bin ja da.

Aber es war immer noch nicht passiert.

's tut so weh, sagte sie.

Dann machen wir mal weiter.

Erst am Nachmittag war es soweit. Er stand vor dem Bett; mit wirrem Blick und stöhnend bäumte sie sich auf, seine Hände fühlten sich riesengroß an. Pschsch, sagte er.

Kannst du sie nich doch holen?

Nein. Pschsch.

Sie wand sich unter den Wehen; er dachte, sie müsse sterben. Aber es war nicht der Tod, mit dem sie bis in den schwindenden Tag hinein rang.

Am späten Nachmittag stand er auf und marschierte hinaus auf die Lichtung. Tauben flogen flußwärts vorüber. Er hörte sie gurren. Dann ging er wieder hinein; sie war inzwischen aus dem Bett gekrochen oder gefallen, lag auf dem Boden und umklammerte das Bettgestell. Er dachte schon, sie sei tot; sie starrte nach oben, ihr Blick war vollkommen leer. Dann verkrampfte sie sich und begann zu schreien. Mit Mühe hob er sie wieder aufs Bett. Der Kopf war in einem pulsierenden Blutstrom durchgebrochen. Er stützte das Knie aufs Bett und hielt sie fest. Zog es eigenhändig heraus: den schmächtigen Körper mit der Nabelschnur, die sich ringelwurmhaft auf den blutschlierigen Decken wand, ein mangoldfarbenes Wesen blickte ihn an wie ein gehäutetes Eichhörnchen. Er zupfte ihm mit den Fingern den Schleim vom Gesicht. Es blieb völlig reglos. Dann beugte er sich zu ihr hinunter.

Rinthy.

Sie drehte den Kopf. Ferner Blick, leises Flattern der bleichen Lider. Ich hab's geschafft, sagte sie. Jetz hab ich's endlich geschafft, ja?

Ja.

Herr des Himmels, sagte sie.

Als er es hochhob, begann es zu schreien. Wie einen Garnwickel nahm er die Nabelschnur, durchtrennte sie mit seinem grifflosen Klappmesser und band sie an beiden Enden ab. Tiefes Dunkel lag in der Hütte. Seine Arme waren bis zu den Ellbogen mit Blut befleckt. Er holte ein paar waschweiche Zwillichtücher und befeuchtete eines im Wassereimer. Dann rieb er das Kind ab und hüllte es in ein trockenes Handtuch. Es schrie immer noch.

Was isses denn? sagte sie.

Was?

Das Kind. Was isses?

'n Junge.

Aha, sagte sie.

'n ziemlicher Mickerling.

Hört sich aber garnich so an.

Glaub nich, daß er durchkommt.

Hört sich doch quietschfidel an.

Schlaf mal lieber'ne Runde.

Schön wär's, sagte sie. Ich war noch nie so müd.

Er stand auf, marschierte zur Tür und blieb, den Ellbogen am Pfosten und den Kopf am Unterarm, einen Moment lang im gedehnten viereckigen Abendlicht stehen. Dann öffnete er seine Hand und schaute sie an. Getrocknetes Blut rieselte als feiner Staub aus den Linien. Nach einer Weile ging er wieder hinein, goß Wasser in die Blechschüssel, wusch sich langsam und gründlich Hände und Arme. Als er ans Bett trat und sich mit dem Handtuch das Gesicht abwischte, war sie bereits eingeschlafen.

Das Kind schlummerte ebenfalls, sein Greisenantlitz gerötet und runzlig, die kleinen Hände zu Fäusten geballt. Er bückte sich, zog das Handtuch zurecht und nahm das Kind in die Arme; dann warf er noch einmal einen Blick auf die Frau, ging hinüber zur Tür und marschierte nach draußen.

Schatten kerbten und plissierten die sandige Landstraße, lagen dunkel unter den Kiefern und Zedern, ein Geigenkorpus über den schlanken Umrissen von Schilf. Schatten, die trotz aller Kurven die Richtung hielten. Ab und zu blieb er stehen, hielt sachte das Kind und lauschte.

An der Brücke verließ er die Straße und schlug einen Uferpfad ein; der angeschwollene Fluß strömte in blutroter Gischt zwischen den Holzstreben hervor und fächerte böse zischend in den Tümpel darunter. Das Kind behutsam im Arm, ging er den Pfad entlang, fiel dann in eine Art Trott und spähte dabei mit halbem Auge zum Himmel, als laufe er um die Wette mit der Sonne, mit den dunkelnden Schatten. Eine halbe Meile flußab stieß er auf einen Bach, einen Strom bernsteinfarbenen Sumpfwassers, das der Fluß von hohen Grasbänken in eine schmale Lache von dunkler Reinheit sog. Hier verließ er das Ufer und schwenkte wieder in einen Waldweg ein.

Die Landschaft war flach und sumpfig, Ried und Binse, bebuschte Bühel zwischen verkrüppelten Bäumen. Er bog vom Bach ab, gelangte auf trockeneren Grund und zog dann in halbem Laufschritt durch einen Erlenhain, bis er vor einem kleinem Kolk stand; ein Reiher brach träge hervor und stieg mit schwerem mächtigem Flügelschlag in die Höhe.

Vor Einbruch der Dunkelheit erreichte er wieder den nun

schmaleren und klareren, von Entengrütze und Brunnenkresse gebremsten Bach; die grüne Aue dehnte sich unter den spärlichen Baumdecken überallhin, kupferne Dunstschleier durchflorten das Zwielicht wie kostbarer Staub. Das Kind war aufgewacht und begann zu weinen. Er marschierte zu einer Pappelgruppe; der Boden war mit salpetergrün schimmerndem Moos bewachsen; er prüfte es kurz mit der Fußspitze und legte dann das Kind darauf. Es wimmerte rotfleckig in die hereinbrechende Nacht. Er wich zurück und betrachtete es stumm. Es trat das Handtuch weg und lag nackt mit strampelnden Beinen. Er kniete sich auf die klamme Erde und deckte es wieder zu; dann stand er auf und tappte, ohne sich noch einmal umzublicken, durchs Dickicht davon.

Er nahm den Rückweg nicht am Bach entlang, sondern zog querfeldein und orientierte sich dabei am schwachen Lichtschein im Westen. Die Luft war feucht, es windete. Die Nacht sank lang und kühl auf die Bäume, gespenstische Stille stellte sich ein. Als gehe etwas um, wovor es den Grillen und Nachtvögeln graute. Er marschierte schneller. Als es dann vollständig dunkel war, verirrte er sich in einem Sumpfwald; halb rennend quälte er sich über den pfatschenden Moorboden. Den Fluß erreichte er nicht, dafür wieder den Bach. Oder einen anderen Bach. In fliegender Hast folgte er seinem Lauf, die Bäume begannen ihn einzukreisen, dräuend schaurige Schemen, hochgereckt wie riesige Androiden, erzürnt über dieses fremdartige schmächtige Wesen, das da an ihnen vorbeischrammte. Längst schon hätte er am Fluß sein müssen, aber noch immer jagte er durch den Wald, die Hände tastend ins Dunkel gestreckt. Irgendwann begann er zu taumeln; in seiner Brust krallte sich eine kalte Klaue nach oben. Schließlich gelangte er wieder an den Bach; er nahm ihn erst wahr, als er bis zu den Oberschenkeln hineingeplatscht war. Laut keuchend blieb er stehen und lauschte. In sehr weiter Ferne blitzte es, und noch einmal, lautlos. Das Naß strömte düster um ihn herum. Er spuckte aus. Der Speichel schimmerte fahl auf dem Wasser, begann zu kreisen und glitt dann unbegreiflicherweise bachaufwärts, in die Richtung, aus der er gekommen war. Er drehte sich um und sah ihm ungläubig nach. Tunkte den Arm ins Wasser. Es schien vollkommen reglos. Erneut spuckte er aus; erneut blinkte der Batzen und schlierte verkehrt herum. Er wankte aus dem Wasser und begann wie rasend zurückzuhetzen, durch Büsche und Sumpfgewächse, stürzend, aufstehend, weiterhastend.

Er brach aus der Pappelgruppe hervor auf die Lichtung, schlug kopfüber hin und blieb liegen. Und wie er so dalag, die Wange am Erdboden, fuhr ein ferner Blitz bläulich den Himmel herab, und er sah die Welt wie ein Vogel durch den ersten Riß in der Eischale, ein grelles Zucken von Dunkel zu Dunkel, ein letzter Lichtschein über der Höhle, über dem formlosen weißen Plasma, das auf dem prallen Moosnest strampelte wie ein ausgemergelter Moorhase. Hätte das Kind nicht geschrien, dann hätte er es für eine beinlose Ausgeburt seiner Furcht gehalten.

Wimmernd und schluchzend heulte es seinen Fluch über den Pfuhl seiner Geburt; und er lag mit ohnmächtig klappernden Kiefern da und wehrte sich gegen die Nacht, wie ein verrückter, vom Wehklagen der Vorhölle umdrohter Paraklet.

ES WAR früher Morgen, als der Kesselflicker auf der Brücke erschien; mit hüpfenden Schritten tauchte er aus dem Wald, quick wie ein Bühnenzwerg nach dem Abgang der Hauptdarsteller. Blickte straßauf und straßab. Zufrieden verließ er die Brücke, schlug den Uferpfad ein und marschierte mit bizarrem, koboldhaftem Schwung krummrückig durchs Schilf. Die Sonne stand schon ziemlich hoch; das Farnkraut am Flußrand dampfte in der zunehmenden Wärme. Der Kesselflicker summte ein Liedchen vor sich hin.

An der Bachmündung angelangt, suchte er einen Übergang und fand schließlich ein Stück stromauf eine schmale Stelle. Als er auf der anderen Seite den Uferpfad erreichte, war von den Fußspuren, denen er folgte, nichts mehr zu sehen.

Ja holla, sagte er. Wo geht's'n jetz weiter?

Er machte kehrt, überquerte wieder den Bach und entdeckte Trampelspuren im Farn, die direkt in den Wald führten. Aha, sagte er. Mittenmang ins Gehölz.

Auf dem Weg bachaufwärts verlor er die Fährte ein paarmal, gab aber deswegen nicht auf. Er suchte in der Gegenrichtung; nichts. Nach ungefähr einer Meile gab es überhaupt keine Spuren mehr. Er ging im Kreis, dann nochmal am Ufer entlang; nichts. Schließlich überquerte er den Bach und trabte auf der anderen Seite stromab; da war die Spur wieder. Sie führte zu einer kleinen Lichtung und hörte dort auf. Er spähte in die Runde. Es sah hier genauso aus wie am Nachbarufer, wo die Spur sich bachaufwärts verloren hatte. Als habe ihr Verursacher im Wald einen geheimnisvollen Doppelgänger getroffen und sich dann gemeinsam mit ihm in Luft aufgelöst. Kurz darauf hörte er das Kind weinen. Er drehte sich um, ein schwaches Grinsen im drahtenen Backenbart. Er fand es am anderen Ende der Lichtung in einer Moosmulde, nackt und nicht lauter wimmernd als ein Kätzchen.

Da schau her, sagte er und kniete sich hin; du bist mir ja'n schönes Schnattermäulchen, und'n armes dazu. Er knuffte das Kind mit dem Finger, wie eine Tomate oder Melone. 'n kleiner Waldschrat, was? Hat dich wohl jemand einfach hier ausgesetzt, hm?

Er zog das Handtuch zurecht, hob das Kind auf, schmiegte es mit dem Arm an den Latz seines Overalls und machte sich bachab auf den Rückweg.

Keine zwei Stunden später erreichte er die Straßenbrücke. Das Kind blinzelte arglos in die hochstehende Sonne. Der Kesselflicker schritt über die Straße ins Unterholz, holte den Karren aus dem Versteck und durchstöberte seine Sachen; dann fischte er ein schäbiges Gingantuch hervor und hüllte das Kind hinein. An seiner dürren Brust sank es in Schlaf, auf dem malvenfarbenen Runzelgesicht schon jetzt ein Anflug von Schmerz oder Kummer. Er legte es auf den Karrenboden zwischen ein paar Säcke und schaute es an.

Tscha, sagte er, auch wennde nich grad strampelst, leben tuste scheint's noch. Er bückte sich, nahm die Deichsel auf und zuckelte durchs Unterholz auf die Straße, auf die kurvige unbetretene Schneise, worin das Karrengeklapper und das Scheppern der aneinanderstoßenden Waren pausenlos widerhallten.

Am Laden angelangt, marschierte er einfach weiter. Er bog nach links auf die Bundesstraße und zog dann mit unermüdlichem Schritt in Richtung Norden. Das Kind war die ganze Zeit still gewesen; er hatte nicht nach ihm sehen müssen. Als er spätnachmittags eine Eßpause einlegte, begann es zu weinen;

er beugte sich mit grübelnd verzogenem Mund über das leise gequälte Wimmern, bedächtig kauend, im Bart trockene Maisbrotkrümel, die auf das Kind herunterrieselten. Nur raus damit, was dich drückt, sagte er.

Die Sonne war gesunken, er marschierte im Dunkeln weiter; das Kind war wieder still, Bewegung schien seinen Schmerz zu lindern. Der Mond ging auf und wurde kleiner; die Straße färbte sich weiß wie Salz. Eingehüllt in seinen Lärmzauber, klirrte der Kesselflicker durchs eisblaue Licht.

Vor Mitternacht kam er in eine Stadt. An einer Mühle vorüber; das Rad polterte trunken unter dem eigenen Schwung, Wasser klatschte stürmisch herab. An Läden und Werkstätten vorüber, an dunklen Häusergruppen; Hundegebell kündigte ihn an, begleitete ihn durch die leeren Straßen bis hinaus zu den Ackerparzellen. Nach einer weiteren Meile, ein Stück abseits von der Straße und gleichfalls im Dunkeln, zog er eine Auffahrt entlang zu einem Haus. Vor der Tür blieb er stehen und ließ die Deichsel sinken. Hallo, rief er.

Er wartete. Nach einer Weile tauchte zwischen den wetterzerschrammten Jalousieleisten ein hauchzartes gelbes Licht auf; eine Frauenstimme sagte: Wer da?

Ich bin's, sagte der Kesselflicker.

Komm rein, sagte die Frau und stieß die Tür auf; sie trug ein härenes Unterkleid und hielt eine Talgkerze in der Hand.

Er klopfte pro forma beide Stiefel an der Schwelle ab und trat ein. Tag, sagte er.

Bissel spät für'n alten Mann, hm? sagte sie.

Bissel spät für'n jungen. Ich brauch'ne Amme.

War mir schon immer klar.

Neenee... Moment, nich zumachen. Iss für den Kleinen da.

Was für'n Kleinen denn?

Den ich im Karren hab. Leucht doch ma' mit der Kerze her.

Sie folgte ihm argwöhnisch nach draußen und lugte über seine Schulter hinweg in den Karren mit dem schlafenden Kind darin.

Siehste's? sagte er.

Lieber Gott.

Moment, ich hol'n raus.

Nee, sagte sie. Das mach ich selber. Hier, halt mal die Kerze.

Das Kind wachte auf und begann leise zu wimmern. Sie nahm es auf den Arm, ging mit dem Kesselflicker ins Haus, legte das Kind auf den schlichten Holztisch und beugte sich aufgeregt darüber. Herrje, sagte sie, das'ss ja noch kaum auf der Welt.

Eben, sagte er.

Wo kommt's'n überhaupt her?

Aus'm Wald, sagte er. Hat jemand weggetan, und ich hab's gefunden.

Das arme Wurm braucht was zu essen.

Ich weiß, sagte er. Gibt's hier in der Gegend 'ne Amme?

Sie knabberte an den Handknöcheln. Mrs. Laird, sagte sie. Die hat aber grad wieder eins gekriegt.

Meinste, sie nimmt den noch dazu?

Bleibt ihr wohl nix andres übrig. Aber erst mußer richtig gewickelt werden. Paß ma'n Moment auf'n auf, ich hol solang was; dann könnenwer.

Wo wohnt'n die Amme?

'n Stück weiter die Straße hoch. Paß ma'n Moment auf'n auf.

Im schwachen Mondlicht zogen sie los, der Kesselflicker neben der Frau mit dem vollständig vermummten Säugling im Arm; wie heimliche Verschwörer schritten sie flüsternd die sandige Straße entlang, ihre Schatten waren ganz kurz, wie berauscht und verstört von einer Gewalt, in der sich die beiden mit träumerischer Sorglosigkeit bewegten.

ES REGNETE nicht mehr. Er wartete darauf, daß es wieder anfing; im sternlosen Dunkel marschierte er eine Straße entlang, die er nicht sah, durch einen Wald, in dem er nichts hörte. Als er schließlich die Lichtung erreichte, wölbte sich ein schmaler heißer Mond aus der Wolkendecke und zeigte ihm den Heimweg. Kein Licht in der Hütte. Er verharrte einen Moment, sein Brustkorb ging auf und ab.

Sie schlief. Die Axt in der Hand, tappte er wieder nach draußen. Überquerte die Lichtung, zog den Waldpfad entlang in Richtung Quelle. An einer Schwarzdorngruppe blieb er stehen, blickte sich um und hieb dann die Axt in die Erde. Fuhr sich mit der Manschette über die Stirn, nahm die Axt wieder auf und begann mit wirrem Eifer den Boden zu hacken.

Sie hatte versucht, nach der Lampe zu greifen, konnte sich aber nicht rühren. Leise rief sie seinen Namen ins Dunkel; keine Antwort. Die Tür stand offen; nach einer Weile stand er im Eingang, die Axt in der Hand: die Silhouette eines Meuchlers vor dem matten Glimmer des Mondes. Er kam herüber zum Tisch, nahm die Lampe, zündete sie an, formte damit den Raum aus der Finsternis. Wandte sich ihr zu; sie schaute ihn an, bleich und aufgelöst, mit Puppenaugen aus buntem Porzellan.

Culla? sagte sie.

Aber sicher.

Wo warst'n?

Draußen.

Und das Kind?

Langes Schweigen. Er hatte die Lampe nicht abgestellt. Mit der Hand hielt er den fleckigen Lampenzylinder. Stille; sie hörte ihn atmen. Die unbehaust zwischen ihnen flackernde Flamme bannte ihr den Blick.

Iss tot, sagte er.

Als sie morgens aufwachte, war er schon wieder fort. Im Kamin brannte noch ein spärliches Feuer; sie schaute es an. Nach einer Weile erschien er mit Brennholz, sprach aber kein Wort. Er nahm den Schöpflöffel aus dem Eimer, trug ihn zu ihr hinüber und half ihr mit einer Hand hoch; sie reckte den Hals und trank, an den Lippen ein weißer Belag, der am Löffelrand klebenblieb.

Mehr, bitte, sagte sie.

Er brachte es ihr. Als sie fertig war, sank sie zurück und betrachtete wieder das Feuer.

Wie geht's dir heut früh? sagte er.

Keine Ahnung. Komm mir wie leer vor.

'n Weilchen liegst du bestimmt noch flach.

Ich glaub, ich hab Fieber.

Hast du Hunger?

Eigentlich nich.

Möchtst'n Ei? Ich glaub, wir ha'm noch irgendwo eins.

Wenn noch eins da iss, sagte sie.

Es war das letzte Ei. Er löffelte Fett in die Pfanne, briet das Ei über dem Feuer und servierte es ihr mit einem Stück Maisbrot. Muß heut noch zum Laden, sagte er.

Und ich müßte mal wohin, aber ich kann nich.

Sie aß sehr langsam, den Blick auf den Teller.

Ja, sagte er. Alles klar. Ich besorg was.

Sie blutete wieder. Er befeuchtete ein frisches Tuch und gab es ihr.

Brauchst du sonst noch was? sagte er.

Nein. Sonst nix.

Er nahm ein verknotetes Taschentuch vom Küchenschrank, knüpfte es auf und entfaltete es; ein schmales Dollarbündel und ein paar Münzen kamen zum Vorschein. Er zählte die Scheine, zog einen heraus und steckte ihn mit den Münzen in die Overalltasche. Dann knotete er das Taschentuch mit dem restlichen Geld wieder zu und legte es zurück auf den Küchenschrank.

Bin schon unterwegs, sagte er.

Gut.

An der Tür blieb er stehen und schaute sie an. Sie drehte ganz langsam den Kopf weg.

Es war Vormittag, als er losmarschierte; er brauchte knapp über eine Stunde, bis er, die warme Sonne im Rücken, den Laden an der Kreuzung erreicht hatte; der feinkörnige Straßenbelag wurde bereits hell und zerfiel wieder zu Staub. Eine Bremse flog hinter ihm her, als sei sie mit einem Faden an seinem Kopf befestigt.

Der Laden hatte geschlossen. Er rüttelte am Riegel und spähte nach drinnen. Aus einem oberen Fenster rief eine Stimme: Bei uns geht's immer noch christlich zu. Kommen Sie werktags wieder. Er wandte sich ab. Gegen Mittag war er zurück, hockte sich in der Lichtung auf einen Baumstumpf und schabte nachdenklich mit seinem Messer daran herum. Als er schließlich in die Hütte marschierte, lag sie in ihrem schmuddligen Bett und schlief. Er setzte sich vor den Kamin und beobachtete das leise Aufwirbeln der Asche im einfallenden kalten Licht. Sie wälzte sich schwer im Schlaf, stöhnte. Er betrachtete sie. Dann hielt er es nicht mehr aus, ging wieder nach draußen und tappte die Landstraße entlang. Unschlüssig, was zu tun war. Hockte sich am Straßenrand auf einen Stein und zeichnete mit einem toten Zweig bizarre Symbole in den Staub.

Abends aßen sie die Maisbrotreste, altbackene Runken, die vertrocknet und krumm im Küchenschrank lagen und auf denen bereits zarter Schimmel wuchs, wie Jadepulver. Sie fragte ihn nicht nach dem Laden. Als sie eingenickt war, zog er die

Steppdecke vom Bett und breitete sie über den Boden. Streifte die Schuhe ab, legte sich lang, wickelte sich in die Decke und betrachtete die vom Gebälk auf die Dachunterseite geworfenen Schatten. Die Lampe flackerte und erlosch. Er schloß die Augen. Vor dem Einschlafen sah er noch einmal das verstörte Gesicht des Neugeborenen, die dunkle Laube der Sumpfbäume über dem bleichen nackten Leib, das schwarze, aus dem Nabel sickernde Blut.

Früh wurde er wach, die harten Bodendielen stauchten sein Rückgrat. Dunstiges Licht kroch über die Scheibe. Er stand auf, faltete die Decke zusammen, legte sie ans Fußende des Bettes, griff sich seine Schuhe und zog sie an. Musterte die Schlafende, beugte sich über ihr verhärmtes Gesicht, hörte sie atmen. Holte sich aus dem Eimer einen Schluck Wasser, öffnete dem neuen Tag die Tür, lehnte sich an den Rahmen und trank. Kippte das restliche Wasser aus dem Schöpflöffel und streckte sich, die Hand im Kreuz.

Noch ehe es richtig hell war, marschierte er wieder zur Quelle, der leere Eimer schlug blechern quietschend an seine Schenkel, an Dornsträucher am Wegrand; auf den Knien dann beobachtete er das Naß, wie es kalt und sandig über den Eimerrand plätscherte; und er ließ das Gefäß vollaufen, stellte es ans Ufer, bespülte sich Handgelenke und Unterarme, träufte zwei Hände voll über die Stirn, senkte den Mund in den gewölbten Wasserspiegel, groß und schräg die Augen darin, die seinen Blick erwiderten.

Er stellte den Eimer auf den Tisch, griff sich den schwerelosen Schöpflöffel und ließ ihn obenauf schwimmen. Sie schaute zu ihm herüber.

Ich hätt so gern'n Schluck von dem frischen Quellwasser, sagte sie.

Er brachte es ihr, sah ihr beim Trinken zu.

Mehr? sagte er.

Sie hielt ihm den leeren Schöpflöffel hin. Wenn noch was da iss, sagte sie.

Wir ha'm'n ganzen Eimer voll. Kannst ihn gern leermachen.

Die Hände zwischen Brust und Bauch verschränkt, hockte sie da; er brachte ihr wieder den Schöpflöffel. Durchs Fenster fallendes Licht lag quer über dem Bett, ein matter Placken.

Wenn das olle Fenster geputzt wär, sagte sie, könnt man bestimmt prima durchgucken.

Komisch, daß du das nie gesagt hast, wie du noch auf'n Beinen warst.

Da konnt ich ja auch allein raus, sagte sie. Anstatt bloß rumzuliegen und aus'm Fenster zu gaffen.

Er nahm ihr den leeren Schöpflöffel ab und schritt im Zimmer umher.

Ich putz keine Fenster, sagte er.

Aha.

Was aha?

Nix. Bloß so.

Will's hoffen.

Ich glaub, ich hab heut früh wieder den Kesselflicker gehört, sagte sie. Treibt sich scheint's hier irgendwo rum.

Er war dabei, den Küchenschrank zu durchstöbern, hielt inne, klappte die Türen zu und blickte zu ihr hinüber. Sie starrte abwesend hinaus zu den Kiefern. Der olle Kesselflicker, sagte er; der iss doch längst wieder fort.

Sie sah ihn an. Hätt ja sein können, sagte sie. War halt so'n Gepolter; hat sich angehört, als ob er's wär.

Tja, er war's aber nich.

Sie musterte ihn. Wo willst'n hin? sagte sie.

Zum Laden.

Meinst du, die haben noch'n bissel von der Lakritze, so wie neulich?

Mal sehn, sagte er.

Gut.

Laß aber kein' Fremden rein, solang ich fort bin.

Sie stieß einen tiefen Seufzer aus. Für mich gibt's doch eh bloß Fremde auf der Welt, sagte sie.

Sie trug die Tage in eine Strichliste ein. Nach einer Woche stieg sie aus dem Bett, tappte zum Fußende und wieder zurück. Tags darauf kam sie nicht hoch. Aber binnen einer Woche gelang es ihr unter Schmerzen, in der Hütte umherzugehen, sooft er fort war.

Als er eines Abends zurückkehrte, hockte sie auf dem Stuhl, zag und mit halbem Lächeln, ihr Körper ausgemergelt und schmal im zerschlissenen Unterkleid, die Augen riesig und fieberdunkel, als sei sie urplötzlich schwer gealtert. Er trat langsam ein und machte die Tür zu. Hoppla, sagte er. So mopsfidel?

Mir geht's wieder besser.

Bist ganz schön vom Fleisch gefallen, was?

Herrje, sagte sie, hab aber schon'n bissel zugenommen. Ich war ja so dürr wie... Ich war ja bloß noch'n Schatten.

Er ließ sich aufs Bett sinken. Blickte sie noch einmal an; das Licht fiel schräg über sie, an ihrem dünnen Baumwollgewand sah er zwei Milchflecken, wie dunkle Tränen. Er schaute weg. Die Arme auf den Schenkeln, hockte er da und musterte seine Handflächen, wie etwas Unbegreifliches.

Ein paar Tage später spazierte sie bereits durch den Hof, angeblich um sich zu sonnen. Er sah sie mit vorsichtigen Schritten einhertrippeln, wie mit einem Ei zwischen den Knien. Wird schon, Frau, sagte er. Eine zerlegte Flinte vor sich, hockte er kreuzbeinig im Schatten der Hütte und hämmerte mit dem Eisenstück einer Blattfeder auf der abgewetzten Kimme herum.

Du machst Daddys Gewehr noch kaputt, sagte sie.

Iss nich Daddys Gewehr, sagte er ohne aufzublicken.

Sie sah ihn an. Du hast doch gar keine Patronen, sagte sie.

Er hielt das Schloßblatt zwischen den Knien und spannte den Hahn. Jetz schnalz ja nich nochmal zurück, du Scheißding, sagte er.

Was? sagte sie.

Ich sprech mit der Flinte.

Culla, sagte sie.

Ja?

Ach nix.

Zwei Tage später, er kam gerade mit dem gilben zerbeulten Eimer voll Wasser herein, hielt sie ihn auf und versperrte ihm, beinahe noch in der Tür, mit dem Arm den Weg. Er blieb stehen, lehnte sich an den Pfosten und musterte sie. Ja, sagte er, was iss?

Culla...

Er ging an ihr vorbei und stellte den Eimer auf den Tisch. Sie hatte die Hand vor dem Mund und sah ihn mit riesigen Augen an. Er tunkte den Schöpflöffel ein und trank einen Schluck. Rieb sich den Mund ab und schaute zu ihr hinüber.

Culla...

Ja, verdammt.

Ich würd halt gern wissen, wo's iss.

Er zuckte zusammen; seine Augen wurden schmal. Was meinst du damit? sagte er.

Sie rang fahrig die Hände. Ich würd halt gern wissen, wo du den Kleinen hingetan hast...

Unter die Erde.

Naja, sagte sie; ich mein bloß, wenn du mir vielleicht einfach mal zeigst, wo ich nachgucken kann... daß ich vielleicht'n paar Blümchen oder so...

Blümchen, sagte er. Das Kind hat doch nichmal'n Namen.

Sie rang wieder die Hände; er marschierte vom Tisch hinüber zur Tür und an ihr vorbei.

Culla...

Er blieb stehen und schaute sie an. Sie hatte sich nicht einmal umgedreht.

Wir könnten ihm ja einen geben, sagte sie.

Das Kind iss tot, sagte er. Was tot iss, braucht keinen Namen.

Sie wandte sich langsam um. Wär doch nix dabei, sagte sie.

Zum Kuckuck mit dir, sagte er. Also gut, von mir aus Blümchen. Ich zeig dir, wo.

Im windigen Sonnenlicht, ohne auf die Hinterherstolpernde zu achten, überquerte er die Lichtung und verharrte dann vor dem Pfad am Waldrand, bis sie ihn eingeholt hatte; kein einziger Blick zurück auf die kindgleiche Gestalt, die wie eine verkrüppelte Marionette auf ihn zuzappelte. Er wies ihr den Weg. Zum Knüppeldamm, sagte er. Dann rechts. Da hat's'ne Lichtung mit'n paar Schwarzdornsträuchern. Wirst sie schon finden.

Froh ging sie weiter, mit rotem Kopf, schlurfte durch den Wald und pflückte scheue, auf der sonnenbetupften Erde sitzende Wildblumen, grelle Farbsprenkel, die, noch halb verhüllt von altem Laub, zum milden Märzhimmel hinauffunkelten. Den Strauß mit beiden Händen umklammernd, erreichte sie schließlich die Lichtung, ein Gewirk aus Gras, Sonnenschein, Vogelgezwitscher; ruhig und vollkommen arglos schritt sie hinüber und blieb vor einem Stück schwarzer umgegrabener Erde stehen.

Dann flog sie offenbar Mißtrauen an; sie wollte es genau wissen. Sogar ein Erwachsener hätte da liegen können, unter der aufgewühlten, mit Mulch bestreuten Krume, aus der larvenweiße Wurzeln mit den Spitzen nach oben ins verderbenbringende Licht ragten. Behutsam und unter Schmerzen bückte sie sich und legte die Blumen nieder. Eine Weile blieb sie so auf den Knien; dann beugte sie sich vor und betastete mit der Handfläche die kühle Erde. Und begann mit den Händen drauflos zu buddeln.

Schon nach wenigen Zentimetern stieß sie auf eine feste Lehmschicht, auf unzertrenntes Wurzelwerk. Sie versuchte es an einer anderen Stelle und legte kurz darauf einen Felsbrokken frei, auf dem sich im Schräglicht der Sonnenneige die körnigen Spuren von Axthieben abzeichneten.

Sein langer Schatten schob sich über sie; sie merkte es nicht. Sie stand auf, drehte sich um und war direkt an seiner Brust. Ein Aufschrei; sie taumelte zurück, kippte zu Boden, zerdrückte dabei die Blumen; blutete wieder, warm am Bein. Aber dann er: Kniete sich mit verzerrtem Gesicht auf den dunklen Erdboden, brüllte sie an, sagte: Also doch. Du hast es getan. Du hast es tatsächlich getan. Und ihre Miene noch sanft und unbewegt vor schierer Verwunderung; was er fälschlich als Anklage deutete, als stillen, unwidersprechbaren weiblichen Vorwurf; und er stand auf, ergriff die Flucht, die geballten Fäuste drohend und demütig zugleich zum stummen windigen Himmel erhoben.

IM ZUCKELTRAB
betraten sie das umzäunte
Gelände, friedlich wieder-
käuendes Vieh richtete sich
wachsam auf, setzte sich
unter Seitenblicken
auf die Vorbeiziehenden
in Bewegung, die drei
achteten nicht darauf,
wie blind vor Zielstrebigkeit
schritten sie durch eine
Dunstglocke von Wasser-
pfeffer und schalem,
dem sonnengeträuften
Hühnerhof entströmendem
Ammoniak, dann weiter
durch die offenen
Scheunentore und beinahe
im selben Augenblick
zur anderen Seite heraus,
bizarr bewaffnet mit
krudem Ackergerät,
Spaten und Hippe, an
aufstiebenden Perlhühnern
und einer quiekenden Sau
vorbei, ohne Gang, Haltung
und Tempo zu wechseln,
parodische Gestalten
aus einem ländlichen
Wandgemälde, lebendig,
bei vollen Kräften und
unaufhaltsam, unterwegs
über die leeren Felder,
dem Zwielicht und
Bienengesumm zu,
dem windschrägen Klee.

DER STURM war abgeflaut, aber es regnete noch. Das Kinn auf den abgewetzten Knien seines Overalls, saß er da und beobachtete den Regen, kauerte auf dem schmalen Streifen toter Erde, den feinen Lehmstaub modrig und schal in der Nase, trotz der würzigen Düfte des feuchten Frühlingswalds. Die Nacht kam; er schlief ein. Als er aufwachte, war es so dunkel, daß er seinem Gleichgewichtssinn mißtraute. Er fröstelte. Rollte sich auf dem Boden zusammen und lauschte dem prasselnden, über den Wald fegenden Regen. Am Morgen hockte er wieder da, mit angezogenen Knien, wartend; beim ersten Dunstschimmer stand er auf und marschierte aus dem Schutz des Steilufers durch den dampfenden Wald zur Straße, einem aschgrauen Schlammgraben inzwischen, durch den er sich mit lehmschweren Schuhen quälte, die Hände in den Taschen, den Kopf zwischen die Schulterblätter gesenkt.

Kniehoch mit Schmutz beschmiert, erreichte er gegen Mittag die Stadt, watete durch zähen, von Wagenspuren gefurchten Morast, Kanäle milchgrauen Wassers; als er im Mittagsverkehr den Marktplatz betrat, zog ein Fuhrwerk vorüber, vier Feuerräder aus flirrendem Lehm. Er sah zu, wie es vor einem Laden hielt, das verharrende Pferd bis zu den Fesseln, die hohen Wagenräder fast bis zu den Naben in Schlamm getaucht. Kurz darauf stand er selbst vor dem Laden; der Fuhrmann drehte sich zur Seite und stieg ab. Tag, sagte Holme.

Tag auch, sagte der Fuhrmann und zerrte einen Sack von der Pritsche. Bissel matschig heut, wie?

Allerdings, sagte Holme. Kann ich was helfen?

Danke, sagte der Mann. Geht schon.

Er wuchtete den Sack auf die Schulter und nickte Holme zu, der ihm die Tür aufhielt; dann ging er hinein und entfernte sich nach hinten. Holme trat an den Ladentisch, knüpfte das Taschentuch auf und holte zwei Münzen heraus.

Bittschön? sagte der Verkäufer; er blickte hoch aus der schäbigen, bizarren Korrektheit seines Zelluloidkragens und weinroten Halstuchs, die mickrige Gestalt versunken in einem riesigen grünen, grobgewirkten und brettsteifen Kittel.

Für'n Dime Kräcker und Käse, sagte Holme.

Für jeweils'n Dime?

Nein, beides zusammen.

Also für jeweils'n Nickel, sagte der Verkäufer.

Holme begutachtete das bunte Warensortiment ringsum. Schließlich schaute er den Verkäufer an. Was? sagte er.

Ich hab gesagt, für jeweils'n Nickel.

Da sieht man dann doch vor lauter Kräcker den Käse nich mehr, oder?

Keine Ahnung.

Holme schien über etwas nachzudenken. Nach einer Weile trommelte er mit den Knöcheln auf den Ladentisch und sah auf. Schon mal Kräcker mit Käse gegessen? sagte er.

Ja, sagte der Verkäufer würdevoll.

Okay, dann möcht ich'ne Portion für'n Dime, so wie sich's gehört.

Der Verkäufer rückte mit einem Achselzucken die Schultern des schweren Kittels zurecht, tappte an der Theke entlang zu einer Holzkiste und begann daraus Kräcker in Einwickelpapier zu schöpfen. Dann ging er weiter und bückte sich unter den Ladentisch. Holme beachtete ihn nicht. Seine grauen Augen schweiften mit leisem Staunen über die aufgeschichteten Waren.

Der Verkäufer kehrte zurück, legte Käse und Kräcker, je in

Papier gewickelt, auf die Theke und hob den Blick. Sonst was? sagte er.

Ziehn Sie noch'n Cola ab, sagte Holme und stupste die Münzen über das abgewetzte Holz.

Zum hier trinken?

Nee, draußen.

Wie wär's mit zwei Pennies? sagte der Verkäufer mit schwachem boshaftem Grinsen.

Für was?

Für die Flasche.

Ich bleib doch direkt vor dem Laden.

Trotzdem; er hat's nich gern, wenn einer mit der Flasche einfach so vor die Tür geht.

Holme musterte ihn.

Wenn Sie nich soviel haben, können Sie's ja auch hier drin trinken.

Scheiße, sagte Holme.

Der Verkäufer wurde rot. Holme griff wieder in die Overalltasche und zückte das Taschentuch. Mit verächtlichem Schwung holte er die beiden Kupfermünzen heraus und ließ sie über die Theke klimpern.

Danke, sagte der Verkäufer und strich mit der Handfläche die Münzen ein. Dann verstaute er sie rasselnd in der hölzernen Kassenschublade und sah Holme zufrieden an.

Holme grunzte, schnappte sich die zwei Päckchen, ging hinüber zur Kühlbox, fischte das Getränk heraus und marschierte nach draußen. Während er in der Mittagssonne auf der Veranda hockte und Kräcker mit Käse aß, kehrte der Fuhrmann aus dem Laden zurück, schwang sich geübt auf den Bock, löste die Zügel vom Peitschenhalter und stützte den schlammschweren Stiefel aufs Spritzbrett.

Sagen Sie mal, sagte Holme.

Der Fuhrmann wollte gerade die Zügel aufnehmen; er hielt inne und blickte herunter. Ja? sagte er.

Sagen Sie mal, kann ich nich doch was helfen?

Nee, glaub nich.

Hm. Sie wissen nich zufällig, wo man hier irgendwo Arbeit findet?

Der Fuhrmann begutachtete ihn. Holme spähte mit halb zugekniffenen Augen ins Licht, seine Kiefer zermahlten träge die trockenen Kräcker.

Was Festes?

Irgendwas halt.

Tscha, sagte der Fuhrmann. In der Mühle stellense in'ner Woche oder so Leute ein, für'n Sommer. Er blickte zu Holme hinunter; Holme kaute weiter und musterte ihn schweigend. Hm, sagte der Fuhrmann. Passen Sie ma' auf. Vielleicht hat der Friedensrichter was. Arbeiten im Haus oder so. Er ergriff wieder die Zügel.

Wo wohnt der denn?

Der Mann hielt mit einer Hand die Zügel, mit der anderen deutete er nordwärts der Straße nach. Zirka'ne Viertelmeile von hier, sagte er. Wenn Sie aus der Stadt rauskommen, das große Haus links. Könn'Sie nich verfehlen. Er nahm die Zügel auf; das Pferd stemmte sich in die Zugriemen und zog die Räder mit leisem Schmatzen an.

Vielen Dank, sagte Holme.

Der Mann hob die Hand.

Holme, die Flasche schräg am Mund, blickte dem Fuhrwerk nach, sah das Pferd straucheln und wanken, sah die von den Rädern aufgewirbelten Schlammbatzen in die Fahrspur zurücktropfen. Er brachte die leere Flasche hinein, nahm sein Geld in Empfang, verließ den Laden und marschierte der Straße nach in die Richtung, die der Mann ihm gezeigt hatte.

Das Haus war nicht zu übersehen, ein großes zweistöckiges Gebäude mit Holzpfeilern an der Vorderfront, von denen die Tünche in langen Streifen wie Papierfetzen abblätterte; gelber Straßenstaub bleichte hinauf bis zu den rein und weiß im Sonnenlicht schimmernden Giebeln. Er marschierte die Kieszufahrt hoch und ging über einen schmalen gepflasterten Fußweg ums Haus, bis er auf etwas stieß, das wie eine Hintertür aussah. Er klopfte und wartete. Nichts. Er klopfte nochmal.

Nach einer Weile versuchte er es auf der anderen Seite. Dort gab es eine Küchentür und ein Fenster, durch das er eine alte Negerin sah, die sich über einen Tisch beugte und Kartoffeln schälte. Er pochte an die Scheibe.

Sie kam zur Tür, machte auf und musterte ihn.

Iss der Richter da? sagte er.

Moment, sagte sie und schob die Tür halb zu. Er hörte sie wegschlurfen und dann etwas rufen. Er wartete. Kurz darauf hörte er Stiefel im Flur; die Tür ging wieder auf, ein Mann lugte mit kühlen schwarzen Augen nach draußen und sagte: Ja?

Tag, sagte Holme. Drunten am Laden hat mir einer gesagt, daß Sie eventuell jemand brauchen. Daß Sie eventuell Arbeit ha'm...

Nein, sagte der Friedensrichter.

Aha, sagte Holme. Dann dank ich mal schön. Er machte kehrt und marschierte los.

Heh, Sie, sagte der Friedensrichter.

Holme blieb stehen und drehte sich um.

So'n glattes Nein scheint Sie ja nicht groß zu kümmern, wie?

So weiß ich wenigstens gleich Bescheid, sagte Holme.

Oder Sie brauchen gar nicht so dringend was.

War ja bloß'ne Frage. Brech mir dabei ja kein' Zacken...

Kommen Sie mal her.

Holme marschierte zurück und blieb vor dem Friedensrichter stehen; der Mann begutachtete ihn mit den kühlen kleinen Augen wie eine Ware. Du hast kräftige Arme, sagte er. Kannst du mit'ner Axt umgehn?

Glaub schon, sagte Holme.

Der Friedensrichter schien zu überlegen. Ich mach dir'n Vorschlag, sagte er. Hinten liegt'n umgewehter Baum; wenn du dir dein Abendessen verdienen willst, dann hackst du den mal klein.

Alles klar.

So? Alles klar? Sekunde mal. Der Friedensrichter entfernte sich ins Haus; kurz darauf kam er wieder, führte Holme nach draußen und winkte ihn mit dem Finger über den Hof zu einem Geräteschuppen. Sie gingen hinein; im Schummer sah Holme einen Neger, der sich über eine Maschine beugte.

John, sagte der Friedensrichter.

Der Neger richtete sich wortlos auf und tappte heran.

Gib dem Mann mal'ne Axt, sagte der Friedensrichter. Er wandte sich Holme zu. Weißt du, wie man'ne Axt schärft?

Woll Sir, sagte Holme.

Und du da, du drehst die Schleifscheibe.

Der Neger nickte. Fein, sagte der Friedensrichter. Jeder seines eigenen Glückes Schmied. Alsdann. Der Baum liegt irgendwo da drüben. Wirst'n schon finden. 'ne kleine alte Kiefer. Wie heißt du nochmal?

Holme.

Hast du bloß einen Namen?

Culla Holme.

Wie?

Culla.

Okay, Holme. Wenn ich jemand einstell, weiß ich nämlich immer gern, wie er heißt. Und zwar als allererstes. Der Rest ergibt sich von selber. John kümmert sich um dich. Die Scheite sechzig Zentimeter; wenn du fertig bist, gibst du Laut.

Er verließ den Schuppen; Holme blieb mit dem Neger allein. Der Neger hatte noch kein Wort gesprochen. Die Hand an der Hüfte, schlurfte er demonstrativ mühsam vorbei. Eine Weile rumorte er in der Ecke herum und klaubte dann die Axt aus dem Werkzeuggewirr in einem kaputten Faß. Holme beobachtete ihn, wie er sie unendlich geduldig hinter den Dauben hervorzog, einem krummen, wie durch eine Explosion zersprengten Gebinde, wie er sie in die Hand nahm und kommentarlos hinüberreichte, wie er zum Schleifstein weitertappte und schließlich die Kurbel zu drehen begann. Holme sah zu. Die Scheibe tründelte hölzern. Holme drückte die rostige Schneide daran: In grellem Bogen sprühte ein Funkenschweif hervor und zerstob über dem aufglitzernden Negergesicht, einem stummen, schwarzen und feuerfesten Schädel mit geschlossenen Augen, einer dunklen Holzschnitzerei, immer wieder aus dem Düster beschworen, bis der Stahl ausreichend scharf war.

Das müßt langen, sagte Holme.

Der Neger öffnete die Augen, richtete sich nickend auf und tappte wieder zu seiner Werkbank. Holme marschierte zur Tür hinaus, wog die Axt in der Hand und überprüfte die Schneide im hellen Licht.

Der umgewehte Baum lag nicht weit vom Haus. Der Strunk ragte gut zwei Meter aus der Erde, mit fasrigen Holzfetzen, als habe ein riesiges Weidetier ihn zerkaut. Holme schritt den gefällten Stamm ab, hockte sich rittlings darauf und trennte, rückwärts arbeitend, die Zweige ab. Dann ritzte er sechzig Zentimeter über dem unteren Ende eine Kerbe und schlug die Axt ins Holz.

Die Arbeit ging ihm leicht von der Hand, er nutzte die Schwere des Axtkeils aus. Nach den ersten vier Lagen machte er Pause. Er begutachtete die Scheite, dann blickte er zur Sonne. Er lehnte die Axt an den Strunk, ging zum Schuppen zurück und sah nach dem Neger, aber der war nicht mehr da. Schließlich marschierte er über den Hof zur Küchentür und klopfte. Die Negerin öffnete; es roch nach Essen. Kann ich vielleicht mal'n Moment mit'm Richter sprechen? sagte er.

Der Friedensrichter kam zur Tür und lugte heraus, als könne er sich kaum noch an ihn erinnern. Was? sagte er. Eine Säge? Ich denk, du bist längst fertig.

Nein, Sir, noch nich ganz. Ich hab gedacht, mit'ner Säge geht's vielleicht bissel schneller.

Der Friedensrichter musterte ihn, als warte er auf weitere Auskünfte. Holme blickte hinunter auf seine Füße. Über der Schwelle, im üppigen Küchendunst, ragte stumm die Gestalt des Richters aus einem neuen Paar Kalbslederstiefel.

Einfach'ne kleine Bocksäge oder sowas, sagte Holme.

Geht nicht, sagte der Richter. Die Säge iss hin.

Hm.

Ich hab gedacht, du kannst mit'ner Axt umgehn.

Holme blickte ihn an.

Deswegen bist du doch hier, oder?

Woll Sir, sagte Holme. Glaub schon. Er sah nach, ob der Richter lächelte, aber er verzog keine Miene.

Sonst noch was?

Nein, Sir. Glaub nich.

Na denn.

Okay, sagte Holme. Dann will ich mal wieder.

Der Richter schwieg. Holme machte kehrt und marschierte zurück über den Hof. Als er das Tor passierte, drehte er sich noch einmal um. Der Richter hatte sich nicht vom Fleck gerührt. Starr und aufrecht stand er in der sarggroßen Tür, ausdruckslos, ohne die Spur eines Lächelns, ohne zu wanken.

Holme hackte weiter, den ganzen Nachmittag lang; die schwarzen Schatten von Zaunpfahl und Baum dehnten sich schräg übers Gras. Als er fertig war, war es bereits Abend. Er stapelte die letzten Scheite, schulterte die Axt und marschierte übers Gelände zum Schuppen. Diesmal war der Neger da; noch immer fiel kein einziges Wort; Holme gab ihm die Axt, ging wieder zum Haus und klopfte, zum drittenmal an diesem Tag, an die Tür.

Ich frag lieber nicht, ob du schon fertig bist, sagte der Friedensrichter.

Alles klar.

Alles klar. Aha. Und jetzt hast du bestimmt Kohldampf, oder?

Bissel.

Futterst anscheinend bloß zweimal am Tag, wie? Oder bloß einmal?

Wieso? sagte Holme.

Soviel ich weiß, hast du noch nicht zu Mittag gegessen.

Hat mir ja keiner was angeboten.

Hast auch nicht danach gefragt.

Holme schwieg.

Hast überhaupt nach gar nix gefragt.

Hab doch bloß Arbeit gesucht, sagte Holme.

Der Friedensrichter zog irgendwo aus seiner Jacke eine Uhr

an einer langen Kette hervor, ließ sie aufschnappen, warf einen kurzen Blick darauf und steckte sie wieder weg. Fast sechs, sagte er. Ungefähr drei Minuten vor. Was meinst du, wie lang hast du gearbeitet?

Keine Ahnung, sagte Holme. Ich weiß nich, um wieviel Uhr ich angefangen hab.

Im Ernst? Das weißt du nicht?

Nein, Sir.

Naja, jedenfalls noch vor dem Mittagessen. Und jetzt isses kurz vor'm Abendessen. Also'n guten halben Tag. Oder?

Kann schon sein, sagte Holme.

Der Richter beugte sich ein Stück vor. Und das für'n Abendbrot? sagte er.

Holme schwieg.

Dann wär'n ganzer Tag wohl für Mittag- und Abendessen. Und da haben wir immer noch kein Frühstück dabei. Geschweige denn'n Schlafplatz. Vom Geld gar nicht zu reden.

Sie waren's doch, sagte Holme. *Sie* ha'm doch gesagt, daß...

Und *du* hast gesagt, alles klar. Also mal raus damit, Mann. Was hast du ausgefressen? Wo bist du abgehaun? Na?

Nirgends.

Ach ja? Wirklich nicht? Wo kommst'n überhaupt her? Hab ich dich glaubich noch gar nicht gefragt.

Aus der Gegend vom Chicken River.

Wer's glaubt, sagte der Friedensrichter. So ungern ich's sag, meine Frau hat nämlich Verwandtschaft da unten.

Ich hab ja bloß kurz dort gewohnt. Hab nie behauptet, daß ich dort auch geboren bin.

Und davor? Wo hast du davor gelebt?

Ich komm aus dem Süden.

Iss das die Möglichkeit, sagte der Friedensrichter. Und dann bist du hier rauf. Oder runter nach Johnson County. Und jetzt bist du hier. Was iss los mit dir? Bist wohl gern auf Reisen, wie? 's geht mich ja nix an, aber wann hast'n zum letztenmal was gegessen?

Heut früh.

Heut früh. Wahrscheinlich hast du dir irgendwo was aus 'nem Garten geklaut.

Ich hab Geld, sagte Holme.

Ich frag lieber mal nicht, woher. Bist du verheiratet?

Nein. Holme sah den Richter an. Die Schatten der beiden neigten sich über die getünchten Ziegel des Küchenanbaus, eine Pantomime statischer Gewalt, der Richter rückwärts geknickt, Holme über ihm dräuend. Iss doch kein Verbrechen, wenn einer arm iss, sagte Holme.

Nein, das nicht. 'n Verbrechen ist das nicht. Hoffentlich hast du keine Familie. Iss nämlich was Heiliges, eine Familie. Eine heilige Verpflichtung. Vor Gott. Der Friedensrichter hatte zur Seite geblickt; nun wandte er sich Holme wieder zu. Iss kein Verbrechen, wenn einer arm iss, sagte er. Stimmt genau. Aber Faulheit, das iss'ne Sünde. Find ich jedenfalls. Du nicht?

Würd ich auch sagen, sagte Holme.

Genau. Zumindest die Bibel sagt das. Hab mir nämlich alles selber verdient. Kann dir in dem County hier jeder bestätigen. Hab immer nur harte Arbeit gekannt. Oft genug bin ich schon bei Tagesanbruch draußen im Feld und wart auf den Sonnenaufgang, daß ich anfangen kann; und wenn die Sonne dann untergeht, bin ich immer noch da. Vom Morgengraun bis zum Umfallen, und alles um einen Gotteslohn. Jeder im County hier weiß das.

Holme sah zu Boden, mit verschränkten Händen, wie in der Kirche. Hinter der Scheune wurden Hühner laut, ein Schwein quiekte; dann verebbte der Lärm wieder im friedlichen Zirpen der Zikaden und Vögel.

Okay, Holme, sagte der Friedensrichter. Dann lassen wir mal die persönlichen Fragen. Er zog eine kleine Lederbörse hervor, ließ sie aufschnappen und nahm einen halben Dollar heraus. Hier, sagte er. Dazu kommt noch dein Abendbrot. Um halb sieben isses soweit. In der Küche. Wenn du Lust hast, kannst du dich jetzt frischmachen.

Holme nahm die Münze und hielt sie in der Hand, als wisse er nicht, wohin damit. Alles klar, sagte er.

Nach dem Frischmachen setzte er sich in den Schatten des Geräteschuppens und schabte mit seinem Messer müßig an der Schuhsohle herum. Dann sah er den Neger von der Scheune zum Haus marschieren. Ein paar Minuten später kam der Schwarze aus der Küchentür, zog, eine ungelenk mühsam von Schatten zu Schatten tappende Mickergestalt, wieder zurück über den Hof und verschwand in der Scheune.

Der Friedensrichter war Frühaufsteher; es war noch nicht richtig hell, da war er bereits unterwegs zur Scheune. Heh, Holme, rief er die kalkstaubige Leiter hinauf in die düstere Luke des Heubodens. Keine Antwort. Hinten tappte der Neger mit einem Eimer herbei.

Wo steckt er denn? sagte der Friedensrichter. Isser fort?

Der Neger nickte.

Der steht ja scheint's mit'n Hühnern auf. Wann isser denn ab?

Der Neger schob sich den Eimerhenkel übers Handgelenk und gestikulierte.

Tscha, sagte der Friedensrichter. Er blickte unruhig umher, als habe er noch etwas übersehen. Dann sagte er: Wo sind eigentlich die Stiefel?

Der Neger wollte schon weiter zum Maisspeicher; er blieb stehen und spähte in die Runde, sein Gesicht glänzte bereits, vielleicht von Fett oder Schweiß, wie feuchter Obsidian. Die beiden standen da und schauten sich einen Moment an; dann sagte der Friedensrichter: Gottverflucht. Da soll mich doch glatt der Teufel holen. So ein undankbarer Hund. Du hättst ihn auf keinen Fall aus den Augen... Spann schon mal an; ich hol solange die Flinte. Er machte kehrt und wirbelte aus der Scheune; der Neger tappte ihm mit der üblichen Schwerfälligkeit hinterher und nahm im Gehen das Pferdegeschirr von der Wand. Ein paar Minuten später kehrte der Friedensrichter, einen weißen Hut auf dem Kopf, mit der Schrotflinte zurück, sprang auf den Wagen und blieb dort in schäumender Reglosigkeit einen Moment hocken; dann hüpfte er wieder hinunter, fingerte, ohne den Neger, der das Pferd aus dem Stall führte, zur Eile zu treiben oder ihm ähnlich sinnlose Anweisungen zu geben, am Zaumzeug herum, verharrte bebend und mühsam beherrscht, während der Schwarze das Tier in die Deichsel bugsierte, anspannte und ein paar Schritte zurückwich, nahm schließlich die Zügel auf, ließ sie über den Pferderumpf klatschen, worauf zwei dichte Staubfahnen aus dem Fell hervorwaberten, und fuhr los, hielt aber ebenso jäh noch einmal an und beugte sich hinunter:

Vielleicht durch die Stadt? Meinst du, er iss zurück durch die...? Nein. Okay, ich – der Neger gestikulierte mit den dunklen knochigen Fingern; darauf der Friedensrichter: Die was? Die Maishippe? Sonst noch was? Verflucht. Gottverflucht. – Und rauschte aus dem Gelände, das Pferd stieg unter den Zügeln, das Fuhrwerk schlingerte hin und her, raste mit wildem Geklapper die Auffahrt hinunter zur Straße und war auf und davon.

Der Neger kehrte zur Scheune zurück, schnappte sich wieder den Eimer und tappte an den Ställen vorbei zum Maisspeicher, wo er sich auf einen Melkschemel hockte und den Mais zu entkörnen begann; mit schwerer Hand drehte er die Körner heraus, hell und hart rieselten sie in den Behälter und klimperten dabei wie Münzen.

Am Vormittag fuhr der Friedensrichter einem Knüppeldamm nach und trieb das bereits in Schritt gefallene Pferd an, als sie plötzlich hinter ihm aus dem Unterholz tauchten. Er hörte sie, drehte sich um, drehte sich wieder nach vorn. Sie zogen die Straße entlang. Der eine sagte etwas; der zweite sagte: Harmon; dann war der eine längsseits und schnappte die Zügel. Der Friedensrichter erhob sich im Wagen. Heh, sagte er. Was soll'n das? Ja heh, Herrgottnochmal – er streckte die Hand aus und packte die am Sitz lehnende Flinte.

QUERFELDEIN
zuckelten sie durchs Ried,
ständig begleitet von einem Zirkus
emporschnellender Grashüpfer,
betraten, noch immer in
krummer Phalanx, den Wald,
weiter vorn fuhr ein einsames
Pferdegespann eine unsichtbare
Straße entlang, auf dem Bock
ein gehetzt wirkender Mann
mit weißem Hut. Sie änderten
ihren Kurs und stießen auf
einen Knüppeldamm, das
Fuhrwerk zog in zwei schmalen
Spuren dahin, stießen auf eine
zerquetschte Eidechse, deren
kleines blaues Gedärm im
Schmutz versickerte, begannen
zu traben, zu laufen, der erste
erreichte das Pferd, griff sich
die Zügel, warf dem Fahrer
ein einfältiges Lächeln zu,
packte das Pferd am Widerrist
und klammerte sich wie ein
kleiner tückischer Anthroparier
daran, der Fahrer erhob sich
protestierend vom Kutschbock,
so daß der nächste, als er
seitlich hinter ihm auf den
Wagen hüpfte und die
Maishippe schwang, seinen
Nacken verfehlte und ihn
im Kreuz traf, das Rückgrat
durchtrennte, und der Fahrer kippte,
kippte wie abgebrochen zur Seite,
ohne einen einzigen Laut.

SIE WUSSTE NICHT, daß er das Gewehr mitgenommen hatte. Sie wußte auch nicht, daß das Geld fort war, hatte sowieso nie gewußt, wieviel da war. Sie ging durch die Hütte, suchte ihre Sachen zusammen, legte ihr Kleid aufs Bett, begutachtete es und schlüpfte, nachdem sie das Untergewand abgestreift hatte, hinein. Mitten im Raum drehte sie, wie eine Kreiselpuppe, eine langsame Pirouette, zog das Kleid wieder aus, wusch sich notdürftig mit einem Lappen und kaltem Wasser, fuhr sich mit einem abgebrochenen Kamm durchs stumpfgelbe Haar. Holte ihre Schuhe, staubte sie ab, stieg hinein und legte wieder das Kleid an. Aus dem Untergewand machte sie eine Hülle, in die sie ihr armseliges bißchen Habe wickelte; so ausgerüstet, warf sie einen letzten Blick in die Runde und sah nach, ob sie noch etwas vergessen hatte. Nein, nichts. Sie klemmte sich das Bündel unter den Arm und ging, leise vor sich hinsummend, mit steifen Trippelschritten hinaus in den sporadisch mit dem Frühlingswind über die Lichtung flutenden Sonnenschein, hob das Gesicht zum Himmel und warf ein Lächeln hinauf, ganz hell und unbeschwert wie ein Kind.

Sie überquerte die Flußbrücke, ging behutsam die schlecht verfugten Planken entlang und blickte hinunter zum Wasser. Stupste Kiesel durch die Ritzen und sah ihnen nach, wie sie langsam trudelnd im Fluß versanken, zwischen jäh geprägten Ringen, die sich wie Rauch wieder verflüchtigten. Dann schritt sie weiter, rastete ab und zu friedlich am Straßenrand und tupfte sich mit dem Bündel den Schweiß von der Stirn. Als endlich die Kreuzung in Sicht kam, sah sie in der Ferne eine hitzeflirrende Gestalt die Straße entlangziehen. Sie schaute sich um; dann schwenkte sie nach links in den Kiefernwald und stieg eine kleine Anhöhe hinauf, mit Ausblick zur Straße. Es war sehr heiß. Sie saß da, fächelte sich das Gesicht und die davor umherschwirrenden Mücken. Eine mit leeren Mehlsäcken beladene Alte tappte vorbei, vertieft in ein Selbstgespräch. Später zwei Jungen, sie boxten sich und lachten dabei. Die Zuschauerin auf dem Hügel fächelte sich und seufzte. Wenn er doch bloß endlich käm, sagte sie.

Schließlich kam er; er sah aus, als habe er noch einen langen Weg vor sich. Seine Sachen trug er in einem Sack über der Schulter; langsam, den Blick zum Boden, schritt er dahin. Als er näherrückte, kauerte sie sich zusammen, bis er vorüber war; dann erhob sie sich, staubte das Kleid ab, nahm ihr Bündel auf, kehrte wieder zur Straße zurück und ging seine Fußspur entlang zur Kreuzung und in den Laden.

Der Ladner war ein brünetter hagerer Deutscher mittleren Alters, dessen trockener Humor die von ihm versorgten Bewohner der fünfhundert Quadratmeilen kargen und rauhen Landes immer wieder ganz aus der Fassung brachte. Er beobachtete sie hinter dem Fliegendraht, bis sie die Tür öffnete und hereinkam, zaghaft, fast widerwillig, als sei es ihr peinlich, so ein Geschäft zu betreten.

Tag, sagte der Ladner.

Als sie ihn ansah, fiel ihm auf, daß sie vor kurzem noch krank gewesen sein mußte, ihre Augen lagen riesig und eingesunken im blassen Gesicht, das Kleid war schmuddlig und voller Falten. Sie nickte ernst. Könnt ich vielleicht'n Schluck Wasser haben? sagte sie.

Klar, Mam. Er kam hinter dem Tresen hervor und bemerkte erst jetzt das schweißdunkle Stoffbündel, das sie so hielt, als wolle sie es verbergen. Er ging über den dunklen gewachsten Fußboden zur Kühlbox, holte die Wasserflasche heraus, schraubte den Blechverschluß ab und reichte die Flasche hinüber. Sie nahm sie in beide Hände, bedankte sich und kippte sich einen langen Schluck in die dürre Kehle.

Trinken Sie ruhig, soviel Sie möchten, sagte der Ladner. Wenn Sie fertig sind, stellen Sie die Pulle einfach wieder zurück.

Danke, sagte sie; sie hielt die Flasche vor sich hin und holte Luft, bevor sie zum nächsten Schluck ansetzte.

Bissel wärmer heut, wie?

Sie hatte noch die Flasche am Mund, senkte sie und sagte: Du lieber Gott, bissel iss gut; dann hob sie die Flasche und trank nochmal. Anschließend schraubte sie die Kappe darauf und stellte die Flasche zurück in die Kühlbox.

Darf's noch was sein?

Danke, sagte sie; ich glaub, das wär's. Was kriegen Sie von mir?

Iss schon okay, sagte er.

Na, dann dank ich mal schön.

Alles klar. Ha'm Sie's noch weit?

Wohin?

Kurzes Schweigen. Der Ladner zupfte sich am Ohr. Naja, sagte er. Bloß so. Hab mir gedacht, Sie sind vielleicht unterwegs.

Hoffentlich nich mehr so lang, sagte sie. Ich such nämlich den Kesselflicker.

Den Kesselflicker?

Den, der vor knapp zwei Wochen hier durch iss; den, der angeblich kein' Kakao hat.

Der Ladner wartete auf weitere Auskünfte. Sie blickte ihn fragend an. Sie sagte: Ha'm Sie ihn nich gesehn?

Er schüttelte langsam den Kopf. Nein, sagte er.

Iss aber erst knapp zwei Wochen her.

Trotzdem, sagte er. Ich hab ihn nich gesehn.

Hat so'n kleinen Matz dabei.

Kesselflicker gucken bei mir nich rein, sagte der Ladner, und das iss mir ganz recht so. Schon möglich, daß neulich mal einer hier durch iss. Keine Ahnung. Die kommen und gehn. Aber sie kümmern sich nich um mich, und ich kümmer mich nich um sie, und so soll's auch bleiben.

Naja; trotzdem dankeschön mal.

Bei mir gibt's übrigens auch kein' Kakao.

Ich weiß, sagte sie. Mein Bruder kauft immer hier ein.

Ihr Bruder?

Ja, Sir. Sie kennen ihn ganz bestimmt.

Kann schon sein, wenn er hier einkauft. Wie heißt er denn?

Culla Holme. War heut nachmittag da.

Was? Dann isser er ja grad erst fort. So'n Stiller? Der heut nachmittag mit'ner ollen Flinte gekomm' iss und das Ding dann an Buddy Sizemore verscherbelt hat?

Ah so? sagte sie.

Hoppla, sagte der Ladner, hätt ich vielleicht lieber nich sagen sollen.

Sein Sie froh, daß Sie nich wissen, was er sonst noch so alles anstellt.

Der Ladner wollte schon lächeln, ließ es dann aber. Sie klemmte ihr Bündel unter den Arm und spähte mit ihren eingesunkenen Augen umher. Nochmal dankschön fürs Wasser, sagte sie.

Schon gut, sagte er. Gern geschehn.

Tja. Ich muß dann wohl los.

Schaun Sie mal wieder rein, sagte er.

An der Tür blieb sie noch einmal stehen, drehte sich um, gefangen in staubigen Lichtfächern, eine schmächtige schwarze, schwelende Gestalt. Sie, sagte sie.

Ja?

Tun Sie mir'n Gefallen und sagen Sie ihm nich, daß ich hier war.

Ihrem Bruder.

Ja, Sir. Meinem Bruder nich und dem Kesselflicker auch nich.

Sie stand noch eine Weile unter dem Vordach, die Schatten dehnten sich lang über die Straße, die Vögel verstummten allmählich. Sie schaute nach links und rechts, die sandige Landstraße lief aus dem Wald heraus, verbreiterte sich vor dem Laden und führte dann weiter. Sie überquerte sie, drehte sich noch einmal kurz nach dem Laden um und machte sich dann am linken Straßenrand auf den Weg. Ganz langsam schritt sie dahin. Keine zwei Meilen weiter ging sie bereits im Dunkeln. Vom Wald her wehte ein kühler Wind. Ab und zu blieb sie stehen und horchte, aber da war nichts. Sie hörte ihre Schritte, leise und sacht in der Stille. Dann sah sie hinter den Bäumen ein Licht; sie blieb wieder stehen, beklommen, die Hände am stampfenden Herz.

An der Tür des kleinen Häuschens empfing sie ein Mann mit hochgehaltener Lampe, hinter der sie, im trüben Lichtsaum gruppiert, die Gesichter mehrerer Frauen verschiedenen Alters erkannte, darunter eine Greisin ohne Nase.

Ja? sagte der Mann. Was gibt's?

Die schwarzen Greisinnenaugen beidseits der langen Fledermausnüstern klappten zu, öffneten sich träge wieder.

Ha'm Sie sich verlaufen?

Sie umkrampfte ihr Bündel. Verlaufen, sagte sie. Ja, ich hab mich verlaufen. Könnt ich mich vielleicht'n Weilchen bei Ihnen ausruhn?

Der Mann musterte sie, in der einen Hand die Laterne, mit der anderen spielte er an einem Hemdknopf herum.

Ja. Laß sie rein.

Der Mann drehte sich zu der Sprecherin um. Sei still, sagte er. Er wandte sich wieder der Wanderin zu. Wo komm'Sie'n jetz noch her?

Bin grad mal'n Stück die Straße lang. Will mich bloß bissel ausruhn.

Grad ma'n Stück die Straße lang? Muß aber'n ganz schönes Stück sein; ich kenn Sie näm'ich überhaupt nich. Wohnen Sie in der Stadt?

Weiß nich, sagte sie.

Was, sagte der Mann, Sie wissen nich, wo Sie wohnen?

Ich mein, ich weiß nich genau, wo die Stadt iss.

Die Augen des Mannes wurden zu schmalen Schlitzen. Wer iss'n noch bei Ihnen? sagte er.

Keiner. Bin ganz allein.

Iss da jemand? rief er; er lugte an ihr vorbei und wandte sich an die unbewohnte Nacht, aus der sie gekommen war.

Sie drehte sich um und folgte seinem Blick.

Rauskommen, wenn da noch einer iss.

Spähende Gesichter; aber niemand erschien. Der Mann sah sie an. Iss das auch wirklich wahr, daß Sie allein sind?

Ja, sagte sie. Ganz allein.

Na schön. Und wo sind Sie nochma' her?

Aus der Gegend vom Chicken River.

Ah ja? Und wo wollen Sie jetz im Dunkeln noch hin?

Ich such so'n Kesselflicker.

Kesselflicker? Hater vielleicht was geklaut?

Ja. Was, was mir gehört.

Was denn?

Irgendwas halt.

Na gut, dann kommen Sie ma' rein.

Dankschön, sagte sie.

Die Frauen rückten auseinander; die beiden gingen ins Haus, der zurückweichenden Dunkelheit nach, bis zu einer großen, auf Schragen ruhenden Tischplatte, wo sich der Mann umdrehte und die Lampe abstellte. So, sagte er. Das'ss meine Familie. Der Junge muß auch irgendwo sein. Wo steckt er denn, Alte?

Der soll mir ma' lieber Holz holen.

Wird er schon machen. Ach übrigens, wie heißen Sie nochma', junge Frau?

Rinthy Holme.

Aha. Also das hier iss meine Familie. In'n paar Minuten gibt's Abendessen. Stimmt doch, oder?

Die Frau nickte.

Können gern mithalten.

Dankschön, sagte sie. Sie drehte sich zu der Frau um, aber die hatte den Raum schon verlassen. Die Großmutter und zwei

Mädchen oder Frauen unbestimmten Alters standen da und musterten sie.

Schnappen Sie sich'n Stuhl, sagte der Mann.

Sie beobachteten sie, wie sie Platz nahm, das Bündel im Schoß, die Lampe direkt neben ihr von einem Nachtfalter belagert, dessen dunkler Schatten auf ihrem Gesicht wie eingesperrt wirkte im zierlichen Schädel, im dünnen rosahellen Gebein, wie gefangen in einer Porzellanmaske. Herrje, sagte sie, bin heut noch kaum zum Hinsitzen gekommen.

Sie waren schon ein paar Minuten beim Essen, da kam der Junge dazu. Er musterte den Gast mit Kadaveraugen und begann seinen Teller zu füllen. Sie nahm sich noch eine Scheibe Schnittbrot aus der Hülle. Sie sagte: Ich hab in mei'm Leben bestimmt noch keine zwei Stück Weißbrot gegessen. Bei uns isses immer knapp zugegangen.

Die Frau begutachtete sie über eine Gabel triefenden Bauchfleischs hinweg. Wir essen hier grad, wie's kommt, sagte sie. Wir ha'm nie viel gehabt, aber wenn ma' Geld da iss, dann kaufenwer halt irgendwas ein. Stimmt's, Luther?

Aber klar, sagte der Mann. Hab meine Familie nie kurzgehalten; jeder kann futtern, auf waser Lust hat. Drunten im Laden gibt's immer Mortadella. Wenn einer ma' will, dann kriegt er auch Lachs.

Sie nickte, hielt das Brot in der Hand und bestrich es bedächtig mit Butter. Stumm aßen sie weiter, am ganzen Tisch ernst mahlende Kiefer, alle in aufrechter, steifer Haltung, bis auf die zahnlose Greisin, die sich kurzsichtig in ihren Teller hineinbeugte, mit schmatzendem Zahnfleisch, ein schütteres Büschel langen weißen Kinnhaars schwebte zitternd über dem Mahl.

Als der Mann fertig war, schob er seinen Teller zurück und sah in die Runde; die übrigen begannen schneller zu essen und hoben dann nacheinander die Köpfe vom leeren Teller, außer der Großmutter. Als sie fertig war, rückte sie mit dem Daumen den Teller zurück und beäugte starr die Stelle, wo er gestanden hatte. Der Mann streckte die Hand nach der Lampe aus und drehte den Docht herunter, bis nur noch ein schräges Flämmchen hinter der Tülle schimmerte, mattbronzene Hitze waberte tief im Glas, die Gesichter neigten sich scheinbar körperlos darauf zu, ein blakender Kreis aus Ikonen. Die Greisin hatte die ledernen Lider geschlossen und schaukelte im Ebbstrom ihrer Träume sanft hin und her. So, sagte der Mann, das wär's; er schob seinen Stuhl zurück und erhob sich vom Tisch. Die Frauen begannen das Geschirr abzuräumen, erneut außer der Greisin: sie klappte ein Auge auf, spähte umher und klappte das Auge behutsam und verstohlen wieder zu.

Wir müssen morgen in aller Früh raus, sagte der Mann.

Wennde den Jungen aus'm Nest kriegst, dann könnenwer vielleicht am späten Vormittag los, sagte die Frau. Sie wischte den Tisch ab. Wach auf, Mama, sonst kippste wieder vom Stuhl.

Wird schon rechtzeitig auf sein, der Junge. Stimmt's, Bud? Wo steckt er denn?

Sobald nix mehr im Eimer oder in der Holzkiste iss, machter sich aus'm Staub. Moment, Herzel, das überlassen Sie ma' mir; Sie setzen sich hin und ruhn sich aus.

Sie hielt die an die Brust gestapelten Teller fest. Schon gut, sagte sie. Ich faß gern mit an.

Na schön; aber Obacht, da iss'ne Treppe.

Danke. Ich muß dann sowieso gleich wieder los.

Sie müssen heut abend garnix mehr.

Naja, sagte sie.

Passen Sie bloß auf die Treppe auf.

Als sie in der Küche fertig waren, folgte sie der mit der Lampe leuchtenden Frau durch den Korridor zum rückwärtigen Teil des Hauses, dann hinaus in die kühle Nachtluft und über den Brettersteg; die Tür hinter ihnen fiel zu, die Frau öffnete die nächste, trat ein, sie dichtauf, in der Nähe schrie ein Ziegenmelker, während sie noch im Freien marschierten, verstummte aber sofort, als sich die Tür wieder schloß. Sie verharrte neben der Frau und warf einen Blick durch den Raum, in dem sie sich nun befanden, auf die zwei Kopf an Kopf stehenden Betten in der hinteren Ecke, das eine aus Messing und billig verziert, das andere aus schlichter Eiche, dazwischen ein Waschgestell mit Emailschüssel und Krug. Die Frau stellte die Lampe auf einem schmalen Wandbrett ab.

Wenn Sie sich waschen wollen, da drüben hat's Seife. Für frisches Wasser ha'mwer draußen'ne Pumpe.

Dankschön, sagte sie, noch immer den Kleiderwickel an der Brust.

Wenn Sie fertig sind und sich aufs Ohr haun, pusten Sie einfach die Funzel aus. Das größere Bett da iss für Sie.

Gut.

Die Frau hatte schon kehrtgemacht; an der Tür blieb sie noch einmal stehen, die blinzelnden Augen vom Licht abgewandt, halb verschleiert und schmal wie die einer Katze. Brauchen Sie sonst noch was? sagte sie.

Die junge Frau blickte zu Boden und spielte an ihrem Bündel herum. Nein, sagte sie. Sonst nix. Dankschön.

Na denn, sagte die Frau. Sie öffnete die Tür; die Nachtluft strömte wieder herein, durchwehte lieblich den warmen Mief in der Bude, weiter weg schrie der Ziegenmelker, die Tür ging zu, die Schritte der Frau entfernten sich über den Brettersteg, dann, leiser, noch einmal der Ziegenmelker, oder vielleicht ein anderer Vogel, fernab von den verzogenen baumkantigen Brettern, von der schmalen gelben Flamme, ihrem Schutz gegen die Nacht.

Sie legte das Bündel aufs Bett, nahm Schüssel und Seife und ging nach draußen, die Lampe weihevoll vor sich hertragend, die aufsteigende Wärme umschmeichelte ihr Gesicht. Den Blick zu Boden, die Schüssel an der Hüfte, schritt sie vorsichtig und langsam voran, eine einsame Meßdienerin im leeren Hof, das Antlitz gebannt im Lampenlicht. Am Brunnen angekommen, stellte sie die Schüssel auf die Steinkonsole, schob sie unter den Auslauf, packte den langen Schwengel und begann zu pumpen. Ein heiseres Ächzen ertönte; dann spürte sie, wie das Wasser im Rohr langsam angesaugt wurde, hochstieg, durchs Eisenmaul flutete und sich in die Schüssel ergoß. Sie nahm die Kernseife, rieb sich mit dem körnigen Schaum die Hände ein, fuhr damit übers Gesicht und spülte dann kaltes Wasser nach, die Augen fest zusammengekniffen, zum Schutz gegen die brennende Seife. Als sie fertig war, spülte sie die Schüssel aus, nahm die Lampe vom Boden und ging wieder zurück zum Haus. Der Ziegenmelker war inzwischen verstummt; ein Schwarm von Motten und Nachtinsekten begleitete sie, wilde kollidierende Kreisbahnen um den Lampenzylinder. In der Nähe der Treppe hörte sie das Rascheln von Segeltuchhosen. Ohne Lampe hätte sie ihn wahrscheinlich gesehen, wie er lauernd im tiefen Schatten der Dachtraufe stand. Sie war schon auf der Treppe, da sprach er sie an.

Tag auch, sagte er.

Sie hielt inne; er trat in den Lichtkreis, so übertrieben scheu, daß jeder sofort argwöhnisch geworden wäre.

Was iss? sagte sie.

Die Hände tief in den Gesäßtaschen, blieb er ein kleines Stück vor ihr stehen und scharrte mit den Füßen, als sei er in Mist getreten. Tscha, sagte er, ich seh Sie grad reingehn, da hab ich gedacht, ich sag einfach ma' guten Tag. Wo soll's'n hin?

Rein.

Ähä, sagte er. Aber was ha'm Sie's denn so eilig? Er blickte sie an, das Gesicht absurd schüchtern zur Seite geneigt.

Naja, sagte sie; so halt. Bin ziemlich kaputt.

Er zog die Hände aus den Taschen, drückte sie mit verschränkten Fingern nach vorn, bis die Knöchel knackten, hob sie über den Kopf und legte sie in den Nacken. Hübscher Abend, was? sagte er.

Sie lugte hinauf zum schweren und sternlosen, mit der falschen Wärme eines drohenden Sturms aufgeladenen Himmel. Iss doch ganz dunkel, sagte sie.

Ja, sagte er. Stimmt genau, dunkel isses. Er spähte in die Runde, als wolle er nachsehen, ob es irgendwo noch dunkler war. Sie ha'm doch keine Angst vor der Dunkelheit, oder?

Nein, sagte sie. Glaub nich.

Sowas, sagte er. Also ich könnt wetten, Sie ha'm Bammel davor. Könnt wetten, daß Sie die Lampe nich auspusten, trotzdem daß ich bei Ihn' bin.

Sie musterte ihn.

Aber nur keine Bange; ich bin ja da. Hundertprozentig.

Musterte ihn über die glasgesäumte Flamme hinweg, wie er locker dastand und ein schwaches Grinsen aufsetzte.

Hab doch gar keine Streichhölzer, daß ich die Lampe wieder anzünden kann, sagte sie.

Ach was; ich hab welche. Na los. Ma' sehn, ob Sie sich traun.

Ich muß jetz rein, sagte sie.

Sein Mund klappte schildkrötenhaft zu; sie bekam es nicht mit, denn sie schritt, lautlos und noch immer das Inbild gesetzter und frommer Tugend, mit der Lampe bereits die grob zurechtgezimmerte Pappelholztreppe hinauf, trat, schmächtig und von Motten belagert, ins Haus, drehte sich um und schloß die Tür.

Sie stellte die Lampe aufs Wandbrett und setzte sich aufs Bett. Die Maisfasermatratze roch nach muffigem Staub und sackte mit trockenem Knistern langsam unter ihr weg. Sie drehte den Docht herunter, schlüpfte aus dem Kleid und hängte es über den messingnen Bettpfosten. Dann wickelte sie das Untergewand auf, zog es an und kroch ins Bett. Die Hände über dem Bauch verschränkt, lag sie ein paar Minuten ganz ruhig auf dem Rücken und spürte ihr schlaffes Fleisch unterm Gewand. Schließlich richtete sie sich nochmal auf, wölbte die Hand hinter den Lampenzylinder und blies das Licht aus.

Schon ein paar Minuten später kamen sie herein, rauh flüsternd, mit leisen Schritten wie Diebe. Sie beobachtete sie mit zusammengekniffenen Augen, der Mann, fast unsichtbar, keine Armlänge von ihr entfernt; plötzlich, als er den Overall abwarf und in der Leibwäsche dastand, zeichnete er sich grellweiß gegen die Finsternis ab; dann stieg er umständlich ins Bett, wie ein wundes Gespenst. Kurz darauf lagen alle inmitten der heißen Stille und hörten einander atmen. Sie drehte sich auf dem knisternden Lager behutsam zur Seite. Horchte auf einen Vogel oder auf eine Grille. Auf etwas Vertrautes im tiefen Dunkel.

Am nächsten Morgen brachen sie mit dem ersten Tageslicht auf; zuvor hatten sie, wieder an dem länglichen Tisch und in fahlgrauem, schauerlich von Essensdünsten durchwabertem Dämmer, Schweinefleisch und Brötchen gefrühstückt. Die Frauen trugen Sonntagskleidung, die Hauben griffbereit für die Fahrt, erneut außer der Greisin: immer noch war sie eingemummt in ihre weite Tracht, weder Kleid noch Kittel, sondern irgendein undefinierbares Gewand, worin sie sich formlos und ungehindert bewegte, in einer Dunstglocke aus zartem Moschus, dem Staubgeruch alten Weiberfleisches, immun gegen Schmutz, wie Stein oder Lehm. Sie trugen Stühle nach draußen und warteten anschließend im kühlen Morgentau; der Junge nahm die Stühle und stellte sie der Reihe nach auf die Ladefläche; der Mann, die Zügel schlaff zwischen den Fingern, kauerte stumm auf dem Bock; das Maultier, in ähnlicher Haltung vor sich hindösend, trat schwerfällig auf der Stelle. Die Frauen bestiegen den Wagen, nahmen ihre Plätze ein und rafften die Röcke, damit sie nicht knitterten – sogar, aus alter Gewohnheit, die Greisin; sobald sie saßen, hüpfte der Junge hinauf auf den Bock neben den Mann, und der Mann hob den Kopf, drehte sich um, die fünf Frauen hockten mit verschränkten Händen auf ihren Stühlen, dann hob er die Zügel, ließ sie herunterklatschen, sagte Hüh, und das Fuhrwerk zog unter zunehmendem Klappern und Klirren zur Straße.

Sie trug ihr Kleid und die Schuhe und hielt das wieder zum Bündel gewickelte Untergewand mit ihrer Habe züchtig im Schoß. Was meinen Sie, wann wir da sind? sagte sie.

Am Spätvormittag, sagte die Frau; falls uns das Viech nich unterwegs an Altersschwäche eingeht.

Sieht aber doch noch ganz kräftig aus.

Auch nich kräftiger wie alles andere hier, sagte die Frau erschöpft. Gucken Sie ma'. Hab ich Ihn' schon die Decke gezeigt?

Nein, Mam.

Die Frau begann ein Musselintuch aufzurollen; eine große Steppdecke kam teilweise zum Vorschein. Wenn ich bloß ma' die Mädels da zum Steppen bringen könnt, dann hättenwer zwei oder drei davon.

Sie neigte sich vor und begutachtete die Decke. Der Junge beugte sich neugierig über die Rücklehne des Kutschbocks und wollte zu einem Kommentar ansetzen.

Für die letzte habich drei Dollar gekriegt, sagte die Frau; war allerdings'ne Witwe.

Die iss aber wirklich hübsch, sagte sie.

Der Junge hatte die Steppdecke aus dem Tuch gezogen und drehte sie in der Hand. Kapier garnich, daß einer drei Dollar für so'n ollen Fetzen bezahlt, sagte er.

Na klar, sagte die Frau; wer nix hat, der kann auch nix zahlen. Machse mir ja nich dreckig, sonst willse keiner mehr haben.

Der Junge ließ die Decke verächtlich sinken; die Frau hüllte sie wieder in den Musselin.

Ganz schön fad, wenn man eine ganz allein zusammensteppen muß, sagte sie.

Ja, Mam.

Die beiden Mädchen sprachen kein einziges Wort, sie hörten anscheinend nicht zu. Die Greisin hatte ihren Stuhl ein Stück zur Seite gedreht und beäugte die vorbeiziehende Wand aus nassem Gesträuch, als halte sie Zwiesprache mit etwas, was dem Fuhrwerk in die jenseitigen schwarzen Kiefernwälder voraneilte. Nach einer Weile lehnte sie sich gefährlich weit aus dem Wagen, brach einen dünnen Zweig von einem Gewürzstrauch, hielt ihn sich kurz an die Nase und begann dann mit dem stumpfbraunen Daumennagel an der Spitze herumzupulen.

Unter der aufgehenden Sonne fuhren sie durchs frische grüne Gehölz hangauf, Aronstab säumte mit blättrigen Wachsspießen die Landstraße, der Mann ließ die Zügel über den abgewetzten Widerrist des Maulesels schlenkern, dann weiter durch eine Schneise in kurz aufschimmerndes Sonnenlicht; die Greisin schob sich die Haube in die Stirn und warf den anderen einen Seitenblick zu, wie ein Mandrill mit Kapuze, ihr runzliger Mund wälzte den hinter der Oberlippe hängenden Kautabak, sie drehte sich weg, ein schwarzer Speichelstrahl schoß pfeilgerade über die Wagenkante ins Unterholz, dann ging es hangab, der Mann betätigte die Bremse, der Wagen quietschte und schlingerte leicht im lockeren Kies, und weiter durch Flachland, durch einen unkrautbewachsenen Bach, wo stehendes Wasser die Steine mit Rost überzog, durch Röhricht, wo Myriaden von kleinen Vögeln mit dürrem Rascheln umherflirrten wie Heuschrecken.

Sie blickte nach hinten, blickte der feuchten, im Sand verlaufenden Wagenspur nach und streichelte dabei den Kleiderwikkel in ihrem Schoß. 'ne richtige Gegend für Räuber hier, nich? sagte sie.

Die Frau sah in die Runde. Da könn'Sie recht haben, sagte sie.

Der Mann schaukelte dösend auf dem Bock hin und her. Die Großmutter saß vornübergebeugt da, die Ellbogen auf den Knien, das Gesicht unsichtbar. Stumm fuhren sie durch die steigende Hitze des Sommermorgens, nur die Greisin spuckte ab und zu Kautabak aus, und der Wagen mahlte hölzern voran, ein stetes Geräusch, so qualvoll und erbarmungslos, als stecke mehr dahinter als das bloße Dahinrollen auf der Erdoberfläche.

Auf halbem Weg zur Stadt machten sie Rast an einer Quelle; der Mann hielt an, das Maultier senkte die lange Nase ins quer über die Landstraße strömende Wasser, legte schimmernde Steinchen im Schlamm frei, malvenfarbige und gelbe, schnaubte friedlich trinkend ins juwelenbesetzte Naß. Sie kletterten steif vom Wagen und marschierten einen Fußpfad entlang in den Wald, bis sie eine Stelle erreichten, wo das Wasser direkt aus der sumpfigen Erde sprudelte und durchs saftige Gras dahinströmte. Auf einem oben abgerundeten Pfosten steckte ein Emailbecher. Die Frau hatte ihren Proviantkübel dabei, benetzte das Tuch, mit dem er zugedeckt war, und breitete es sorgsam wieder darüber; dann trank auch sie aus dem Becher.

Feines Wässerchen, sagte der Mann. Feinstes Wässerchen, wo's in dem County hier gibt.

Sie nahm ihm den Becher ab, tunkte ihn in die dunkle Pfütze, führte ihn zum Mund und trank. Es schmeckte angenehm und war sehr kalt. Dann reichte sie den Becher weiter; die Greisin mümmelte sich den Kautabakklumpen hinter die Backenzähne, drehte den Becher und trank von der anderen Seite. Als alle ihren Durst gelöscht hatten, steckte der Mann den Becher wieder auf die Stange; dann machten sie sich auf den Rückweg, die Greisin tupfte sich mit einer Handvoll Rock den Mund ab.

Sie marschierte als letzte hinter den beiden Mädchen; zu ihrer Überraschung hörte sie plötzlich hinter sich Schritte. Als sie sich umdrehte, sah sie, daß der Junge ihr schwungvoll folgte.

Ich hab gedacht, du wärst schon voraus, sagte sie.

War oben im Wald. Das'ss vielleicht 'ne Hitze, wie?

Ja, 's iss ziemlich warm, sagte sie; sie schritt weiter, den schmalen schwarzen Pfad entlang, neben ihr linkisch der Junge.

Unsre Großmama kommt Ihn' bestimmt ganz schön komisch vor, was?

Keine Ahnung, sagte sie.

Dochdoch, ganz bestimmt. Ich bin ja schon an sie gewöhnt.

Sie marschierten weiter.

Wissen Sie auch, wie's passiert iss?

Was denn?

Wie sie ihren Zinken verloren hat.

Nein, sagte sie. Hab noch nich groß drauf geachtet.

Ehrlich, ich lüg nich, aber das war'n Ofenrohr. Sie hebt's grad hoch, und auf einmal fliegt das Ding runter und ratscht ihr ruckzuck den Zinken ab. Iss da durch wie... wie durch'n Froschbauch.

Sowas, sagte sie.

Als sie die Straße erreicht hatten, verstummte der Junge; der Esel, obwohl nicht festgebunden, hatte noch immer das Maul im Wasser, mitten auf der Landstraße, seine Ohren zuckten auf und nieder.

Das alte Maultier da kommt wohl auch nich mehr richtig vom Fleck, sagte sie.

Von wegen, sagte er. Das olle Viech hat mehr Grütze als... Neenee, das hat seine sieben Zwetschgen noch alle beisammen.

Sie blieb neben dem Wagen stehen, bis die anderen der Greisin nach oben geholfen hatten; dann stieg sie hinterher.

Ach ja, so'n kühler Schluck tut halt richtig gut, sagte die Frau.

Vor dem Wagen gab es plötzlich Tumult. Himmelarsch, brüllte der Junge. Sie sahen ihn zusammengekrümmt auf der Straße und sich mit beiden Händen das Knie halten; keiner hatte mitbekommen, wie er danebengriff, als er nach Fuhrmannsart mit einem Satz auf den hohen Bock hüpfte und sich im Fallen das Knie an der Metallstufe aufschlug.

Du lieber Gott, sagte die Frau; der Bub hat sich was getan.

Deswegen braucht er noch lang nich fluchen, brummte die Greisin unter der Haube hervor.

Der Mann stieg mit allen Anzeichen strapazierter Geduld vom Wagen. Er beugte sich über den Jungen und zerrte ihm mit Gewalt die Hände vom Knie. Die Hose hatte einen schmalen dreieckigen Riß, der Stoff färbte sich dunkel vom Blut.

Er hat sich'n Loch in die Kniescheibe gehauen, sagte der Mann. Der Junge lag auf der Seite und verzerrte vor Schmerz theatralisch das Gesicht; der Mann schob das Hosenbein stramm nach oben, schnürte damit unabsichtlich den Schenkel ab und betastete dann mit schmutzigem Finger die Wunde.

Blutet ja garnich so arg, sagte er. Ich mach ihm ma' eben was drum. Er griff nach der Hüfte und zog ein scharlachrot-blaues, grellbunt durchranktes Sacktuch hervor.

Das lieber nich, sagte die Frau. Sonst haste selber keins mehr. Hier. Sie beugte sich hinunter und riß einen langen Musselinstreifen aus dem Deckenbündel am Wagenboden.

Dann gib ma' her, sagte der Mann und streckte die Hand nach hinten. Das Knie des Jungen in den Schoß gebettet, hockte er auf der Straße, schnappte den Stoffstreifen und machte daraus einen Verband. Der Junge kam humpelnd hoch, besah sich die Sache genauer und schob dann behutsam das Hosenbein hinunter. Anschließend bestiegen die beiden den Kutschbock, der Mann trieb das Maultier mit einem Zuruf an, die Fahrt ging weiter, der Junge aufrecht auf seinem Platz, stoisch und wie am Pranger, der Mann zusammengekauert und dumpf vor sich hinbrütend, dahinter die fünf Frauen in absurder Züchtigkeit auf ihren Stühlen.

Es war fast Mittag, als sie die Stadt erreichten; die dünnbeschlagenen Hufe des Maultiers klapperten auf der Kopfsteinsteige des Bahnübergangs plötzlich laut auf, ein helles stählernes Hufklirren auf blankem Gleis, dann wieder abwärts, wieder stumm und schwerfällig der ungepflasterten Straße nach, gesäumt von einer Reihe angebundener Esel- und Pferdegespanne, einander ähnlich nur in ihrer Aura von Staub, Alter und Duldsamkeit, der Mann trieb das Maultier mit sanfter Zügelhilfe auf sie zu, das Fuhrwerk schlingerte in den Schatten der spärlich belaubten Bäume längs der Promenade und kam zum Stillstand.

So, sagte er, da wären wir.

Das Bündel an der Brust, stieg sie als erste vom Wagen und streckte der Großmutter die Hand entgegen; die Greisin stand auf, warf einen mißbilligenden Blick in die Runde, raffte, ohne die Hand zu beachten, ihre weite Tracht, hielt sich an der Felge des hohen Hinterrads fest, stieg rückwärts, wie auf einer Stufenleiter, gewandt zur Straße hinunter und streifte, grimmig unter der Haube hervorlugend, die Röcke wieder zurecht.

Der Mann hatte das Seil vom Wagen geholt und sah sich nach einer Stelle zum Festbinden um. Die beiden Mädchen und die Frau stiegen auf der anderen Seite ab. Sie ordnete ihr Bündel und sagte zu dem Mann:

Also dann dankschön nochmal fürs gute Essen und für die Übernachtung; und auch fürs Mitnehmen und so.

Keine Ursache, sagte der Mann. Aber was ha'm Sie's denn so eilig? Wir machen bald Mittag.

Naja, ich muß halt wieder los.

Dürfen gern mitessen, sagte die Frau.

Danke, aber ich muß wirklich los.

Na schön. Wenn Sie wieder mitwollen, gegen Abend fahren wer zurück.

Der Mann klopfte mit der Seilschlinge auf der Handfläche herum. Die Frau hielt das Deckenbündel in ihren Armen, als sei es ein Kind. Alles klar, sagte die Frau; der Mann sagte: Falls Sie ma' wieder in der Gegend sind, dann gucken Sie ruhig bei uns rein.

Sie ging in den erstbesten Laden und schritt durch den vollgestellten Verkaufsraum direkt zur Theke; ein Mann stand erwartungsvoll da.

Ha'm Sie den Kesselflicker gesehn? sagte sie.

Verzeihung?

Keine Ursache. Der Kesselflicker. Isser vielleicht hier durch?

Keine Ahnung, sagte der Mann. Ich weiß nich, welchen Kesselflicker Sie meinen.

Naja, sagte sie. So'n alten Kesselflicker halt. Hat schon mal einer bei Ihnen vorbeigeschaut?

Mam, wir führen hier bessere Ware als so ein Kesselflicker, und preiswerter iss sie auch. Was darf's'n nu sein?

Ich wollt nix kaufen. Bin bloß hinter dem Kesselflicker her.

Tja, also hier isser jedenfalls nich.

Und Sie wissen nich zufällig, wo er steckt, oder?

Mit so Leuten geb ich mich normalerweise nich ab. Probieren Sie's mal bei Belkner's. Dort decken die sich manchmal ein, soviel ich weiß. Schäbig genug isses ja.

Und wo wär das?

Über die Straße und dann zirka fünf Türen weiter. Großes Schild, Eisenwaren.

Dankschön, sagte sie.

Gern geschehn.

Als sie die Straße überquerte, holte der Junge sie ein; mit gehetztem Blick humpelte er rasch neben ihr her. Moment, sagte er. Warten Sie ma'.

Sie blieb stehen und beschirmte die Augen zum Schutz gegen die Sonne.

Bin ma' kurz ausgebüchst, sagte er. Hören Sie, hätten Sie eventuell Lust, heut abend mit zu der Show zu gehn?

Was für'ne Show denn?

Na, irgend so eine halt. Ich hab Geld.

Und wie willst du dann wieder heim? Glaub nich, daß deine Leute wegen'ner Show hier übernachten wollen.

Ach wo, sagte er. Komm schon irgendwie heim. 'ch erzähl ihnen irgendwas. Also, hätten Sie Lust?

Ich kann nich, sagte sie.

Warum?

So halt. Hab noch was zu erledigen.

Sie sind doch nich etwa'ne Paukerin, oder?

Nein.

Na also. Oder ha'm Sie was gegen Shows?

Neinein; iss ja wohl nix Schlimmes dabei. Bin halt noch nie in einer gewesen.

Der Junge hatte die Hände in den Gesäßtaschen seiner Segeltuchhose. Er schuf mit der Schuhsohle ein kleines Amphitheater im Straßensand. Dann kapier ich nich, wieso Sie nich mitgehn wollen, sagte er. Sie sind doch'ne Witwe, hab ich das richtig gehört?

Ja.

Ähä. Sie ha'm nich zufällig'n Schatz, oder?

Nein, sagte sie.

Tscha dann.

Sie musterte ihn neugierig. Noch immer mit der Hand über den Augen.

Tscha dann kapier ich überhaupt nich, wieso Sie nich einfach mitgehn.

Ich kann halt nich, sagte sie.

Sie wollen halt nich, sagte er.

Nein.

Gucken Sie ma'. Er zog eine große Lederbörse aus der Tasche, der Messingverschluß war mit gallengrüner Patina überzogen. Gespielt zaghaft fischte er ein Geldbündel heraus und schnippte mit dem Daumen über die Scheine. Sie sah ihm zu. Ließ die Hand auf den Wickel an ihrer Brust sinken, blinzelte im Sonnenlicht. Er raschelte mit den Scheinen. Ganz schöner

Batzen, was? sagte er. Könnt wetten, soviel ha'm Sie noch nie…

Ich muß jetz, sagte sie.

Heh, warten Sie doch ma'.

Sie betrat den hölzernen Gehsteig und marschierte der Straße nach.

Hey, rief er.

Sie schritt weiter. Er stand auf der Straße, mit leise zuckenden Mundwinkeln, in der Hand die Börse mit den hervorspitzenden Scheinen.

Ja, sagte der Mann. Einer kommt hier manchma' vorbei. Deitch heißter. Sind Sie vielleicht hinter *dem* her?

Ich kenn seinen Namen nich, sagte sie.

Hm. Wie sieht er denn aus?

Kann ich Ihnen auch nich sagen, sagte sie. Hab ja nichmal gewußt, daß es mehr davon gibt.

Der Mann beugte sich ein Stück über die Theke und fixierte kurz einen Punkt irgendwo an ihrer Taille. Sie ließ die Arme sinken und blickte zu den sonnenhellen Schaufenstern hinüber.

Was wollen Sie überhaupt von ihm? sagte der Mann.

Er hat was, was mir gehört und was ich wiederhaben muß.

Was denn?

Kann ich nich sagen.

Nichma' *das* wissen Sie?

Wissen tu ich's schon, aber ich kann's halt nich sagen.

Tscha, ich bin grad am Überlegen; vielleicht könnt er's hier für Sie deponieren.

Nein, sagte sie, das würd wohl nich gehn. Außerdem weiß ich ja garnich, ob er der Richtige iss. Er hat nich zufällig so'n kleinen Matz dabei, oder?

Keine Ahnung, sagte der Mann. Ich kapier allerdings nich, wie Sie'n finden wollen, wo Sie nich ma' seinen Namen und auch sonst nix von ihm wissen.

Muß ihn halt einfach weitersuchen, sagte sie.

Na, dann viel Glück.

Dankschön.

Nix zu danken. Hören Sie ma', wenn's so geheim iss, können Sie ihm ja was hinterlassen; schreiben Sie's einfach auf, ich geb's ihm dann weiter; falls er derjenige iss, dann weiß er Bescheid und kann...

Er kennt mich doch genausowenig, sagte sie.

Genausowenig.

Ja, Sir.

Hm.

Nix für ungut. Ich wollt Ihnen keine Umstände machen. Dankschön für Ihre Mühe.

Alles klar, sagte der Mann. Sie entfernte sich; mit leicht geöffnetem Mund sah er ihr nach. Sie war noch nicht an der Tür, da rief er ihr etwas zu. Sie drehte sich um, übergossen vom schräg durch die trüben Fensterscheiben fallenden Mittagslicht.

Ja? sagte sie.

Soll ich ihm ausrichten, daß Sie ihn suchen? Oder daß jemand ihn sucht? Oder daß...

Neinein, sagte sie. Tun Sie mir'n Gefallen und richten Sie ihm garnix aus.

Die Kuhglocke über der Tür bimmelte, dann nochmal, leise und fast pastoral im eisernen Schummer des Ladens. Der Mann schüttelte voller Skepsis den Kopf.

Als sie sich näherte, saßen sie auf dem Wagen und aßen.

Hallihallo, sagte der Mann. Schon alle Gänge erledigt?

Ja, Sir, sagte sie.

Ha'm Sie'n gefunden?

Nein, Sir. Er war scheint's nich hier in der Gegend. Hab mich erkundigt.

Aha.

Wär's vielleicht möglich, daß ich heut abend wieder mit Ihnen zurückfahr?

Sag ich doch.

Vielen Dank auch.

Die Greisin war aufgestanden und glotzte, wie von Hunden oder noch Schlimmerem bedrängt, zu ihr herunter. Die beiden Mädchen tuschelten miteinander und spähten hinter vorgehaltenen Händen hervor.

Hock dich hin, Mama, sagte die Frau.

Gib ihr doch ma' was zu vespern, sagte der Mann.

Herrje, sagte sie, ich hab aber kein bißchen Hunger.

Die Frau, den Kübel schon in der Hand und noch kauend, hielt inne und betrachtete die auf der Straße stehende junge Frau.

Gib ihr doch ma' was zu vespern, wiederholte der Mann.

Beim Essen sah sie den Jungen über die Promenade herankommen. Als er sie am Pritschenrand sitzen sah, blieb er stehen; dann tappte er langsam und humpelnd weiter.

Wo warst'n? sagte die Frau.

Will's lieber nich hören, sagte die alte Vettel.

Nirgends, sagte der Junge.

Hättst beinah's Essen verpaßt.

Ach was, sagte er.

Am Spätnachmittag brachen sie wieder auf, hinaus aus der Stadt, die Räder mahlten sich durch den Sand, heimwärts die gelbe Landstraße entlang. Nacht senkte sich dunkel und sterngebläht herab, der Wagen schwoll an, fast lautlos inzwischen im Tau. In ihrer schwarzen Reglosigkeit wirkten die Menschen auf ihren Sitzen wie Steinfiguren, geborgen aus einem uralten Bauwerk.

ER MARSCHIERTE die Straße entlang und lauschte schon eine ganze Weile auf seine Schritte, als ihn plötzlich ein Mann ansprach. Der Mann sagte: Wie geht's, Kumpel?

Tag, sagte Holme und blieb stehen.

Der Mann lehnte an einem kleinen Walnußbaum, die Beine gespreizt im Gras, ein Auge zwinkerte gutgelaunt-boshaft, aus dem Mundwinkel sproß ein Ampferstengel. Er bedachte den Wanderer mit einem schrägen Grinsen. Hock dich'n Moment her und ruh dich aus, sagte er; er zog den Stengel aus dem Mund und deutete damit auf den Boden.

Lieber nich.

Bloß'n Moment; ich begleit dich dann nachher auch.

Na gut.

Sowieso.

Holme schritt bedächtig durchs staubige Gras in den Schatten und ließ sich ein Stück von dem Mann entfernt nieder.

Heiß, was?

Holme bejahte. Der Mann hatte eine leichte Whiskeyfahne. Er sah Holme nicht an, sondern starrte hinüber zur Straße und grinste schwach vor sich hin.

Wo soll's'n hin? sagte er.

Einfach der Straße nach.

Im Ernst? Iss ja genau meine Strecke. Einfach der Straße nach. Er klopfte sich mit dem Stengel geistesabwesend aufs

Knie und lächelte. Einfach der Straße nach, wiederholte er. Er drehte den Kopf, wie um sich zu vergewissern, ob niemand zuschaute; dann griff er unter seine neben ihm liegende Jacke, fischte eine purpurrote Flasche hervor, hob sie mit beiden Händen hoch und schüttelte sie. Er warf Holme einen Blick zu. Lust auf'n Schlückchen?

'n kleines vielleicht.

Der Mann reichte die Flasche hinüber. Laßes ruhig or'ntlich zischen, sagte er.

Holme drehte den Pfropfen heraus und hielt sich die Flasche kurz an die Nase; dann trank er. Sein Blick begann zu schwimmen, er richtete sich kerzengerade auf. Wischte sich den Mund ab, pfropfte die Flasche zu und gab sie zurück.

Dankschön, sagte er.

Gut, wie?

Ja.

Nix zu danken.

Holme strich sich mit dem Finger den Schweiß von der Stirn. Der Mann hockte da und sah hinüber zur Straße; der Stengel in seinem Mund drehte sich, der fadendünne Stengelschatten auf seinem Gesicht wurde abwechselnd lang und kurz, wie ein Sonnenuhrzeiger unter einer rasenden Sonne. Einen Moment später blickte der Mann wieder zu Holme. Wie wär's, wollenwer die Stiefel tauschen? sagte er.

Holme prallte zurück. Er betrachtete erst die Stiefel an seinen Füßen, dann die Stiefel des Mannes. Glaub nich, daß wir da ins Geschäft kommen, sagte er. Hab die Dinger noch nich so lang.

Sehn ganz schön stabil aus, sagte der Mann. Wieviel haste dafür geblecht?

Keine Ahnung. Hab sie abgearbeitet.

Na, für so Stiefel, da mußte wohl'n paar Tage schuften, wie?

'n paar schon.

Der Mann setzte wieder sein Grinsen auf. Meine ollen Latschen hier machen's auch nich mehr lang, sagte er.

Holme sah ihn an, aber der Mann lugte mit einer Art träumerischer Trägheit längst wieder zur Straße hinüber.

Wohnen Sie hier in der Gegend? sagte Holme.

Der Blick des Mannes schwenkte zu ihm herum. Drüben in Walker's Mill, sagte er. Am andern Ende von Cheatham. Und genau dort will ich jetz hin. Er nahm den Stengel aus dem Mund und spuckte aus. Biste soweit? sagte er.

Holme stand auf. Der Mann schnappte sich seine Jacke und steckte die Flasche weg. Er schwang die Jacke locker über die Schulter und erhob sich; Holme folgte ihm zur Straße, die Nachmittagssonne brach hell über die beiden herein. Holme beobachtete den Staub, wie er unter den Sohlen des Mannes hervorwallte. Das Leder war ausgetrocknet und rissig, die Hinternaht des einen Stiefels war aufgerissen und oben mit einem Stück Draht zusammengeflickt. Bei jedem Schritt ging der Riß auf und zu, die Wade blinkte hervor, im Gleichtakt mit der dumpf gegen den Rücken schlagenden Flasche.

Wie weit ha'm Sie's denn? sagte Holme.

Nich sehr. Drei oder vier Meilen.

Wieso sind Sie eigentlich hier?

Hab für jemand'n Bienenschwarm eingefangen.

Holme nickte. Und das ha'm Sie dann gleich in den Whiskey da umgesetzt, sagte er.

Den hab ich gewonnen, sagte der Mann. Hab nämlich gewettet, daß ich die Viecher ohne Schleier und Pfeife einfange.

Sind Sie schon mal gestochen worden?

Noch nie, sagte der Mann.

Ha'm wohl große Erfahrung mit Bienen.

'n bissel, sagte der Mann. Er schwang die Jacke im Bogen um sich herum und hängte sie über die andere Schulter. 'n bissel, wiederholte er. Er schürzte die Lippen und schnaufte wie überdrüssig vor sich hin. Und du, wie weit hast du's?

Keine Ahnung, sagte Holme. Wahrscheinlich grad bis zu der Stadt da.

Der Bienenfänger warf ihm einen Seitenblick zu; dann schaute er wieder weg. Sag bloß, du weißt nich, wode hinwillst.

Keine Ahnung, sagte Holme.

Wieso biste dann überhaupt unterwegs?

Wohin denn?

Der Bienenfänger gab keine Antwort. Nach einer Weile sagte er: Na, sagenwer zu dem Sumachgestrüpp da vorn; er deutete vage mit dem Zeigefinger der Hand, mit der er die Jacke festhielt.

Ich such meine Schwester, sagte Holme.

So? Wo steckt sie denn?

Holme beobachtete den trockenen Sand, wie er sich unter den neuen Stiefeln kräuselte. Wenn ich das wüßt, dann bräucht ich sie ja nich suchen.

Der Bienenfänger ging nicht darauf ein. Er spähte in die Runde. Als sie das Sumachgestrüpp passierten, sagte er: Ich kannse nich sehn.

Holme bedachte ihn mit einem stumpfen Blick. Nach einer Weile schwang der Mann die Jacke von der Schulter und fischte die Flasche heraus. Auch'n Schluck? sagte er.

Gern.

Der Mann reichte ohne herzusehen die Flasche hinüber. Holme nahm sie in Empfang, blieb mit gespreizten Beinen mitten auf der Straße stehen und schaute über den schimmernden Glaskegel hinweg einer Weihe nach, die sich in einer langsamen Schleife aus seinem Gesichtskreis entfernte. Der Mann musterte ihn. Holme nahm einen Schluck und gab die Flasche zurück; der Mann trank und verstaute die Flasche wieder in seiner Jacke; dann marschierten sie weiter.

Wie weit biste denn schon gelatscht? sagte der Mann.

'ne ganz schöne Strecke. Keine Ahnung... War drüben im Johnson County.

Aber durch Cheatham biste noch nich durchgekommen, oder?

Nich daß ich wüßt.

Das wüßteste ganz bestimmt.

Im Ernst?

Im Ernst. Der Mann kickte mit der Fußspitze die flachgequetschte ausgetrocknete Haut einer überfahrenen Kröte weg. Dort hat's den schlimmsten Knast im ganzen Bundesstaat.

Ich war noch nie im Knast, sagte Holme.
Du warst auch noch nie in Cheatham.
Holme steckte die Hände in den Latz seines Overalls.
Mit was verdienste denn deine Brötchen? sagte der Mann.
Mit nix.
Der Mann nickte.
Ich kann arbeiten, sagte Holme. Bin kein Schlappmann.
Willste dir nich in Cheatham 'ne Stelle suchen?
Hab ich mir auch schon überlegt.
Der Mann nickte wieder. Sie marschierten weiter. Wateten durch einen schmalen Bach; der Bienenfänger bückte sich, klatschte sich eine Handvoll Wasser übers Gesicht und schüttelte schnaufend den Kopf. Dann fuhr er sich durchs Haar und trocknete die Hand an der Hose ab.
Wie weit isses noch? sagte Holme.
Nich sehr.
Ob man das Wasser da trinken kann?
Iss doch olles Sumpfwasser, sagte der Mann.
Hab nämlich schon ganz schön Durst.
Der Bienenfänger setzte sein schräges Grinsen auf und schulterte wieder die Jacke; dann marschierten sie weiter.

Am frühen Nachmittag trafen sie in der Stadt ein. Ein kleiner Ort mit dichtgedrängten, bedrohlich windschiefen Holzhäusern, die bodenlos und ungestrichen in der sengenden Hitze kauerten. Niemand schien draußen zu sein.
Wohl nich viel los hier, was? sagte Holme.
Nee.
Wo müssen Sie lang?
Immer gradaus.
Sie zogen auf der Schattenseite des Marktplatzes weiter; die oberen Fenster blickten mit krummen sonnendurchschossenen Scheiben auf sie herab.
Sie wissen nich zufällig, wo ich mich hier nach 'ner Arbeit erkundigen kann, oder? sagte Holme.
Der Bienenfänger nickte in Richtung der Gebäude, die sie

gerade passierten. Probier's mal im Kaufladen. Vielleicht weiß dort einer was. Sonst kann ich dir auch nich helfen.

Okay, sagte Holme. Dankschön.

Schon gut, nix zu danken.

Holme war stehengeblieben; der Mann tappte einfach weiter. Kein Blick zurück, keine Abschiedsgeste. Er entfernte sich die Straße hinunter, ließ den Marktplatz hinter sich, schwang die Jacke über die andere Schulter und war verschwunden.

Holme setzte sich wieder in Marsch, seine Stiefel polterten über den Gehsteig; kurz darauf stand er vor dem Cheatham Mercantile. Er spähte durchs Fenster in den staubigen Schummer, konnte aber niemanden sehen. Er versuchte es mit der Tür; sie ging auf, er trat vorsichtig ein. Ein am Ladentisch eingenickter Verkäufer fuhr hoch. Tag, sagte Holme.

Bittschön Sir? sagte der Verkäufer.

Könnt ich vielleicht'n Schluck Wasser haben?

Woll Sir. Gleich da drüben in der Kühlbox.

Danke, sagte Holme. Er schnappte sich die Wasserflasche und trank, bis ihm die Luft ausging. Keuchend verharrte er einen Moment; dann trank er weiter.

Bei der Hitze kriegt man ganz schön Durst, was? sagte der Verkäufer.

Holme nickte. Er machte die Flasche zu und stellte sie in die Kühlbox zurück. Wo stecken'n die andern? sagte er.

Du lieber Gott, keine Ahnung. Bei der Kirche iss irgendwas im Gang. Die sind hier ab wie'n Haufen Hühner. Nachgucken, was los iss.

Alle miteinander?

Alles, was Beine hat.

Holme fuhr mit den Händen an seinem Overall entlang und befingerte die eingewickelten Münzen im Latz. Gibt's hier irgendwo Arbeit? sagte er.

Suchen Sie'ne Stelle?

Könnt eine brauchen.

Du lieber Gott, am liebsten würd ich Ihnen meine hier abtreten. Bin nah dran, sie hinzuschmeißen.

Naja, mit Zahlen hab ich nich viel am Hut. Such eher was Handfestes.

Tscha, keine Ahnung, sagte der Verkäufer. Fragen Sie einfach mal rum. Sein Blick schweifte wirr in die Runde.

Was meinen Sie, wann die andern wieder zurück sind?

Pschsch, mahnte der Verkäufer. Er nahm eine drahtene Fliegenklappe vom Tresen und ging in Lauerstellung. Holme sah zu. Der Verkäufer holte aus und klatschte eine riesige, melonenartig gestreifte Fliege an die Kräckerkiste.

Was meinen Sie, wann die andern wieder zurück sind? sagte Holme.

Irgendwann. Sind schon den halben Morgen fort.

Zur Kirche?

Genau. Und für einige von der Bande isses seit langem 's erstemal.

Wo iss die denn?

Die Kirche? Gleich da oben, sagte der Verkäufer und deutete mit dem Finger. Da hat schon die alte gestanden, ehse abgebrannt iss.

Holme, an der Kühlbox lehnend, nickte unbestimmt.

Wo sind Sie nochmal her? sagte der Verkäufer.

Aus dem Johnson County.

Bin ich noch nie gewesen.

Hm.

Angeblich'n lausiges Pflaster.

Tja, keine Ahnung. Bissel schon.

So heißt's jedenfalls. Bin ja selber noch nie dort gewesen.

Holme nickte. Schatten fluteten durchs gelbe Licht in den Schaufenstern, ergossen sich über die Waren. Stiefel polterten über die Verandabretter.

Da kommen'n paar, sagte der Verkäufer.

Holme trat an die Tür und spähte hinaus. Leute liefen umher. Männer strömten zu Fuß auf den Marktplatz, Maultiere und Pferde im Schlepp. Einige waren bewaffnet. Dahinter ein langer, mit zwei weißen Eseln bespannter und von zwei kleinen Jungen begleiteter Heuwagen. Vorbote des Spektakels war ein fast weißer, über den Platz wehender Staubwirbel, wie die letzte Rauchwolke einer Schlacht.

Was'n da los? sagte der Verkäufer.

Keine Ahnung, sagte Holme. So'ne Art Massenauflauf.

Fragen Sie doch draußen mal nach.

Holme lehnte sich aus der Tür; ein paar der Männer schauten herüber. Was iss los? sagte er.

Sie bringense grad, sagte einer.

Wen denn?

Die halt, sagte der Mann.

Ein anderer blickte an dem Sprecher vorbei zu Holme. Die Leichen, sagte er.

Ein kleiner Junge drehte sich zu ihnen um. Die ollen Toten, sagte er.

Holme betrachtete mit den anderen den über den Marktplatz rumpelnden Heuwagen. Im schweißnassen Nacken spürte er den kühlen Atem des Verkäufers.

Wer isses denn? sagte der Verkäufer.

Keine Ahnung, sagte Holme. Sie wollen nich richtig raus damit.

Wieviel sind draufgegangen?

Hat er nich gesagt. Wahrscheinlich mehrere.

Der Wagen fuhr langsam in seiner fahlen Staubwolke dahin, die Maultiere gepflegt und anmutig, der Fuhrmann düster und aufrecht auf seinem Kutschbock. Hinter ihm auf der Pritsche lagen nebeneinander drei geriffelte Holzsärge. Sie waren wurmstichig und mit einem Gewirk aus gelben Lehmklumpen überzogen. Irgend jemand hatte sie aufgebrochen; aus dem einen flatterten wimpelgleich ein paar durchnäßte fleckige Fetzen aus vollkommen farblosem Satin.

Du lieber Herrgott, flüsterte der Verkäufer.

Der Wagen zog vorüber. Der Fuhrmann hob fast unmerklich die Hände, die Zügel zitterten über die Eselflanken, das Gespann kam zum Stillstand. Der Männer auf der Veranda drehten sich um und spähten hinüber. Holme sah über ihre Köpfe hinweg den Fuhrmann aufstehen und dann vom Wagen steigen, sah die Ohren des Maultiers auf- und abzucken. Er wandte sich dem Verkäufer zu. Die ollen Kisten da kommen direkt aus der Erde, sagte er.

Ich seh's.

Was meinen Sie, was...

Die hat garantiert jemand ausgebuddelt. Geben Sie dem da vorn mal'n Stupser. Hey, Bill.

Sie sprachen in heiserem Flüsterton. Der Mann neigte das Ohr herüber.

Sag mal, was'n passiert? sagte der Verkäufer.

Was weiß ich. Jemand hat neben der Kirche'n paar Gräber ausgebuddelt.

Grabräuber, raunte einer.

Allmächtiger.

Da vorn kommt der Sheriff.

Zwei miteinander debattierende Reiter überquerten den Platz. Die Menge fächerte vor ihnen aus; die Reiter saßen ab, banden die Pferde an einem Geländer fest und traten in ein Gebäude.

Ein paar hundert Leute scharten sich nun um den Wagen; Stimmengewirr wurde laut. Die Sonne stand direkt über ihnen. In gleißender Reglosigkeit schien sie am Himmel zu hängen, wie festgebannt vor Verwunderung darüber, die Rudimente des Fallwilds, das sich doch längst empfohlen hatte, hienieden noch einmal zu sehen. Die Leute auf dem Gehsteig trotteten im Gänsemarsch vorüber, einige stellten sich auf die Zehenspitzen, um die Überreste auf der Wagenpritsche besser sehen zu können.

Ich glaub, ich guck mir das lieber nich an, sagte der Verkäufer.

Holme marschierte den Gehsteig entlang und mischte sich unter die Menge. Neben Schweiß und Dung roch er den modrigen Verwesungsbrodem der Särge. Als er dann vor dem Wagen stand, sah er ein wachsgraues, augenlos in den hellen Mittag stierendes Gesicht. Im Sarg daneben ein Etwas, das allem Anschein nach einmal ein Greis gewesen war. Der Sarg war mit billigem wattiertem Satin ausgelegt, die Gestalt darin trug ein weißes Hemd und einen Schlips, aber weder Jacke noch Hose. Das abgezehrte welke Fleisch an den alten Beinen hatte sich zu staubigem Braun verfärbt. Eigentlich hätte man den Greis nicht einfach vor aller Augen und unter der sengenden Sonne halbnackt in seinem Sarg lassen sollen. Aber das war noch nicht alles. Quer über der ausgedorrten Brust lag ein schwarzer Arm; als Holme sich auf die Zehenspitzen stellte, konnte er sehen, daß der Greis seine Ruhestatt mit einem schwarzen Küster teilte, dessen Kopf halb abgetrennt war und der den Alten umklammerte wie ein perverser Aussätziger.

Holme schlurfte weiter. Sein Vordermann drehte sich um. Toller Anblick, sagte er. Holme nickte.

Wer das gemacht hat, trägt jetz bestimmt'n schwarzen Anzug.

Holme sah den Sprecher an.

Einfach zum Kotzen, was es für Leute gibt, was?

Holme nickte erneut. Sie schritten die Straße zurück auf den Laden zu. Der Verkäufer unterhielt sich mit ein paar Männern auf der Veranda. Kaum hatte er Holme bemerkt, blickte er hastig weg. Dann sprach er weiter. Einer der Männer drehte sich um und lugte hinüber zu Holme. Holme verharrte müßig auf dem Platz. Kurz darauf drehten sich zwei weitere um und musterten ihn. Holme ruckte unruhig hin und her. Ein Mann löste sich aus der Gruppe, marschierte über den Gehsteig zum Wagen und drängte sich dort durch die Menge. Kurz bevor er das Gebäude betrat, in das der Sheriff gegangen war, wandte er sich noch einmal um und spähte in Richtung Holme. Holme tappte los, überquerte langsam den Platz. Horchte angestrengt nach hinten. An der Ecke angelangt, sah er zurück. Drei Männer eilten über den Platz. Er begann zu laufen. Rannte durch ein schmales Sträßchen, sah sich nach einer Abzweigung um. Hörte hinter sich keine Schritte. Er passierte einen langen Holzschuppen, an dessen Ende sich eine Gasse befand, hinter der er eine Viehweide entdeckte. Er drehte sich um und sondierte noch einmal die Lage. Sie rückten näher, in aller Ruhe, mit grimmem Selbstvertrauen. Er bog in die Gasse ein, an der Rückseite des Schuppens entlang. Vor einer Rampe luden zwei Neger ein paar Futtersäcke von einem Wagen. Sie sahen ihm nach. Er stieß auf einen Zauntritt, sprang hinüber auf die Weide und schwenkte ein Stückchen nach links, auf eine Baumreihe zu. Ein paar Kühe hoben die Mäuler vom Gras, glotzten ihn ruhig und friedlich an. Er raste durch explodierende Insektenschwärme, allmählich ging ihm die Puste aus. An der Baumreihe stieß er erneut auf einen Zaun; taumelnd kletterte er darüber. Die Verfolger überquerten die Weide; offensichtlich im Trab. Dahinter noch mehr. Ihre Stimmen schallten durch die summende Leere. Er tauchte ins schützende Unterholz, bog in eine laublos gespülte Steinrinne ein und hastete weiter.

Am Bach angelangt, schreckte er eine Schar kleiner Jungen auf, die sich wie Robben auf einer Kalkfelsenbank sonnten. Weiß und nackt stürzten sie vornüber ins Wasser, lugten mit großen Augen und hüpfenden Köpfen zu ihm herüber. Eingehüllt in einen gewaltigen Gischtfächer, durchquerte er weiter bachaufwärts mit unvermindertem Tempo die Untiefen und hechtete ins Röhricht am anderen Ufer. Rallen, Kiebitze und kleinere Vögel rauschten aus staubigem Farngesträuch in die Tageshitze; Rohrratten stoben leise fiepend davon. Blindlings raste er weiter. Wieder aus dem Rohrdickicht heraus, befand er sich auf einer Landstraße, ein jähes Auftauchen zwischen den letzten, krachend knickenden Schilfstengeln, wie versehentlich aus der Kulisse auf die Bühne gestürzt; er sah sich um, in heller Panik angesichts des offen vor ihm liegenden Geländes, schlug noch einen Moment lang ins Leere, ins nicht mehr vorhandene Ried; dann machte er kehrt und torkelte wieder ins Schilf. Im Trab zog er weiter, versuchte sich mit zusammengekniffenem Auge an der Sonne zu orientieren, das Herz schlug ihm bis zur Kehle. Als er das Ried endlich hinter sich hatte, war ringsum tiefer Wald. Er blieb stehen, atmete durch und lauschte: bis auf sein hämmerndes Blut war nichts zu hören. Zwischen den schrundigen Baumsäulen ließ er sich auf die Knie fallen, wie ein reuiger Sünder. Eine Taube gurrte leise und verstummte wieder. Inmitten von Maiapfel und wilder Iris, die Hände über die Schenkel gespreizt, verharrte er auf den Knien. Hob den Kopf, blickte zur hochstehenden Sonne; ihr Licht fiel lang und lotrecht durchs Gehölz. Kein Verfolgerlärm, kein fernes Gerufe erreichte ihn in dieser grünen Beschaulichkeit. Er stand auf und zog weiter. Bei Einbruch der Dämmerung kauerte er sich ins Dickicht und wartete. Als es vollständig dunkel war, tauchte er wieder hervor, ein einsamer Wanderer, unterwegs nach Süden. Er marschierte die ganze Nacht hindurch. Nicht einmal ein Hund machte ihm die öde Landstraße streitig.

Als er den Mann mit dem Scheunendach ansprach, hatte er zwei Tage lang bis auf ein paar frühe Feldrüben nichts gegessen. An einem Bach hatte er sich gewaschen, rasiert und sein Hemd zu säubern versucht. Der Kragen war ausgefranst, das weiße Futter hing in einer Art schäbiger Eleganz um den Hals, wie ein Vatermörder aus zerschlissener Spitze.

Kannste anstreichen? sagte der Mann.

Klar, sagte Holme. Schon immer.

Der Mann begutachtete ihn. Das Dach von meiner Scheune bräucht ma'n Anstrich, sagte er. Machste auch Dächer?

Hab schon'n Haufen Dächer gemacht, sagte Holme.

Wie willste's, Pauschale oder einfach nach Tagelohn?

Holme rieb sich mit zwei Fingern die Lippen. Tja, sagte er, wenn's bloß das eine Dach iss, dann lieber nach Tagelohn.

Geht das auch schnell bei dir?

Klar, so'n Dach geht ruckzuck.

Der Mann musterte ihn noch einen Moment. Okay, sagte er dann. Ein' Dollar pro Tag. Morgen kannste loslegen; ich besorg heut abend noch Farbe und stellse dir hin.

Mir recht, sagte Holme. Um wieviel Uhr soll ich anfangen?

Um sechs geht's bei uns los. Bis auf den Nigger. Der iss noch früher unterwegs, weil er's Vieh füttern muß.

Holme nickte.

Okay, sagte der Mann.

Holme setzte sich wieder in Marsch.

Wo wohnst'n überhaupt? sagte der Mann.
Holme blieb stehen. Naja, bis jetz nirgends. Bin ja grad eben erst angekommen.
Wenn's dir nix ausmacht, kannst in der Scheune wohnen, sagte der Mann. Bist eh den ganzen Tag drauf; da kannste genausogut drin übernachten.
Alles klar, sagte Holme. Dankschön.
Aber geraucht wird mir da drin nich.
Ich rauch sowieso nich.

Vom Dachfirst aus hatte er einen weiten Blick über die wellige Landschaft. Er ordnete die Leitern, hockte sich einen Moment hin und beobachtete die den Osten durchblutende Sonne, beobachtete eine die Straße entlangtrottende kleine Ziege. Über ihm, im Morgenwind, quietschte leise der Wetterhahn. Er knetete den Pinsel durch und stellte den Eimer zurecht. Unten wälzte sein Schatten sich schräg und bedrohlich übers Gelände, ein Hahnenchor erhob sich über den aufwachenden Fluren, wurde leiser, verstummte, setzte von neuem ein. Dann fiel die Sonne auf die östliche Dachschräge; die Feuchtigkeit zog dampfend das Blech hinauf und war fast sofort verdunstet. Er rührte die sämige grüne Farbe um und fing an.

Am späten Vormittag war das Blechdach schon ziemlich heiß; die feuchte Farbe darauf glänzte wie Lack. Als er eine Pause einlegte, überzog sich die Farbe im Eimer mit einer Haut, auf der Pinselhülse bildete sich ein mattgrüner Belag. Er machte weiter, die einzelnen Wellblechplatten markierten den Fortgang der Arbeit. Durch den vom Dach aufsteigenden Hitzeschleier beobachtete er ein Mädchen, wie es ins Haus ging, mit frisch gewaschender Wäsche wieder herauskam, beobachtete sie, wie sie im Hof die Leine behängte, wie sie sich neben dem Wäschekorb bückte und dann nach oben langte, wie ihre Brüste gegen ihr Kleid drängten. Farbe troff ihm vom Pinsel über die in der Bewegung erstarrte Hand. Er rieb die Farbe mit dem Finger ab und streifte sie vom Stiel. Dann beobachtete er das Mädchen, wie es wieder ins Haus ging.

Am Nachmittag des dritten Tages hatte er die Hälfte des Daches hinter sich; er beförderte die Leiter auf die andere Seite, hängte sie mit den Haken am First ein, bugsierte den Eimer auf eine Sprosse und begann die erste Platte zu streichen. Wären sie tags zuvor oder schon morgens erschienen, sie hätten ihn nicht gesehen. Sie waren zu viert und schritten, bereits in Scheunennähe, den Zaun entlang, im Storchengang durch den grünlichen Brei aus Dung und Schlamm. Der eine hatte eine Flinte, die anderen trugen Latten; mit schimmernden Gesichtern lugten sie zu ihm hoch. Er ließ den Pinsel sinken, klemmte ihn hinter eine Sprosse, stieg über die Leiter nach oben, richtete sich auf und balancierte, seine Stiefel ständig im Blick, vorsichtig über den First, bis er die Bodenleiter erreichte. Er ging in die Hocke, rutschte näher heran, bremste mit Händen und Füßen ab und bekam dabei fast das Übergewicht. Da hörte er einen der Männer aufbrüllen. Er spähte nach unten, aber sie waren bereits im Windschatten der Scheune.

Fang ihn ab, rief der eine.

Auf der andern Seite, Will, auf der andern Seite.

Jag ihn hier rüber; dann zerleg ich ihn wie'ne Flinte.

Halb rennend hetzte er vorwärts die Leiter hinunter, fiel über die letzten sechs Sprossen, rappelte sich hoch und stürmte an der Scheune entlang weiter. An der Ecke tauchte ein Mann auf, ein bleiches, zu schmallippigem Grinsen verzerrtes Gesicht, und hieb ihm die Latte flach auf den Rücken; der Klatsch fuhr ihm durch Mark und Bein. In vollem Lauf kippte er vornüber in die trockene Spreu, spurtete wieder los, dann über den Zaun durch den Schweinepferch, ein Eber stob brüllend aus seiner Suhle und griff ihn an, und weiter über den rückwärtigen Zaun zur oberen Weide. Hinter sich hörte er den Mann rufen: Gottverdammich, Gottverdammich; der Mann hüpfte auf und ab, trat gegen den anrückenden Eber, strebte zum Zaun zurück, rief, du Saukerl, du elender, das brüllende Tier drang mit den Hauern auf ihn ein, der Mann glitt aus, hopste im Schlamm herum, und über allem das Klatschen der Latte auf der Schwarte des Ebers.

Durch hüfthohes Gras lief er weiter und horchte auf den Schuß, bis ihm der Kopf brummte. Es kam keiner. Am Hügelkamm angelangt, drehte er sich um und spähte zurück. Etwa hundert Meter unter ihm waren die Männer querfeldein ausgeschwärmt. Sie blieben stehen, der erste, der zweite, der dritte und schließlich der vierte, wie miteinander verdrahtet; der eine legte die Flinte an, ein schwarze Blüte sprang um ihn auf. Holme schwenkte herum. Die Kugeln stachen ihn in den Rükken wie Wespen. Er zuckte zusammen und fuhr mit der Hand in den Nacken: ein dünner Blutschmierer; dann begann er wieder zu laufen. Er spurtete abwärts, hinaus aus dem Feld, in einen Kiefernwald am Fuß des Hügels, raste wie wild übers offene Gelände, die Bäume wichen zur Seite. Irgendwann schlug er hin, schlitterte längelang über die Kiefernnadeln in einen dunklen Graben, stand wieder auf, Nadelgefitze klebten an der Farbe und dem Blut auf seinen Handflächen. Er spähte zurück, das verstörte Gesicht in beiden Händen, als koste der Blick alle Kraft; dann raste er weiter, raste in irrem Tempo tiefer hinein in den Wald.

Er landete in einem Hohlweg, lief hindurch, bis der Weg allmählich nach rechts schwenkte, stürmte geradeaus weiter, glitt die Böschung hinunter, versuchte am Fuß des Hangs einen Bach zu überspringen. Aber das weiche Gras gab unter ihm nach, er platschte kopfüber ins Wasser. Wollte wieder hoch; es ging nicht. Stützte sich auf die Ellbogen, ächzend, lauschend. Der Bach murmelte die düstere Senke hinunter. Er senkte das Gesicht ins seichte Wasser, trank, würgte; nach einer Weile erbrach er sich. Dann trank er nochmal.

ER HATTE einen formlosen, staubigen und zu knapp sitzenden schwarzen Leinenanzug an, Bart und Haare waren lang, schwarz und zerzaust. Er trug weder Hemd noch Kragen, seine bloßen Zehen spitzten aus handgearbeiteten Arbeitsstiefeln hervor. Er sprach kein einziges Wort. Sie machten ihm Platz; dann stand er vor dem Wagen und betrachtete den Mann auf der Pritsche. Sie verharrten, ein Pulk von ernsten Gesichtern. Er drehte sich langsam um und sah in die Runde. Das'ss der alte Salter, sagte jemand. Tot. Erstochen. Er nickte. Okay, sagte er. Dann wollen wir mal rausfinden, wer's war. Und sein Gesicht im Fackelschein unsichtbar bis auf die Augen, wie schwarze Achate; in seinem Anzug und Bart nicht genug Glanz, um das Licht zu spiegeln; und nicht sein staubiges Äußeres, wohl nur seine Riesenstatur trieb die Städter dazu, ihm nachts über die Landstraße zu folgen.

An einer Bumelie auf einem Anger am Ortsrand, im kühlen dunstenden Dämmer, hingen die Leichen zweier Müllergehilfen. In langsamer Drehung schwangen sie hin und her. Wie auf Wache. Ansonsten waren sie, bis auf das leise Flattern der Haare im Morgenwind, vollkommen reglos.

IRGENDWANN nachts hörte sie ein Pferd auf der Landstraße, ein brennendes Pferd unter dem matten Mondschein, eine fahle Staubwolke im Schlepp. Sie hörte das schwere Schnaufen, das Knarren des Zaums, das Klirren des Eisengeschirrs; dann krachten die Hufe über die Brückenplanken. Staub und feiner Sand rieselten herab und verzischten im Wasser. Das Dröhnen verhallte zu einem hauchzarten Pochen, zum Herzschlag in ihrer schmächtigen Brust. Sie zog sich das fleckige Kleiderbündel dichter unters Gesicht und schlief wieder ein.

Sie durchschlief die blassen, sacht mit Flußnebel beflorten Schimmer der Dämmerung; zwischen den Brückenbögen huschten Schwalben umher. Schlief in die frühe Tageshitze hinein; beim Aufwachen sah sie Spielzeugvögel mit Sesamaugen, die sie von ihren Lehmnestern herunter beobachteten. Sie stand auf, ging zum Fluß, wusch sich das Gesicht und trocknete es mit den Haaren ab. Dann hob sie das Bündel mit ihren Habseligkeiten auf, schritt unter der Brücke hervor und marschierte wieder der Straße nach. Ausgezehrt, blinzelnd und mit dem Wind im zerlumpten Kleid sah sie aus, als habe die Erde sie durch einen bösen Zauber ausgeschieden und mit zerfetzter Hülle und schwankem Leib den Qualen des Sonnenlichts preisgegeben. Schmetterlinge begleiteten sie; die im Straßenstaub badenden Vögel flogen nicht vor ihr auf. Sie summte ein Kinderlied aus einer längst versunkenen Zeit vor sich hin.

Nach einer halben Meile stieß sie auf Häuser und Scheunen, auf Felder mit müßig herumliegendem Ackergerät. Sie schritt langsamer. Es roch nach Essen. Das Gebäude, das sie ansteuerte, war ein Holzhaus mit Anstrich und gepflegtem Hof. Sie ging, stets auf der Hut vor Hunden, den Fußweg entlang, vorbei an wuchernder, mit Feldsteinen terrassierter Gartenmelisse und Phlox, an einer vor weißen Schindeln aufgezogenen Pergola mit Purpurwinde. Eine behaubte Frau bückte sich mit einer Pflanzkelle über die schwarze Erde, neben sich einen kleinen Steinhaufen und ein Stück Papier voller Setzlinge.

Tag, sagte sie.

Die Frau lugte über die Schulter, ging in die Hocke und klopfte die Erdklumpen von der Kelle. 'n Morgen, sagte sie. Kann ich Ihnen irgendwie helfen?

Ja, Mam. Ich such die Hausherrin.

Sie stehn direkt vor ihr.

Ja, Mam. Ich wollt nämlich fragen, ob Sie vielleicht jemand fürs Haus brauchen.

Die Frau stand auf und staubte sich mit den Handrücken den Rock ab. Ihre Augen waren tiefblau, selbst im Schatten der Haube. Jemand fürs Haus, sagte sie. Ja. Sieht wohl so aus, als könnt ich'n Gärtner brauchen, hm?

Das iss aber'n hübscher Garten. So'n hübschen hab ich noch nie gesehn.

Tja, vielen Dank auch.

Ja, Mam.

Sind Sie verheiratet?

Nein, Mam.

Mit andern Worten, Sie könnten auf länger bleiben.

Ja, Mam.

Soll's denn was Festes sein?

Naja, das kann ich jetz noch nich sagen. Ich weiß ja garnich, ob Sie mich überhaupt wollen.

Ich will jedenfalls keinen, der bloß'ne Woche bleibt. Sowas hattich schon ma'. Bringt mehr Ärger als Nutzen. Wer hat Ihnen denn gesagt, daß ich'ne Hilfe brauch?

Niemand.

Was, niemand hat Sie geschickt?

Nein, Mam. Bin von allein gekommen. Wollt halt einfach mal fragen.

Sie sind doch nich eins von den Creech-Mädels, oder?

Nein, Mam. Ich heiß Holme.

Die Frau lächelte; sie lächelte zurück. Die Frau sagte: Da, das iss meine Enkelin. Dann hörte sie es auch, ein Kinderwimmern im Haus.

Die sind noch bis Ende der Woche da. Komm' Sie ruhig mit rein; ich seh ma' eben nach ihr.

Sie folgte der Frau über den Steinweg zum rückwärtigen Teil des Hauses; dann traten sie in die Küche. Die Frau nahm die Haube ab, legte sie auf einen Stuhl und sagte: Jetz hocken Sie sich erstma' hin und ruhn sich aus; bin gleich wieder da.

Sie nahm Platz. Schon spürte sie die warme Feuchte; sie saß da, hielt sich die geschwollenen Brüste, spürte die Rinnsale an ihrem Bauch, drückte den Stoff ihres Kleides dagegen, sah hinab auf die dunklen Flecken.

Mam.

Ja? Die Frau, bereits an der Tür, drehte sich um.

Die Arbeit hier... Ich glaub nich...

Jaja, bloß'n Moment noch, bin sofort wieder da.

Sie hörte die Frau die Treppe hinaufsteigen, dem Kinderwimmern entgegen; dann verstummten die beiden Geräusche. Sie stand auf, verließ den verwaisten Raum mit Tisch, Herd und Kochtöpfen, hielt sich das Bündel vor die Brust, die mattblaue Milch quoll durchs zerlumpte Kleid; dann tappte sie über den Weg wieder zur Straße.

Sie ging durch die Stadt, an Häusern vorbei und Gärten mit staubgelben Tomaten und Bohnen, an schief in die Hitze ragenden Pfosten, an jungem, handbreit aus dem grauen Lehm lugendem Mais, an alten wurmstichigen Bretterzäunen; die Staubsporen an ihren nackten Fersen schwebten wie helle gebogene Schwingen auf die Straße zurück. Wären nicht zufällig ein paar Krähen aufgeflogen, sie hätte nicht zu dem Anger hinübergeblickt, hätte nicht die zwei Männer gesehen, die wie ein Glockenspiel an einem Baum aufgeknüpft waren.

Das Bündel umklammernd, blieb sie einen Moment stehen und betrachtete die beiden, erstaunt über ein so finsteres Werk, mitten am Tag, und ringsum die singenden Sommervögel. Mit behutsamen Schritten marschierte sie weiter. Drehte sich noch einmal um. Nichts rührte sich in dem düsteren Baum.

Kurz darauf erspähte sie ein Rübenfeld. Sie überquerte den Zaun und strebte über die umgepflügte schwarze Erde darauf zu. Die Rüben gingen bereits auf; ihr erdiger Schierlingsgeruch durchwehte lieblich die Luft. Sie waren klein, bitter, ein bißchen weich. Sie zog ein halbes Dutzend heraus und wischte mit dem gerafften Saum ihres Kleides den Schmutz ab. Kaum hatte sie die erste im Mund, scholl ein Ruf übers Feld. Hinter der Straßenkurve konnte sie ein Haus und eine Scheune erkennen; dann sah sie einen Mann, der vom Scheunengelände zu ihr herüberblickte. Seine Stimme trieb verloren und dünn durch die Hitze:

Raus aus den Rüben da.

Sie betrachtete erst die Handvoll Rüben, dann den Mann; schließlich riß sie das Laub von den Rüben, verstaute sie in ihrem Bündel und marschierte zurück zur Straße. Sie ging auf das Haus zu; der Mann stand da und sah ihr entgegen. 'n Morgen, sagte sie.

Häh, Morgen? Der dauert aber lang bei Ihnen. Was ha'm Sie'n in meinem Garten zu suchen?

Hab halt gedacht, das macht bestimmt keinem was aus, wenn ich was nehm. Sind doch bloß'n paar kleine Rüben. Hab heut noch nix gegessen.

Ah ja? Und wieso nich? Sind Sie vielleicht irgendwo abgehaun?

Nein, sagte sie. Von wo soll'n jemand wie ich schon abhaun.

Er überlegte einen Moment, das eine Auge fast zu. Wenn Sie nich wissen, von wo, dann wissen Sie wohl auch nich, wohin. Oder ha'm Sie da was bestimmtes im Auge? Nich daßes mich groß intressiert.

Wär froh, wenn sich mal jemand dafür intressieren tät.

Also ich bin mir ganz sicher, daß Sie irgendwo ausgerückt sind, sagte der Mann.

Bin eher ausgerückt worden.

Ähä, sagte der Mann. Er sah sie von oben bis unten an.

Ich such nämlich den Kesselflicker.

Den Kesselflicker?

Ja, Sir. Er hat was, was mir gehört.

Hätt ich glatt drauf gewettet.

Und das muß ich wiederhaben.

Was denn?

Kann ich nich sagen. Jedenfalls weiß er, daß es ihm nich gehört. Würd einfach nur gern mit ihm reden.

Das kommt mir jetz aber wirklich komisch vor, sagte der Mann. Wo iss'n Ihre Familie?

Hab keine. Bloß'n Bruder, und der iss fort. Drum muß ich den Kesselflicker unbedingt finden.

Der Mann schüttelte den Kopf. Von'm Kesselflicker ha'm Sie nich viel zu erwarten. Grad wo Sie keine Verwandtschaft hinter sich ha'm. Daß Sie sich aber auch nich schämen, das überhaupt zuzugeben; das mit dem Kesselflicker.

Du lieber Gott, sagte sie; nich was Sie denken. Ich kenn ihn ja nichmal.

Sie wer'n wohl am besten wissen, von wem Sie reingelegt worden sind... Wie bitte?

Ich kenn ihn ja nichmal.

Sie kennen ihn nich.

Nein, Sir.

Der Mann stand da und musterte sie einen Moment. Herzchen, sagte er, ich glaub, Sie gehn jetz ma' lieber aus der Sonne und kommen mit rein.

Dankschön, nich nötig, sagte sie.

Dochdoch; gehn Sie einfach ins Haus und richten Sie meiner Alten aus, ich hätt gesagt, daß Sie mitessen. Na los. Ich komm gleich nach; muß bloß noch schnell die Tiere ausspannen und tränken.

Naja, sagte sie; wenn Sie meinen. Ich möcht aber keine Umstände machen.

Jetz gehn Sie schon, sagte er. Sagen Sie ihr, daß ich gleich nachkomm.

Er sah ihr kopfschüttelnd hinterher. Sie überquerte den furchigen graslosen Hof, scheuchte mit einer kurzen Handbewegung die Hühner zur Seite; dann stand sie vor der Tür und klopfte.

Eine Frau erschien, in der einen Hand einen Butterstempel, in der anderen die geraffte Schürze, mit der sie sich das Gesicht abwischte. Der Anblick der zerbrechlichen Gestalt auf der Veranda schien ihr nicht gerade willkommen zu sein. Was iss? sagte sie.

Ihr Mann hat gesagt, ich könnt ruhig... Er sagt, ich soll fragen, ob ich vielleicht mitessen kann, wenn...

Die Frau hörte offenbar gar nicht zu. Sie musterte die Bittstellerin mit einer Art abwesender Strenge. Das andauernde Buttern, das macht ein' fix und fertig, sagte sie.

Iss ja auch ganz schön anstrengend, oder?

Fix und fertig macht ein' das. Die Frau hielt den Stempel wie eine Opfergabe mit beiden Händen vor sich hin.

Ja, Mam. Ihr Mann schickt mich. Ich soll Ihnen sagen, er kommt gleich nach.

Die Frau sah sie von oben bis unten an. Iss noch'ne halbe Stunde bis Mittag, sagte sie. Nach neunzehn Jahren sollter langsam ma' wissen, wann's Essen gibt.

Ja, Mam, sagte sie und blickte zu Boden.

Iss nämlich erst soweit, wenn ich klingel.

Das hab ich nich gewußt, sagte sie.

Aber er. Wo steckter überhaupt?

Er wollt noch die Tiere tränken.

So? Die Frau tatschte zerstreut an der Butter herum. Komisch, für'n Mann wer'n die Tage immer kürzer, für'ne Frau immer länger. Und Sie bleiben also zum Essen, ja?

Wenn's keine Umstände macht.

Umstände? Ach wo. Hab ja seit neustem'n Mädchen und'ne Köchin; das macht keine Umstände. Kommen Sie ruhig rein.

Sie ging an der Frau vorbei in die Küche.

Nehmen Sie sich'n Stuhl. Will bloß noch die Sauerei da wegwischen.

Kann gern was helfen.

Jetz hocken Sie sich ma' hin. Bin gleich fertig.

Gut.

Nich da. Der iss kaputt.

Gut.

Sie sah der älteren Frau zu, wie sie die letzten Butterreste aus dem Faß in den Stempel schöpfte und sie dann ausdrückte.

Iss ja'ne Menge.

Die Frau räumte die Gerätschaften auf. Sie warf einen Blick auf den Tisch, betrachtete die säuberlich auf ein Brett gereihten Butterklumpen. Was glau'm Sie, was erst im Winter los iss, sagte sie. Muß nämlich zwei Läden mit meiner Butter beliefern.

Die jüngere faltete die Hände über dem fleckigen Lumpenbündel im Schoß. Da hält einen das Buttern wohl ganz schön in Trab, oder?

In Trab hält ein'schon die Melkerei. Die Frau strich mit der Holzkelle am Butterstößel entlang.

Sie und Ihr Mann, wohnen Sie ganz allein hier?

Ja. Fünf ha'mwer großgezogen. Sind alle tot.

Sie wollte schon interessiert oder beifällig nicken, aber dann fiel ihr der Unterkiefer herunter; ihre Hände im Schoß verknäuelten sich. In der Stille der Küche nur das dumpfe Geräusch von Holz auf butterverschmiertem Holz.

An sich sollt man doch meinen, daß'ne Männerhand um'ne Kuhzitze paßt, oder nich? sagte die Frau.

Sie betrachtete ihre Füße, stellte sie sehr behutsam nebeneinander. Ich weiß nich, sagte sie.

Sie sind nich verheiratet?

Nein, Mam.

Tscha. Wenn Sie erstma' verheiratet sind, dann wer'n Sie sehn, daßse *nich* paßt.

Ja, Mam. Kann ich nich doch was helfen?

Nich nötig. Bin eh fast fertig. Bleiben Sie einfach sitzen.

Gut.

Vier Mädchen.

Sie hockte mit gefalteten Händen da. Die Frau befeuchtete ein Seihtuch und legte es über die Butter.

Die älteste wär jetz so in Ihrem Alter, sagte die Frau.

Ich bin neunzehn.

Ja. Die wär jetz etwa in Ihrem Alter. Das isser noch nich, oder?

Sie hob leicht den Kopf und lugte zum kleinen Fenster hinaus. Nein, Mam. Ich kann ihn nich sehn.

Na denn.

's klart langsam auf; wird scheint's noch richtig schön heut.

Kann sein. Großgezogen iss ei'ntlich zuviel gesagt; sie waren ja noch so jung. Obwohl, der Bub war schon beinah erwachsen, wie er gestorben iss.

Ja, Mam. Tut mir leid für Sie.

Mmhmm. Neenee. Brauch kein Mitleid. Nich hier. Hier iss nämlich das Leid daheim. Nix wie Kummer und Leid, nix wie Elend und höhere Gewalt, daß man sich direkt nach'm Tod sehnt.

Sie betrachtete ihre Fußspitzen.

Und das schon seit neunzehn Jahren.

Ja, Mam.

Ich glaub, das isser jetz, sagte die Frau. Kommt grad, wie's'm paßt. Gucken Sie doch bitte mal nach.

Er isses, sagte sie.

Na denn. Essen gibt's, sobald er sich frischgemacht hat. Falls er sich dazu bequemt.

Dann kam der Mann herein; er nickte ihr zu und ging, ohne ein Wort zu seiner Frau, durch die Tür nach nebenan. Sie hörte ihn herumwerkeln. Die Frau hob einen Herdring in die Höhe, wie eine schwarze dampfende Weihgabe. Eine fahle Rauchwolke stieg auf und schwappte gegen die Decke. Es war sehr still in der Küche. Fliegen summten umher. Der Mann kehrte zurück, umkreiste den Tisch, setzte sich ans andere Ende und verschränkte die Hände über dem Wachstuch.

Tag, sagte sie.

Tag auch. Na, jetz könnt wohl'n Bissen nich schaden, wie?

Ich hab Ihre Frau schon gefragt, ob ich was helfen kann, aber sie sagt, sie macht's lieber selber.

Die macht sowieso alles selber.

Die Frau klappte die Backröhre auf und zog eine Platte mit Maisbrot heraus.

Die Butter sieht richtig lecker aus. Die sie gemacht hat.

Vertragse nich, sagte der Mann.

Ihre gefalteten Hände fuhren kurz an die Lippen, dann sanken sie zurück auf den Schoß.

Vertragse nich. Mir wird hundeelend davon.

Das gibt's sicher bei jedem, daß er... Ich mein, das geht jedem so, daß er irgendwas nich verträgt.

Und was isses bei Ihnen?

Wie?

Ich hab gesagt, und was isses bei Ihnen? Was Sie nich vertragen? Rüben sind's wohl ma' nich.

Sie betrachtete ihre Hände, die gelbe, sich über die Knöchel spannende Haut. Weiß nich.

Ähä.

Wenn einer mal Hunger hat, dann ißt er wahrscheinlich so ziemlich alles.

Hab ich auch schon gehört. Gottseidank habich nie hungern müssen.

Sein Sie froh.

Jaja, man muß immer froh sein, wenn man nix tun muß, was sich vermeiden läßt. Zum Beispiel einen suchen, von dem man noch nix gehört hat... Das war's doch, oder?

Den man noch nie *gesehn* hat, sagte sie.

Kommt auf's selbe raus. Oder zum Beispiel da schlafen, wo ein' grad die Dunkelheit überrascht.

Die Frau hob den Kopf und warf die Haare zurück. Laß sie in Ruh, sagte sie. Sie hat dir doch nix getan.

Stell endlich's Essen hin, Frau. Alles andre geht dich nix an.

Hören Sie garnich hin. Er'ss halt'n elender Bosnickel; bei dem iss Hopfen und Malz verloren.

Lassen Sie nur, sagte sie. Wir reden doch bloß.

Die altersfleckigen, zu Fäusten geballten Hände des Mannes flankierten den leeren weißen Teller wie zwei große sterbende Spinnen. Du alte Spinatwachtel, nenn mich nich Bosnickel. Sonst zeig ich dir ma', was'n Bosnickel iss.

Die Frau beugte sich wieder über den Herd. Na prima, sagte sie. Du bist mir ja'n toller Gastgeber.

Zum Kuckuck mit dir und deinen Gästen, sagte der Mann und stand auf. Komm mir bloß nich mit deiner hochgestochenen Scheiße von wegen Gastgeber. Wennde dich ma'n bissel mehr um deinen eigenen Kram kümmern tätst und weniger um die Gäste, dann...

Was? sagte sie und drehte sich um. Was? Du hast die Stirn, mir meine Verwandtschaft vorzuwerfen?

Deine Verwandtschaft? Du und deine Verwandtschaft, euch soll der Blitz beim Scheißen treffen, und zwar alle mit'nander. Ich muß ja wohl nich noch deutlicher werden...

Sie war vom Tisch aufgestanden, wich, ihr Bündel unter dem Arm, zur Wand zurück und verfolgte die Szene mit großen Augen. Der Löffel wirbelte in einem Sprühregen aus Bratensoße tückisch pfeifend durch den Raum. Der Mann klaubte sich eines der Butterstücke und warf damit. Es hing als gelber Klumpen einen Moment an der Wärmerklappe, ehe es zischend auf die Herdplatte fiel.

Hände weg von meiner Butter, sagte die Frau. Geh mir ja nich an meine Butter.

Sie drückte sich vorsichtig an der Wand entlang Richtung Tür, bekam den Knauf zu fassen, drehte ihn und schob sich rückwärts nach draußen. Sie sah den Mann grinsen. Sah noch das Butterbrett in der Luft, die aufkreischende Frau; dann drehte sie sich um und rannte los. Als sie den Hof überquerte, ging es Schlag auf Schlag weiter, steigerte sich zu einem letzten Crescendo aus splitterndem Glas; dann Stille, nur noch verzweifeltes Schluchzen. Sie blickte nicht zurück. An der Landstraße angelangt, verlangsamte sie den Schritt zu einem raschen Marschtempo; kurz darauf, die Hand an der Hüfte, begann sie zu humpeln, vom Seitenstechen gekrümmt. Als zwischen ihr und dem Haus zwei Kurven lagen, setzte sie sich am Straßenrand ins Gras und ruhte sich aus, bis der Schmerz vorüber war. Sie hatte großen Hunger. Sie wollte noch warten, bis ein Wagen vorbeikam, harrte lange vergeblich; schließlich marschierte sie weiter.

Sie ließ das gerodete Land hinter sich; die Straße führte hinunter in tiefen Sumpfwald. Teichkolben und Pfeilkraut wuchsen in Tümpeln, in pollenbetupften Weihern; sich sonnende Schildkröten kippten von Steinen und Baumstämmen, als sie sich näherte. Meilenweit marschierte sie dahin. Es war schon später Nachmittag, als sie endlich ein Haus entdeckte, eine baufällige Hütte, die zwischen den Bäumen fast nicht zu sehen war.

Ein buckliger, mit einer Kapuze bedeckter Anthropoid von undefinierbarem Geschlecht kam murmelnd am Zaun entlang auf sie zu. In der Hand eine Hacke, deren Stiel aus einem grob zurechtgeschnitzten Schößling bestand; ein Greisengesicht tauchte unter einer Art Haube hervor, glattes Haar, völlig verfilzt wie ein Schafschwanz; in einem Overall und riesigen Arbeitsstiefeln tappte das Wesen heran. Als sie die Spukgestalt sah, blieb sie stehen. Die Straße führte weiter in tiefen Wald und endlosen Dunst; das Haus war mit einer dicken Moos- und Flechtenschicht bewachsen, ein sichtbares Miasma von Fäulnis schwebte darüber. Hühner hatten die Erde im Hof aufgescharrt; überall lugten bizarr geformte Knoten und Stränge von Wurzeln hervor, wie eine in ihrer qualvollen Verrenktheit jäh dem Blick preisgegebene Herde von Krüppeln. Sie wartete, bis das Wesen sie ansprach; es war eine alte Frau.

Bin nich am Hacken. Schlag bloß die Schlangen tot.

Sie nickte.

Iss mir ja an sich egal, was die Leute von mir denken; aber nich daß Sie meinen, ich bin am Hacken.

Ich seh's, sagte sie.

Ich halt näm'ich den Sonntag heilig; wer das nich macht, mit dem möcht ich nix zu tun ha'm.

Es iss doch nich Sonntag, sagte sie.

Was?

Heut iss doch nich Sonntag, sagte sie.

Die Alte warf ihr einen befremdeten Blick zu. Gehör'n Sie vielleicht zu den Erweckten? sagte sie.

Weiß nich.

Ah, sagte die Alte; eine von denen. Sie stampfte mit der Flachseite der Hacke ein kleines Stück Erde fest.

Ich nehm an, Sie wohnen hier.

Die Alte sah auf. Schon bald siebenundvierzig Jahre. Seit ich verheiratet bin.

Schön kühl ha'm Sie's hier, sagte sie.

O ja. Iss ja auch'n schattiges Plätzchen. Um's Haus rum wird mir kein Holz gefällt.

Sie sah, daß die Veranda in ganzer Länge mit Brennholz gesäumt war; auch am vorderen Fenster stapelten sich die spinnwebigen staubigen Scheite. Sie und ihr Mann, wohnen Sie ganz allein hier? sagte sie.

Earl iss tot, sagte die Alte.

Oh.

Wenn ich eins nich leiden kann, dann Schlangen; sie auch?

Ja, Mam.

Bin da wie meine Großmama. Die hat immer gesagt, wennse was auf'n Tod nich ausstehn kann, dann sind's Schlangen, Hunde und liederliche Weibsbilder.

Ja, Mam.

Also mir kommt kein Hund ins Haus.

Nein, Mam.

Die Alte faßte sich mit Daumen und Zeigefinger an die Nase, schneuzte aus und wischte die Schleimspritzer am Overall ab.

Earls Daddy, der hat früher'n halben Zwinger voller verlauster Köter gehabt. Und die von Earl hater auch noch nehmen müssen. Mir kommen die Viecher näm'ich nich ins Haus. Die halbe Nacht warer manchma' fort und iss mit'm Haufen

Hunde im Wald rumgerannt, wie'n Verrückter. Sowas kann man sich doch nich gefallen lassen, da müßt man ja blöd sein. Seinen Daddy hab ich dann auch rausgeschmissen. Hab ihm gesagt, du läufst jetz so lang mit den Hunden rum, daßde schon selber aussiehst wie einer, vom Geruch wollenwer garnich erst reden. Dabei warer ei'ntlich'n Herr. Kommt aus'ner guten Familie, aber was soll ich sagen, gute Manieren ha'mse deswegen trotzdem nich gehabt. Ja, 'n richtiger Herr. Das hat seine Tochter aber nich davon abgehalten, mit so'm Hallodri durchzugehn, derse dann mit dickem Bauch und nix auf'n Rippen wieder heimschickt; hat seitdem nix mehr von sich hören lassen, der Kerl, bis heut nich. Kann man wohl warten bis zum Sankt Nimmerleinstag. Wie weit ha'm Sie's denn?

Bloß die Straße rauf. Bin unterwegs.

Wohin?

Naja. Ich hab eigentlich kein festes Ziel.

Die Alte legte den Gnomenkopf schräg und schielte sie mit ihren über die Jahre fast farblos gewordenen Augen an. Die dürren sehnigen Hände um den Hackenstiel lockerten sich einen Moment. Tscha, vielleicht ha'm Sie ja mehrere Ziele, sagte sie.

Nein, Mam. Auch nich. Ich such einfach jemand.

Wen denn?

Irgendwen halt. So'n Kerl.

Der Blick der Alten schweifte zu ihrem Bauch, dann wieder zurück.

Sie straffte sich und klemmte das Bündel unter den Arm.

So'n Kerl, sagte die Alte. Und wo steckt der?

Wenn ich das wüßt.

Die Alte nickte. Jaja, die Welt kann ganz schön groß sein, wenn man hinter wem her iss.

Weiß Gott.

Trotzdem, viel Glück.

Dankschön.

Die Alte nickte wieder und klopfte mit der Hacke auf dem Boden herum.

Ich glaub, ich muß langsam wieder.

Warum denn so eilig? Jetz kommen Sie erstma' mit rein.

Naja.

Hab noch frisches Maisbrot von gestern abend; und'n Topf Gemüse mit Bauchfleisch, wenn Sie Hunger ha'm. Auf jeden Fall kriegen Sie ma'n Glas kalte Buttermilch.

Na gut. Wenn's keine Umstände macht.

Aber woher denn. Kommen Sie nur.

Sie folgte der Alten einen grabenartigen Pfad entlang zum Haus; unterwegs schlug die Alte nach den knorrigen, aus der roten Erde ragenden Wurzeln, als argwöhne sie feindliches Leben darin. Im Haus empfing die beiden fast völlige Dunkelheit; sie gingen zwischen Holzstapeln hindurch, die bis zur Decke reichten und kaum einer Katze Durchschlupf gewährt hätten, dann weiter durch eine von kleingesägten Zweigen und gespaltenen Kloben eingerahmte Diele, bis sie schließlich die ebenfalls bis in den letzten Winkel mit Scheiten zugestellte Küche erreichten.

Nehmen Sie sich'n Stuhl, sagte die Frau.

Dankschön.

Die Alte trat an den Herd und stocherte die Glut unter der toten grauen Asche hervor. Sind Sie verheiratet? sagte sie.

Nein, Mam.

Die Frau legte Holz nach. Lüpfte den Deckel von einem schwarz verkrusteten Topf. Kippte den Topf ein wenig und blickte prüfend hinein. Ihre Stimme hohl und wie eingekerkert: Wo's'n Ihr Kleines?

Was?

Ich hab gesagt, wo's'n Ihr Kleines?

Hab keins.

Das Baby, säuselte die Alte; das Baby.

Keins da.

Hah, sagte die Alte. Wohl in'n Sack gesteckt und ab in'n Fluß, hm? Da könnt ihr euch grad die Hand ge'm, Sie und die Sau da; die hat näm'ich auch ihre Ferkel hingemacht, bis auf eins.

Sie setzte sich kerzengerade auf. Vor der Wand, ans Brennholz geschmiegt, schlief ein Schwein; es war ihr bis jetzt nicht aufgefallen. Die Alte, ein kleiner buckliger Androgyn, drehte sich um und schwenkte lauernd einen schwarzen Löffel.

Iss garnich wahr, flüsterte das Mädchen heiser. Sowas würd ich nie tun. Iss mir einfach weggenommen worden, der kleine Matz. Und jetz such ich ihn.

Könn'Sie das auch beschwören? sagte die Alte.

Sie hob kurz die Hand vom Tisch. Ja, sagte sie.

Na gut. Und wo iss der Kleine jetz?

Der Kesselflicker hat ihn.

Der Kesselflicker.

Ja, Mam. Der iss mal vorbeigekommen, wie ich noch im Kindbett gelegen bin. Vorher hat sich nie einer blicken lassen; dabei ha'm wir schon mindestens vier Monate dort gewohnt.

Aha. Und der hat das Kleine einfach stibitzt. Hab schon oft gehört, daß die sowas machen.

Sie ruckte unruhig auf dem Stuhl hin und her. Nein, Mam, sagte sie. Mein Bruder hat's ihm gegeben. Oder verkauft. Er hat so getan, als wär's tot, aber ich bin ihm dahintergekommen; und da hat er's nich mehr abstreiten können.

Ihr Bruder?

Ja, Mam.

Und wo steckt der jetz?

Keine Ahnung.

Ha'm Sie ihn denn nich angezeigt?

Nein, Mam.

Hätten Sie aber tun sollen.

Den eigenen Bruder?

Die Alte schüttelte den Kopf. Wann war das überhaupt? sagte sie.

Im März oder April. Weiß nich mehr so genau. Sie sah auf. Die Alte wog den Löffel in der Hand und blickte an ihr vorbei.

Wahrscheinlich im März.

Ha'm Sie dem Kleinen die Brust gege'm?

Nein, Mam. Dazu isses nich mehr gekommen. Hab ihn ja nichmal gesehn.

Die Alte musterte sie. Sie müssen'n auf jeden Fall suchen oder suchen lassen. Eins von beidem.

Ja, Mam.

Und außerdem sollten Sie sich ma' die Nuckel einschmieren.

Ja, Mam, sagte sie.

Unbedingt, sagte die Alte. Ich hab da was für Sie. Sie öffnete die Herdklappe, schürte das Feuer, spuckte hinein und ließ die Herdklappe wieder zuscheppern. Die Sau richtete sich halb auf und bedachte die beiden mit einem verschlagen feindseligen Blick aus schmalen rosafarbenen Augen. Die Alte sah nach dem Topf; dann holte sie einen Krug Buttermilch und ein Glas aus dem Küchenschrank. So'n richtiger Schluck Buttermilch kann ei'ntlich nie schaden, sagte sie. Stimmt's?

Ja, Mam, sagte sie. Sie beobachtete eine Waldratte, die aus einem Holzstapel an der Wand geschlüpft war, innehielt und sich mit dem winzigen Hinterbein kratzte.

Da iss'ne Ratte, sagte sie.

Hier gibt's keine Ratten, sagte die Alte kurz angebunden.

Die Ratte äugte herüber und huschte über den Holzstapel davon.

Ich kann die Biester einfach nich ausstehn, sagte die Alte.

Sie nickte. Da geht's Ihnen wie mir, sagte sie.

Gleich gibt's Essen.

Dankschön, sagte sie, in der Hand die Milch, von der sie bereits einen weißen Schnurrbart hatte. In der Küche wurde es dunkler; das Herdfeuer flackerte dünn und rosa hinter dem Eisenschieber.

Ein' Kesselflicker kenn ich, sagte die Alte; aber der kommt bloß ganz selten hier vorbei. Hat'ne Eselin vorgespannt und raucht Zigarillos. Isses vielleicht der?

Keine Ahnung. Hab ihn ja noch nichmal gesehn.

Die Alte wollte gerade den Deckel ihrer Kautabakdose öffnen; ohne den Blick zu heben, hielt sie inne. Nach einer Weile schraubte sie den Deckel endgültig auf, nahm eine Prise zwischen die Finger und schob sie sich hinter die Unterlippe. Sie auch? sagte sie.

Nein danke, Mam. Ich kau nich.

Die Alte nickte, schraubte den Deckel zu und verstaute die Dose wieder in ihrer Brusttasche. Wenn Sie'n noch nichma' gesehn ha'm, sagte sie, wie wollen Sie'n dann überhaupt erkennen?

Naja, sagte sie, jedenfalls hat er keine Eselin, soviel ich weiß.

Ha'm die wenigsten.

Er verkauft Bücher.

Was denn für Bücher?

So Schweinigeleien.

Machen die meisten. Ha'm Sie nich gesagt, er iss bei Ihnen vorbeigekommen?

Ja, schon; aber nich ins Haus.

Noch'n Schluck Buttermilch?

Nein danke, Mam. Mehr schaff ich nich.

Nich grad angenehm, wenn man so durch die Gegend irren muß, sagte die Alte.

Bleibt mir nix andres übrig.

Und was iss, wenn Sie'n gefunden ha'm?

Dann sag ich's ihm einfach. Sag ihm, daß ich mein Kind wiederha'm will. Sie fuhr unbestimmt mit der Hand durch die Luft. Die Alte musterte sie. Milch sickerte aus dem dunklen Kleid, die Hand fiel wieder in den Schoß zurück, wie ein abstürzender Vogel. Ich hätt's halt wenigstens gern mal gesehn, sagte sie. Auch wenn's schon tot iss.

Die Alte nickte und wischte sich mit dem runzligen Daumen die Mundwinkel ab.

Tscha, sagte sie. Aber jetz langen Sie erstma' nach hinten und holen die Teller.

Ja, Mam.

Waren Sie schon in Well's Station?

Ja, Mam. Heut früh. Dort ha'm sie zwei Männer am Baum aufgehängt.

Das war gestern.

Hab sie aber heut früh gesehn.

Dann hängense wohl immer noch da. Ha'm angeblich den alten Salter umgebracht.

Mir iss fast das Herz stehngeblieben, wie ich die zwei gesehn hab.

Ja. Moment. Ich hol ma' eben die Lampe.

Sie kriegen's scheint's nich so schnell mit der Angst, oder?

Doch. Manchma' schon. Und Sie?

Und ob, Mam. Dauernd. Und dazu braucht garnich erst einer umgebracht werden.

ER MARSCHIERTE hangab aus bebautem Land in sonnenloses Gehölz; die kühle Landstraße beschrieb eine dunkle, von riesigen Farnen überhangene Kurve, das graue Moos an den Bäumen wie Hexenhaar, ein grüner triefender Hag voller Vogellaute, wie er sie nie gehört hatte. Keine Spuren im festgetretenen Sand, auch er hinterließ keine. Irgendwann nachmittags stieß er auf eine Hütte; auf der Veranda hockte ein bärtiger Alter, an dessen Knie ein Spazierstock lehnte. Im Hof blickten ihm zwei Hunde mit blutunterlaufenen Augen entgegen, die Schnauzen flach am gefegten graslosen Boden. Er verlangsamte den Schritt und reckte grüßend die Hand. Der Alte blieb einen Moment reglos sitzen; dann hob sich seine Hand, mit der Fläche nach außen, ganz langsam in Brusthöhe und sank sofort wieder in den Schoß zurück.

Tag, sagte Holme.

Tag auch, sagte der Alte; die Stimme fern und leise.

Ich möcht Ihnen keine Umstände machen; aber hätten Sie vielleicht'n Schluck Wasser für mich?

Sowas tät ich nichmal dem Teufel abschlagen, sagte der Alte. Kommen Sie nur.

Dankschön, sagte Holme und schritt durch den Hof; die Hunde standen verdrossen auf und tappten davon.

Hab'n ganzen Brunnen voll, sagte der Mann. Gleich hinten um's Eck. Bedienen Sie sich.

Dankschön, wiederholte Holme, nickte noch einmal und marschierte am Haus entlang nach hinten; ein Pumpschwengel ragte aus einem Eisenrohr, etwa dreißig Zentimeter über der Brunnendecke, als sei der Boden abgesackt und hätte bis auf diesen Schaft alles verschluckt. Holme packte den Schwengel und begann zu pumpen; sofort stieg das Wasser hoch, flutete durch den Auslauf und ergoß sich schwallartig in einen Eimer. Holme beobachtete eine Spinne, die sich durch ihr Netz über der Schwemmrinne bewegte und nacheinander die perlenden Tropfen inspizierte. Er fischte die Schöpfkelle aus dem Eimer, schwenkte sie aus, füllte sie wieder und trank. Das Wasser war erfrischend kalt und schmeckte ein bißchen nach Eisen. Er trank zwei Kellen, fuhr sich mit dem Handrücken über den Mund und sah in die Runde. Ein Gärtchen aus lehmiger Erde, dahinter eine undurchdringliche Wand aus Giftsumach. Hie und da dürre weizenfarbene Grasnarben. Blaue Schlammkrater, entstanden aus weggegossenem Spülicht.

Der hintere Teil des Hauses war fensterlos. Es gab eine Tür ohne Knauf und ein Ofenrohr, das schief aus einem mit der Axt gehauenen Wandloch ragte. Keine Spur von Vieh, nicht einmal ein Huhn. Holme dachte vielleicht, es liege am Whiskey; aber es lag nicht am Whiskey.

Er kehrte zu dem Mann auf der Veranda zurück. Prima Wasser, sagte er.

Der Alte drehte sich ihm zu und musterte ihn. Ja, sagte er. Allerdings. Wissen Sie, wie tief der Brunnen iss?

Nein. Fünfzehn Meter?

Nichmal fünf. Iss echtes Quellwasser. Früher war nämlich gleich da hinten'ne Quelle, aber die iss dann ausgetrocknet oder abgesunken; was weiß ich. Wahrscheinlich abgesunken. Dazumal, bei dem Hurrikan. Hat mir den Schornstein weggepustet. Iss einfach in'n Hof gekippt; an der Hauswand war dann'n großes Loch. Ich hock grad vor dem Kamin; und auf einmal, ich hab kaum geblinzelt, schau ich ins Freie. Am andern Morgen bin ich zur Quelle, aber da warse schon nich mehr da. Drum hab ich jetz'n Brunnen. An sich bräucht ich die

Pumpe ja nich; bin ganz zufällig dazu gekommen. Trotzdem, bringt gutes Wasser.

Kann man wohl sagen.

Bei mir ersäuft immer alles im Boden, und ich muß dann hinterher.

Wohnen Sie allein hier?

Nich ganz. Ich hab zwei Hunde und 'ne doppelläufige Flinte Kaliber zehn zur Gesellschaft. Gibt nämlich'n Haufen Sünder hier in der Gegend; und ich bin auch nich grad der kleinste.

Holme blickte zur Seite. Der Alte neigte sich auf dem Stuhl nach vorne und strich sich zwinkernd den Bart.

Da lebste allein und muß mit dir selber schwätzen; und wennde damit anfängst, dann meinen die Leute gleich, daßde im Kopf nich ganz richtig bist. Aber ich find nix dabei, wenn einer mit sei'm Hund spricht, das machen doch viele, obwohl der Hund nix versteht; und selbst wenn, antworten könnter eh nich.

Ja, sagte Holme.

Genau, sagte der Alte. Er kippte den Stuhl wieder an die Hauswand zurück. Es war sehr still. Die Hunde lagen am Boden, wie Gipsfiguren in einem Garten.

Tja, dann dankschön fürs Wasser, sagte Holme.

Warum denn so eilig? sagte der Mann.

Naja, ich muß wieder los.

Wohin?

Einfach der Straße nach. Ich such nämlich Arbeit.

Vor Einbruch der Dunkelheit schaffen Sie's eh nich mehr.

Was denn?

Nach Preston Flats. Sind noch rund vierzehn Meilen.

Davor iss nix?

Der Alte zeigte hinüber zum Wald. Sehn Sie ja. Doch, eins noch. Ein Haus gibt's noch. Zirka zwei Meilen weiter.

Und wer wohnt da?

Im Moment niemand. Früher hat mal'n Nerzjäger dort gewohnt, aber der iss an'm Schlangenbiß draufgegangen. Iss auch vorher schon gebissen worden, hat ihm allerdings nie groß was ausgemacht. Bloß die letzte, die hat ihn am Hals erwischt. Wie sie'n gefunden ha'm, da isser dagekniet, als ob er hätt beten wollen. Steif wie'n Eichenbrett. Iss jetz ungefähr acht Jahre her.

Allmächtiger, sagte Holme.

Tja. Der Alte schlug wieder die Beine übereinander. Hab ihn ja nie besonders gemocht. Hat mir mal zwei Hunde vergiftet.

Wieso denn?

Keine Ahnung. Vielleicht war's bloß'n Versehen. Der hat immer Gift ausgelegt, gegen Schädlinge. Angeblich ha'mse ihm alle Knochen brechen müssen, daß er in seinen Sarg reinpaßt. Der Coroner iss extra mit'm großen Holzhammer ran.

Holme sah den Alten in dumpfer Verwunderung an. Der Alte betrachtete den dampfenden Wald hinter der Straße. Dann zog er eine Rolle Tabak aus dem Overall-Latz und stöberte in den Taschen nach seinem Messer.

Sie auch? sagte er.

Nein danke, sagte Holme. Ich kau nich.

Der Alte schnitt sich einen Priem ab und stopfte ihn in den Mund. Trinken Sie wenigstens ab und zu einen? fragte er.

Kann vorkommen, sagte Holme.

Würd Ihnen ja gern'n Schluck anbieten, aber ich hab nix da. Sie ha'm nich zufällig'n kleinen Drink einstecken, oder?

Schön wär's, sagte Holme.

Tja, sagte der Alte. Den nächsten Whiskey hier gibt's in Smith Creek, bei so'ner ollen Niggerin; aber der taugt nix. Außerdem hängen dort immer'n Haufen Besoffene rum. Und die Mistkerle ha'm garantiert Messer. 's letztemal, wie ich dort war, da hätt man die nichmal mit'm Prügel wachgekriegt. Macht einen richtig kribbelig. Er lehnte den Spazierstock ans andere Knie und spuckte aus. Sie nich?

Glaub schon.

Horchen Sie mal, sagte der Alte und neigte den Kopf.

Was denn? sagte Holme.

Hören Sie nix?

Die Hunde hoben die langen Gesichter und blickten sich an.

Da sindse, sagte der Alte und deutete mit dem Finger.

Die beiden sahen einem zitternden Gänsekeil nach, der unter verebbendem Schnarren hoch über den Himmel zog.

Früher, wie's noch erlaubt war, hab ich mit der Jagd auf die Viecher meine Brötchen verdient, sagte der Alte. Lang isses her. Bestimmt noch vor Ihrer Zeit. Sie sind doch nich etwa'n Wildhüter, oder?

Nein, sagte Holme.

Hätt mich auch gewundert. Ha'm Sie schon mal'ne Flinte Kaliber vier gesehn?

Nein. Nich daß ich wüßt.

Der Alte erhob sich vom Stuhl. Kommen Sie mal mit, sagte er; ich zeig Ihnen eine.

Er führte Holme ins Haus, eine aus zwei Zimmern bestehende, mit verschiedenen Stühlen und einem Eisenbett karg möblierte Bretterbude. Es roch schal und feucht. Unten an den Wänden wuchsen Bordüren aus Schwamm; über die unbetretenen Teile des Bodens breitete sich graugrüner Schimmelpilz wie ein verfaultes Fell. Über dem Kamin, fast über die Länge des Raums, war die Haut einer Klapperschlange festgenagelt. Der Alte folgte Holmes Blick. Jetz hab ich keine mehr, sagte er.

Was denn?

Schlangen. Sind alle fort. Das da war die größte. Die größte, die's überhaupt je gegeben hat.

Glaub's gern, sagte Holme.

War zwei Meter sechzig lang, mit siebzehn Rasseln. In der Mitte warse so dick, daß man die Hände nich drumgekriegt hat. Jetz kommen Sie mal weiter.

Sie tappten durch ein Gewirr von Kisten, Papier- und Lumpenbündeln, Stapeln aus verzogenen modrigen Bohlen. In der Ecke stand eine über zwei Meter lange Entenflinte; der Alte griff sie sich und reichte sie herüber. Holme nahm sie entgegen und begutachtete sie. Der klobige Schaft bestand aus porösem Bleiholz und war überkrustet mit gelbem Rost, der aussah wie Schwefel und auch danach roch.

Das ging so, sagte der Alte. Als erstes wird die Flinte über'n

Skiffbug gelegt und alles mit Gras abgedeckt. Dann einfach treiben lassen; sobaldde rund vierzig Meter weit draußen bist, hältste auf den Schwarm, wo er am dichtesten iss. Hier, gucken Sie mal. Er nahm Holme die Flinte ab und drehte sie in der Hand. An der Unterseite befand sich ein am Lauf angeschweißter Ringbolzen. Da kommt'n Stock rein, sagte er. Fängt den Rückstoß ab. Er spannte den riesigen gewundenen Hahn und ließ ihn los. Es gab ein dumpfes hölzernes Geräusch. Sie iss halt'n bissel rostig; aber schießen tutse noch. Kannstse so kräftig laden, wiede lustig bist. Hab mal mit'ner einzigen Ladung'n Dutzend Enten erledigt, inklusive die angeschossenen. Hat dazumal fünfzig Cent pro Stück gebracht, und das war gutes Geld. Wenn ich's nich mit Huren und Whiskey verplempert hätt, dann wär ich heut wohl'n reicher Mann.

Der Alte stellte das Gewehr in die Ecke zurück. Holme blickte verwirrt in die Runde. Auf einem Regal ein paar staubige Gläser, gefüllt mit etwas, das aussah wie segmentierte Larvenhüllen.

Sie spielen nich zufällig Gitarre oder Banjo?

Nein, sagte Holme.

Sonst hätt ich Ihnen eine von den Rasseln da geschenkt, daß Siese reintun können.

Rasseln?

Na, die Rasseln da, die von den Klapperschlangen. Die Gitarren- und Banjospieler tun die nämlich immer in ihre Instrumente. Sie spielen also nich?

Hab's noch nie probiert.

Tja, der eine hat halt die Finger dafür, der andere nich. Mein Großvater, der konnt angeblich sofort Fiedel spielen, dabei hater vorher noch nie eine gesehn.

Bei uns hat keiner Musik gemacht, sagte Holme.

Würd Ihnen ja gern'n paar Schlangen zeigen, aber im Moment sind keine mehr da. Die große da drüben, mit der hab ich angefangen. Für die Haut hat mir mal einer zehn Dollar geboten; ich sag, ich probier ihm'ne gleich große zu fangen, weil die da, die tät ich niemals verkaufen. Und da fragt er, ob ich ihm auch'ne lebende besorgen kann; ich denk'n Moment nach, dann sag ich ja. Drauf wieder er: er zahlt mir pro dreißig Zentimeter'n Dollar, und wenn ich ihm eine fang, die genauso groß iss wie die, dann läßt er sogar's doppelte springen. Aber so eine iss mir nich wieder untergekommen. Naja, vielleicht wenn ich noch lang genug leb. Ich nehm zum Einfangen immer'n Stock mit'ner Drahtschlinge dran. Aber im Moment hat's eh keinen Wert. Frühling und Herbst iss die beste Zeit. Im Frühling kannstese ausräuchern, und im Herbst liegense einfach so rum, da kannstese praktisch mit der Hand auflesen. Ich geh auch mal auf'ne Mokassinschlange, wenn mir zufällig eine über'n Weg läuft, aber für die kriegste nich viel, und zudem machense mehr Ärger. Der Alte spuckte in den leeren Kamin, wischte sich übers Kinn und sah mit einer Art wirrer Begeisterung in die Runde.

Tja, sagte Holme, dann dankschön nochmal fürs Wasser und so...

Ach was, jetz kommen Sie erstmal mit raus und hocken sich'n Weilchen hin. Ha'm sich ja noch garnich ausgeruht.

Na gut, aber bloß'ne Minute.

Sie gingen hinaus auf die Veranda; der Alte setzte sich auf seinen Schaukelstuhl und deutete auf einen Stuhl. Holme nahm Platz und verschränkte die Hände im Schoß. Der Alte begann heftig zu wippen; eines der Stuhlbeine in den Kufen war lose und rutschte mit dumpfem Scharren auf und ab.

Schlangen sollen ja angeblich Unglück bringen, sagte der Alte. Aber irgendwas iss scheint's doch an ihnen dran; die Zauberdoktors machen nämlich immer Arzneien draus. Klar, manche meinen, die Art von Dokterei iss Teufelswerk. Aber der Teufel iss ja schließlich kein Doktor, oder? Wüßt wohl nich mal'n Priester 'ne Antwort drauf. Weil, nichmal'n Priester könnt einem sagen, ob's nich vielleicht doch hilft oder heilt. Hab schon selber erlebt, wie so einer mal ab ins Moor iss, um sich dort was zu besorgen, weiler krank war und alles andre nix mehr geholfen hat. Oder nich?

Glaub schon, sagte Holme.

Aber ja, sagte der Alte. Auch'ne Schlange kann nich ganz schlecht sein. Irgend'n Sinn mußse ha'm, sonst wärse nich da. Ich glaub, alles hat irgend'n Sinn. Meinen Sie nich?

Der Alte lehnte sich im Schaukelstuhl vor, musterte Holme mit durchdringendem Blick und durchwühlte dabei mit Daumen und Zeigefinger den Bart nach Ungeziefer.

Keine Ahnung, sagte Holme. Bin ja schließlich kein Studierter.

Aha. Tja, ich auch nich; trotzdem, ich glaub's einfach. Je mehrde studierst, desto weniger kapierste. Lange studiert und doch geirrt. Hat mal'n alter Jäger zu mir gesagt, wie ich bei 'nem Wettschießen 'n halben Ochsen an ihn verloren hab. Ich weiß, was ich weiß, obwohl ich nich studiert hab. Ich weißes halt, brauch garnich groß drüber nachdenken.

Holme nickte dumpf. Ich muß dann mal wieder, sagte er.

Bleiben Sie doch noch'n bissel, sagte der Alte. Was ha'm Sie's denn so eilig?

Naja, muß halt weiter.

Jetz bleiben Sie doch noch, sagte der Alte. Ich bring Ihnen auch bei, wie man Schlangen fängt. So'n junger Kerl wie Sie, der hat bestimmt keine Angst vor den Viechern.

Kann schon sein, sagte Holme. Trotzdem, ich muß los.

Ha'm Sie Verwandtschaft hier in der Gegend?

Nein.

Sie sind nich verheiratet, oder?

Nein.

Na, dann können Sie doch genausogut noch'n bissel bleiben.

Vor Holme materialisierte sich der betende Nerzjäger im Sonnenglast, ein zitternder, in der Hitze siedender Büßer, eine flirrende Erscheinung, hinter der sich die Konturen des Waldes genauso gekrümmt und verdreht abzeichneten. Holme erhob sich blinzelnd vom Stuhl. Dankschön, sagte er; aber ich hab noch was zu erledigen.

Was denn?

Holme, die gestreckten Hände tief in den Taschen, wippte leicht auf den Hacken. Er hielt inne. Was? sagte er.

Ich hab gesagt, was ha'm Sie denn noch zu erledigen? Wenn man fragen darf.

Holme musterte den Alten. Dann sagte er: Ich such'ne Frau.

Der Alte nickte. Kann ich Ihnen nich verdenken. Wenn ich noch so lang leb, bin ich am fünften Oktober dreiundsechzig, und ich...

Neenee, sagte Holme. Meine Schwester. Ich mein, ich such meine Schwester.

Der Alte hob den Blick. Wo ha'm Siese denn verloren?

Sie iss abgehaun. Sie iss neunzehn und hat flachsblonde Haare. Zirka *so* groß. Hat immer'n blaues Kleid an. Rinthy heißt sie.

Und wieso isse ab?

Keine Ahnung. Sie iss manchmal bissel durcheinander. Iss einfach auf und davon. Sie ha'm Sie nich zufällig gesehn, oder?

Nich daß ich wüßt.

Hm.

Hab mal'ne Frau gehabt, die iss auch immer durch. Wie'n Hund. Meistens stöbert man sie dann wieder daheim auf.

Sie hat eigentlich gar kein Daheim.

Von wo isse dann abgehaun?

Holme stand da, den Fuß auf der obersten Treppenstufe, die Hand auf dem Knie. Er schürzte die Lippen und spuckte einen trockenen weißen Schleimbatzen aus. Naja, sagte er, an sich isse ja nich abgehaun. Sie iss halt einfach fort. Hab gedacht, ich frag auf alle Fälle mal nach. Ob sie eventuell hier in der Gegend war. Wenn ich sie nich bald find, dann muß ich nämlich den Kesselflicker suchen, und das wär mir garnich recht.

Isse vielleicht zu Verwandten?

Nein. Außer mir hat sie niemand.

Verwandtschaft bringt eh bloß Ärger.

Stimmt, sagte Holme. Bringt immer Ärger; wenn man sie hat und wenn man sie nich hat. Also dann, vielen Dank nochmal.

Ach was, sagte der Alte. Bleiben Sie doch noch'n bissel.

Neenee, ich muß jetz wirklich los.

Der Alte schnappte sich den an der Hauswand lehnenden

Spazierstock. Na schön, sagte er; wenn Sie schon nich bleiben können, dann gucken Sie wenigstens mal wieder vorbei.

Mach ich, sagte Holme. Er ging die Treppe hinab in den Hof. Die Hunde hoben die Köpfe und blickten ihm nach. Auf der Straße drehte er sich nochmal halb um und hob die Hand; der Alte nickte und schwenkte kurz den Spazierstock.

Dankschön fürs Wasser und so, sagte Holme.

Woher denn, sagte der Alte. Sowas tät ich nichmal dem Teufel abschlagen.

***DIE BEIDEN HUNDE** auf der Veranda jaulten auf, erhoben sich mit gesträubtem Fell und rollenden Augen, verschwanden draußen im Dunkel. Der Alte griff seine Flinte und spähte durch die wellige Scheibe des kleinen Fensters. Drei Männer kamen die Treppe herauf, der eine klopfte an die Tür. Wer da? Der Pfarrer. Fahles Lampenlicht fiel durch die Tür, über das lächelnde Gesicht, den schwarzen Bart, den straff sitzenden, staubigen schwarzen Anzug. Fiel einen glitzernden Augenblick lang auf die Klinge, als sie sich unter leisem Fauchen in seinen Leib senkte. Ihm wurde plötzlich eiskalt. Die Hunde waren fort, ringsum in der Nacht herrschte Stille. Der Pfarrer? sagte er. Der Mann lächelte ihn mit schimmernden Zähnen an, die Gesichter der anderen zwei glotzten beiderseits über die Schulter des Meuchlers, ein einziges Monster, ein grimmes dreiköpfiges Wesen, wortlos, mit leutseligem Blick. Er sah an sich hinunter, sah die an seinen Bauch geschmiegte Faust. Die Faust stieg im durchtrennten, herausplatzenden Eingeweide nach oben, bis die Klinge aufs Brustbein traf und er ohne Gedärme dastand. Er streckte die Hand nach dem Türpfosten aus. Trat einen Schritt zurück, wie um die Männer vorbeizulassen.*

ER MARSCHIERTE weiter; die Sonne war schon gesunken. Weit und breit kein Haus mehr. Später ging dann der Mond auf; kreideweiß und dunstig wand sich die Landstraße durch die schwarzen Waldungen. Moorfrösche verstummten und quarrten dann hinter ihm weiter, als bewege er sich in einem schalldichten Vakuum. Er hatte einen Stecken in der Hand und pikte damit jeden kleinen Schatten, der vor ihm auftauchte; aber die Straße barg ohnehin nur Schatten.

Als er dann endlich in Preston Flats eintraf, wirkte die Stadt nicht nur unbewohnt, sondern wie ausgestorben, als habe die Pest sie leergefegt. Im vertrockneten Schlamm zeichneten sich die fossilierten Spuren von Handelsverkehr ab; mitten auf dem Marktplatz blieb er stehen und sah sich um, eine Gestalt in einem monddurchwirkten verwaisten Amphitheater, gebannt an einen im Staub wabernden Schatten.

Er eilte weiter, durch die Stadt, wo die Schatten der Gebäude die schmale Straße noch schmaler machten, wo sein eigener Schatten flink über die Dächer glitt, dann hinaus ins Gelände, an Farmen vorbei, fern und düster in den saftigen Frühsommerfeldern, die Nacht kühl, eine schweigsame blaue Totenwelt.

Später schlief er auf einem Acker, trampelte sich ein Nest im Schwingelgras, lag, die Hände zwischen den Knien, auf dem Boden und beobachtete die Vogelschemen, die dann und wann übers nächtliche Mondgesicht huschten.

Vor dem Morgengrauen war er bereits wieder unterwegs. Die Straße führte aus dem Ackerland hinaus in Kiefernwald. Er marschierte weiter, die Taschen voll alter Maiskörner, die er irgendwo aufgelesen hatte und nun mit grimmig mahlenden Kiefern kaute. Gegen Mittag stieß er auf ein Terpentinlager; er bog auf einen Knüppeldamm ab und erreichte kurz darauf eine Gruppe von Hütten. Ein paar Neger mit Essenskübeln kauerten am Boden und verzehrten ein kaltes Vesper; ein Mann stand da und beobachtete sie oder schaute an ihnen vorbei, irgendwohin; den Fuß auf einen Holzklotz gestützt, klopfte er mit seinem Stift auf einem Notizblock herum. Als er Holme sah, hielt er inne und musterte ihn einen Moment; dann blickte er wieder zur Seite. Tag, sagte er.

Wie geht's? sagte Holme.

Beschissen wäre geprahlt. Und selber?

Danke, 's geht so. Ich nehm an, Sie sind hier der Boß.

Nee, ich schaff für die Nigger da.

Holme, die Hand in der Tasche, befingerte die trockenen Maiskörner. Ich wollt mal fragen, ob Sie vielleicht jemand brauchen, sagte er.

Ich glaub, ich komm schon zurecht, sagte der Mann. Er begutachtete Holme, den Stift in der Schwebe. Hat Clark dich geschickt?

Nein. Ich kenn keinen Clark.

Nein? Wär froh, wenn's mir auch so ging. Der Saukerl macht mich nämlich noch wahnsinnig.

Holme lächelte schwach. Der Mann drehte sich weg und sah zu den Negern hinüber. Sie rauchten und unterhielten sich leise. Der Mann notierte Zahlen auf seinen Block.

Sie ha'm's mir noch nich gesagt, sagte Holme.

Was denn?

Ob Sie jemand brauchen.

Hab doch schon nein gesagt.

Muß ja nix Großes sein.

Nein. Frag Clark.

Und wo find ich den?

Der Mann warf ihm einen Seitenblick zu. Suchste wirklich Arbeit? sagte er.

Woll Sir.

Du liebe Scheiße. Na, dann geh halt ma' zu Clark. Vielleicht hat er was für dich.

Wo find ich den?

Wahrscheinlich daheim. Beim Mittagessen. Frag in der Stadt nochma' nach.

Okay, sagte Holme. Wie komm ich da hin?

Wo?

In die Stadt.

Wie biste denn hergekommen?

Keine Ahnung. Bin einfach der Straße nach bis zu dem Lager hier; und da hab ich gedacht, ich erkundig mich mal.

Tscha, 's gibt bloß die eine Straße; und wennde da nich durch die Stadt gekomm' bist, dann mußte halt die Straße noch'n Stück weiter, nich wahr?

Dankschön, sagte Holme. Vielen Dank.

Der Mann bedachte ihn mit einem letzten, fast verächtlichen Blick; dann machte er kehrt und rief einem der Neger etwas zu. Holme tappte los, die Straße entlang. Nach ein paar Schritten drehte er sich noch einmal um. Hey, sagte er.

Der Mann blickte zornig und verblüfft herüber.

Wie war der Name nochmal? sagte Holme.

Was?

Der Name. Von dem in der Stadt.

Clark, Sakrament.

Dankschön. Holme hob zum Abschied kurz die Hand; der Mann sah ihm kopfschüttelnd nach und brüllte dann wieder etwas in Richtung der Neger. Holme marschierte weiter.

Wenig später stieß er auf einen Bretterkanal mit einem kühl blubbernden, die Straße unterquerenden kleinen Bach. Holme blieb einen Moment stehen und betrachtete das Wasser; dann schob er sich durchs Farnkraut und trabte am Bach entlang in den Wald, bis er einen Tümpel erreichte. Er kniete sich in den schwarzen Sand und tunkte die gespreizten Hände ins klare

Naß; schneeweiß umrahmten sie sein vornübergeneigtes Ebenbild. Er griff in die Latztasche, klaubte ein Stückchen Seife und ein Rasiermesser aus einem selbstgenähten Lederetui. Streifte die Overallträger ab, zog sein Hemd aus und begann sich Arme und Oberkörper zu waschen. Rieb sich mit der Seife dünnen flüchtigen Schaum ins Gesicht, strich die Klinge am Stiefel ab und rasierte sich, wobei er das Wasser als Spiegel benutzte und mit den Fingern die unregelmäßig verteilten Stoppeln ertastete. Als er fertig war, spülte er sich ab, wischte sich mit dem Hemd trocken und zog es wieder an. Dann hüllte er die Seife in ein Blatt, steckte sie zusammen mit dem Rasiermesser zurück in die Latztasche, fuhr sich kurz mit den Fingern durchs Haar und stand auf.

Als er am frühen Nachmittag endlich in der Stadt eintraf, muffelte sein Hemd bereits wieder, Schweiß dunkelte die weißen Salzkrusten an Ärmeln und Hosenaufschlägen; die zerlumpte Hose sah aus wie auf passende Länge abgerissen, maßgeschneidert von Wachhunden. An den feuchten Knien hatte sich weißer Staub abgesetzt, als habe er in Mehl gekauert; Gesicht und Haar waren bleich von Staub, bis auf die wie verrußt wirkenden Augen. Er marschierte auf den hitzeversengten Marktplatz und sah sich blinzelnd um. Leute zogen durch die Schatten unter den Ladenmarkisen, tappten mit bleiernen Schritten über den mittagshellen Lehm, bewegten sich unter der blendenden Hitze wie Schwerbeladene in einem Traum, wie betäubt und ohne Ziel. Schließlich stieß er auf jemanden, der sich von der allgemeinen Schlaffheit nicht anstecken ließ, einen Fuhrmann, der in gebückter Haltung gerade ein Rad montierte. Holme rief ihm einen kurzen Gruß zu.

Tag auch, sagte der Mann. Er fuhr mit dem Zeigefinger durch einen Talgtiegel, strich den letzten Rest wie Speiseeis heraus und verteilte die Schmiere in der keilförmigen Nabe. Holme sah zu; der Mann schob das Rad behutsam auf die Achse, drehte mit der Hand die Nabenmutter an und setzte das Rad in Schwung; es lief rund, hatte einen leichten Sturz und wisperte, als fahre es durch Wasser. Wo iss'n jetz wieder der

Schraubenschlüssel? sagte der Mann. Er tastete am Boden herum; Holme dachte schon, er sei blind.

Sie stehn drauf, sagte er.

Der Mann hielt inne und blickte zu ihm hoch; dann hob er den Schraubenschlüssel auf. Ah, sagte er, da isser ja. Er zog die Mutter fest, fischte den in der Fettbuchse verwahrten Splint hervor, drückte mit dem Daumen die Enden zusammen, setzte ihn ein und bog die Enden wieder auf. Schließlich klopfte er mit dem Handballen die Buchse fest und erhob sich.

Geschafft, sagte er; seine Hände fuhren wie Klauen an den Overallbeinen hinauf, ließen dunkelglänzende Fettspuren zurück. Wie war das nochma'?

Wissen Sie zufällig, wo ich einen namens Clark finde?

Überall, wode hinguckst. Gibt's hier wie Sand am Meer.

Nein...

Aber ja.

Ich mein'n ganz bestimmten; draußen im Terpentinlager hat mir einer gesagt, daß ich mal nach ihm fragen soll.

Das'ss dann wahrscheinlich der alte Clark. Der'ss bei Essary's von wegen der Auktion. Die ha'm morgen'ne große Auktion.

Holme blinzelte heftig in die Sonne und wischte sich den Schweiß von der Stirn. Ich such nämlich Arbeit, sagte er.

Ah ja? Heh, schlaf bloß nich ein; sonst kippste noch um und tust dir weh.

Holme sah den Mann mit zusammengekniffenen Augen an, betrachtete blinzelnd den plattgetretenen sonnenpolierten Lehm; schließlich machte er kehrt und marschierte die Straße entlang wieder los.

Der Mann, den Ellbogen aufs Rad gestützt, blickte ihm einen Moment nach; dann hob er die Hand. Heh, du, rief er.

Holme drehte sich um.

Heh, sagte der Mann. Wart ma'ne Sekunde.

Holme trottete bedächtig zurück. Der Mann beschirmte die Augen und sah ihm entgegen. Du bist doch nich etwa besoffen, oder? sagte er.

Nein, sagte Holme. Bloß'n bissel kaputt.

Und du suchst wirklich Arbeit?

Woll Sir.

Na, dann nix für ungut. Kann's näm'ich ums Verrecken nich leiden, wenn mich einer vergackeiert. Oder biste vielleicht krank?

Nein, woher denn. Brauchen Sie zufällig jemand?

Nee. Also wenn ich's mir recht überleg, dann siehste mir aus wie einer, der in der Bredouille iss oder so. Womöglich biste irgendwo abgehaun. Mach mir halt so meine Gedanken. Geht mich ja sonst nix an.

Kann doch jedem passieren, daß er mal in der Patsche hockt, sagte Holme. Ich brauch jedenfalls keinen, der mich bedauert.

Ähä, sagte der Fuhrmann.

Was iss jetz mit diesem Clark?

Tja, schon möglich, daßer was für dich hat. Frag einfach ma' im Laden, wanner zurückkommt. Iss näm'ich'ne ganz schöne Strecke, dort raus zu ihm; da biste vor Abend wohl nich wieder da.

Alles klar, sagte Holme. Und was für'n Laden wär das?

Clark's.

Dankschön, sagte Holme. Vielen Dank.

Schon gut, sagte der Fuhrmann. Viel Glück.

Dankschön, wiederholte Holme. Er nickte und marschierte die Straße entlang wieder los. Der Fuhrmann nickte ebenfalls; dann nickte er ernst vor sich hin. Hörma', rief er.

Holme wandte im Gehen den Kopf.

Laß dich von dem Alten bloß nich unterbuttern, ja?

Holme hob die Hand und marschierte weiter.

Als Holme dann im Laden nachfragte, warf ihm der Verkäufer einen finsteren Blick zu und sagte: Gucken Sie nochmal vorbei, wenner wieder zurück iss. Was wollen Sie denn von ihm?

Ich soll mich bei ihm nach Arbeit erkundigen.

Ah ja?

Zwei Männer ha'm mir gesagt, daß...

Tscha, Sie können ja auf ihn warten, wenn Sie Lust ha'm. Vielleicht isser gleich wieder da.

Holme ging hinaus auf die Veranda, lehnte sich an einen Pfosten und beobachtete die Passanten und die kleinen, über die Straße wirbelnden Staubteufel. Er fischte eine halbe Handvoll Mais aus der Tasche und stopfte sich die Körner in den Mund; dann hörte er auf zu kauen, sein leerer Blick verdüsterte sich, er spuckte das fade Mahl auf den Boden. Im gleichen Moment kam ein Mann um die Ecke, fuhr zurück und brüllte ihn an.

Was? sagte Holme dumpf. Was?

Cholera? Ha'm Sie die Cholera?

Menschenskind, sind doch bloß'n paar Maiskörner.

Sakrament, lügen Sie mich ja nich an. Iss nich's erstema', daß ich sowas seh; meine ganze Familie iss dabei draufgegangen.

Scheiße, sagte Holme.

Könn'Sie laut sagen. Fünf Kinder. Fünf. Und meine Alte ums Arschlecken auch noch. Weiß Gott, wieso... Nee, halt, nehm ich zurück – Gott weiß genau, wieso. Wieso er den elenden Drachen so lang hat leben lassen. Die Krone aller Übel. Die wandelnde Plage. Mein ganz persönliches Kreuz. Und Sie sind wirklich nich krank?

Quatsch, sagte Holme. Ich war in meinem Leben noch keinen einzigen Tag krank. Bis auf'n Keuchhusten mal.

Wenn einer mit der Cholera rumläuft, dann knall ich ihn ab wie'n tollwütigen Hund, sagte der Mann.

Hier hat doch keiner die Cholera, sagte Holme.

Will's hoffen, sagte der Mann. Bei Gott, will's hoffen. Er tappte an der Veranda entlang und beäugte den zerkauten Maisglibber; dann kam er mit argwöhnischem Blick die Treppe hoch. Wo'ss'n der alte Clark? Ha'm Sie ihn irgendwo gesehn?

Nein, sagte Holme. Wart auch auf ihn.

Sind scheint's'n bissel vom Fleisch gefallen, wie? Ha'm wohl doch irgendwas weg.

Holme sah den Mann an; dann drehte er sich zur Seite,

spuckte aus und wischte sich mit dem Handrücken den Mund ab. Nein doch, sagte er.

Wie lang warten Sie schon?

Erst seit kurzem. Er iss auf'ner Auktion.

Am Arsch. Da war ich doch grad. Wer sagt denn sowas?

Der Ladenschwengel da drin; Holme zeigte mit dem Kopf.

Der kann doch nichma' Scheiße von Apfelmus unterscheiden, sagte der Mann. Wo'ss ei'ntlich Leroy?

Kenn ich nich.

Aha. Sind scheint's nich von hier, sagte der Mann. Er schlug wie wild nach einer vorbeisurrenden Wespe. Hau ab, Sakrament, sagte er. Wo sind Sie denn her, wenn ich fragen darf?

Nich von hier, sagte Holme.

Heiliger Bimbam, was Sie nich sagen, sagte der Mann und trat in den Laden.

Kurz darauf kam er wieder heraus, mit dem Rücken zur Tür, unter einem abflauenden Schwall von Verwünschungen; eine Handvoll Kräcker und ein Glas Milch jonglierend, stolperte er auf die Veranda und spie mit vollem Mund noch einen Sprühregen aus Krümeln und Flüchen ins schummrige Ladeninnere, ehe er die Tür endgültig zufallen ließ. Anschließend hockte er sich auf die Treppe, aß und lugte immer wieder straßauf und straßab, ohne Holme noch einmal anzusprechen. Holme saß am Rand der Veranda und ließ die Beine baumeln. Er blickte gerade in die andere Richtung, da sagte der Mann etwas. Er sagte: Da kommter ja endlich, der Grasdackel.

Holme drehte den Kopf. Auf einem zwischen die lockeren Seitenbretter des Wagens geklemmten Schild stand in grüner Kursivschrift: *Clark Auction Company.* Ein mit einem fleckigen weißen Anzug bekleideter Mann ragte überdimensional auf dem Bock, so riesig, daß Maultier und Karren geradezu lächerlich wirkten, wie ein winziges Zirkusgespann mit einem schmuddligen monolithischen Clown. An der Verandaecke, direkt vor Holme, brachte der Mann das Fuhrwerk zum Stehen, richtete sich auf, rückte den Hut zurecht und stieg ab. Das Maultier drehte den Kopf und sah Holme an; dann schaute es wieder weg. Der Mann ging die Treppe hinauf. Der Verkäufer erschien und öffnete ihm die Tür.

Er sagt, er hat keine Butter, und morgen iss Samstag...

Halt's Maul und schieb wieder rein, sagte der Mann. Tag, Bud; tolles Wetter heut, was? Puh. Da wartste, daßes mal warm wird, und schon isses zuviel. Geht's dir auch so?

Das Wetter iss mir völlig wurscht, sagte der andere. Ich möcht bloß wissen, wer jetz...

Hab grad da hinten mit einem drüber gesprochen, und der sagt, daß ihm schon langsam der Mais aufbricht. Wie findste das?

So? Iss wahr? – Sakrament, du kannst mich ma' mit dem verdammten Mais. Ich will bloß, daß die Leute da endlich verschwinden.

Der Hüne hatte den Hut abgenommen und strich sich mit dem gekrümmten Zeigefinger den Schweiß von der Stirn; er hielt inne und schaute den anderen an. Welche denn, Bud? sagte er.

Sakrament, das weißte doch ganz genau. Ich kannse nich haben. Die müssen fort.

Der Hüne setzte den Hut wieder auf, rückte ihn wie eine elegante Seidenmelone zurecht und sagte: Mensch, Bud, du tust grad so, als hätt *ich* die da hingetan.

Mir doch egal, wer's war; Hauptsache, sie kommen fort.

Noch dazu, wo ich garnich hier war.

Intressiert mich nich. Die zwei...

Sind auf deinem Grundstück.

Ja.

An'nem Baum, haste gesagt?

Weißte doch.

Und *du* weißt, daß das County für die Beseitigung von totem Inventar nich zuständig iss.

Der Kiefer des anderen ging auf und ab, aber es kam nichts heraus.

Wieso haste eigentlich keine Butter?

Und schon brach es los: eine Kaskade von erfinderisch

gemixten Verwünschungen und Flüchen. Der Hüne lächelte beifällig und drehte sich zwinkernd zu Holme. Als schließlich der Strom versiegte und der Mann zu stammeln begann, legte ihm der Hüne die Hand auf die Schulter. Nur nich aufregen, Bud, sagte er. Noch dazu bei der Wärme. Ich sag dir mal was. Vielleicht gibt's da ja doch'n Gesetz.

Leck Arsch. *Du* bist hier das Gesetz...

Alles zu seiner Zeit, sagte der Hüne. Iss halt'n bissel ungewöhnlich, dein Fall. Wir wollen doch deswegen nich gleich die Gäule scheu machen und was Falsches tun, oder? In ein oder zwei Tagen, denk ich, wird sich schon was finden. Iss doch'ne ganz gute Reklame für den öffentlichen Frieden, grad jetz. Meinste nich?

Sakrament, verschon mich mit deiner Reklame; ich will bloß, daß die Stinker von meinem Acker verschwinden.

Der Hüne hatte nicht aufgehört zu lächeln, aber seine Augen lächelten nicht mit. Er sagte: Höchstens noch ein oder zwei Tage, Bud. Länger nich, okay? Er wartete die Antwort nicht ab, sondern hob bloß die Hand und ging in den Laden. Holme trabte hinterher, ohne den dastehenden Mann zu beachten.

Clark, bereits hinter dem Ladentisch, durchwühlte Scheine und Zettel in einer Zigarrenkiste. Der Verkäufer staubte Waren ab. Holme lehnte sich einen Moment an die Theke, den riesigen Rücken vor Augen; Clark nickte ein paarmal, stöberte in den Papieren, murmelte vor sich hin und kratzte sich fluchend das Kinn.

Mr. Clark, sagte Holme.

Ja?

Clark rührte sich nicht; Holme verstummte. Schließlich drehte der Hüne sich um und sah ihn mit einer Art hochmütiger Neugier an. Was gibt's? sagte er.

Naja, ich wollt mal fragen, ob Sie vielleicht jemand brauchen.

Sind Sie zu Pferd oder zu Fuß?

Zu Fuß.

Ich bräucht einen, der mir die Handzettel verteilt, aber nich zu Fuß. Moment. Ich geb Ihnen mal einen. Er wickelte am Ladentisch eine dicke Rolle bedruckter Blätter auf und klaubte eines heraus. Holme nahm es entgegen und warf einen Blick darauf. Die Blätter auf der Theke schnurrten mit einem häßlichen Ratsch wieder zusammen.

Die Willis Brothers und Little Aud sind da, sagte Clark. Tombola und Limo sind frei. Wär schön, wenn alle kommen.

Woll Sir, sagte Holme; er hob den Blick. Hätten Sie nich noch was andres für mich? Draußen im Terpentinlager hat mir einer gesagt, daß Sie eventuell jemand brauchen. Vielleicht bei der Auktion...

Clark spähte zum Verkäufer hinüber, der daraufhin wieder Staub zu wischen begann; dann wandte er sich an Holme. Wer hat Ihnen das gesagt? sagte er.

Einer im Terpentinlager.

Wie heißen Sie eigentlich, Mister?

Holme.

Holme. Und wo sind Sie her, Holme?

Holme schluckte; dann antwortete er wie aus der Pistole geschossen: Aus dem Johnson County. Bin bloß hier, weil ich Arbeit such.

Aber am Mittwoch waren Sie noch nich da, oder?

Nein, Sir. Bin erst heut früh angekommen.

Der Mann stand da und schaute auf ihn herunter; Holme betrachtete die Regale mit den hell etikettierten Waren und senkte dann wieder den Blick.

Wissen Sie, wie ich an meinen Deputy gekommen bin, Holme?

Nein, Sir.

Da iss mal'n Wagen voller Knallköpfe zum Bohnenpflücken auf'n Acker gefahren; und der erste, der die Ladeklappe runter iss, den hab ich genommen.

Holme setzte ein schwaches Lächeln auf. Clark hatte keine Miene verzogen.

Waren Sie schon mal auf'ner Auktion?

Nein, Sir.

Clark wog die Zettelrolle in der Hand und sah Holme nachdenklich an. Das war die falsche Antwort, sagte er. Er schaute in Richtung Verkäufer. Wo steckt eigentlich Leroy?

Keine Ahnung. Werd nich dafür bezahlt, daß ich auf ihn aufpaß.

Clark zog eine gewaltige Uhr aus der Jackentasche und warf einen Blick darauf. Wissen Sie, was, Holme? sagte er, zum Zifferblatt gewandt.

Was denn?

Clark sah auf. Ich nehm an, Sie sind blank.

Woll Sir.

Können Sie mit Hacke und Schaufel umgehn?

Glaub schon.

Fein. Dann soll Harold hier mal nach hinten und Ihnen die Geräte bringen; anschließend gehn Sie zur Kirche und graben zwei Löcher. So groß, daß jemand reinpaßt. Aber nich auf'm Kirchhof. Da iss alles schon reserviert. Buddeln Sie weiter hinten, da wo die kleinen Tafeln sind. Am besten, Sie fragen nochmal beim Pfarrer nach.

Alles klar, sagte Holme.

Bei der ollen Hacke iss aber der Stiel locker, sagte der Verkäufer; mit der kann man nich mehr viel anfangen.

Und vor lauter Arbeit hier kommste wohl nich dazu, das Ding mal zu reparieren, was? Clark wandte sich wieder an Holme. Das County zahlt einen Dollar, sagte er. Ich persönlich würd nich so viel springen lassen, aber mich fragt ja keiner. Wenn Sie vorm Dunkelwerden fertig sind, kommen Sie wieder her und holen sich Ihren Lohn ab. Wenn nich, dann sehn wir uns morgen. Falls Sie da nich noch hier rumstehn und drauf warten, daß der Kerl Ihnen endlich Hacke und Schaufel bringt.

Als Holme dann mit den geschulterten Geräten den Kirchhof passierte, sah er zwischen den Grabsteinen zwei Neger: der eine saß da und schaute dem anderen zu, wie er mit bloßem Oberkörper eine bereits knietiefe Grube aushob; die Hacke stieß träge herab und schlug mit leisem Rums in die Erde. Kaum hatte der Sitzende Holme bemerkt, fuhr er hoch, hockte sich aber sofort wieder hin. Der mit der Hacke hielt inne und hob den schweißglänzenden Kopf; dann lugten sie beide herüber.

Tag, sagte Holme. Seid ihr sicher, daß ihr an der richtigen Stelle buddelt?

Woll Sir, sagte der Sitzende.

Wie iss'n das, buddelt ihr zwei?

Woll Sir. Ich laß'n bloß'n Moment lang allein machen.

Und was iss mit dem anderen?

Sind bloß zu zweit.

Holme sah die Männer verständnislos an. Ich mein, was iss mit dem anderen Loch? sagte er.

Die beiden Neger blickten sich an. Der mit der Hacke sagte: Hat nich geheißen, daßwer zwei buddeln sollen.

Das'ss Mrs. Salter ihr Grab, sagte der Sitzende und zeigte mit dem Daumen nach hinten, auf den Grabstein, an dem er lehnte. Der Alte soll näm'ich nach rechts; und wie ich frag, rechts von ihm oder rechts von mir, da heißt's, rechts von ihr.

Holme nahm die Geräte von der Schulter, stützte sich darauf ab und sah in die Runde; dann wandte er sich wieder den Negern zu.

Ihr buddelt also bloß das eine Loch, sagte er.

So hat's geheißen.

Na, dann isses scheint's doch für jemand anders. Ihr habt nich zufällig den Pfarrer gesehn, oder?

Der'ss grad vorhin die Straße rauf.

Holme nickte. Dann sah er auf dem brachen Gelände hinter der Kirche ein paar schräg im Unkraut liegende Holztafeln. Und da hinten, da iss wohl noch nix reserviert, wie?

Der eine, der wieder zu hacken begonnen hatte, hielt inne; es kam keine Antwort.

Oder doch?

Nee, Sir, sagte der eine. Glaub nich.

Holme nickte den beiden zu und ging weiter.

Er arbeitete bis kurz nach Einbruch der Dunkelheit. Allmählich wurde ihm schummrig; sein leerer Magen ballte sich wie eine Faust in ihm zusammen. Er grub noch eine Weile im Finstern, dann hörte er auf. Im Haus des Priesters brannte kein Licht. Auch im Laden nicht; als Holme dort ankam, war keiner mehr da. Er hatte keine Ahnung, wie spät es war. Er schob Hacke und Schaufel unter die Veranda und marschierte wieder der Straße nach, eine einsame Gestalt im warmen atmenden Dunkel, unbeobachtet und ohne Schatten. Nachts schlief er im Schutz eines Heuhaufens; er wachte auf, noch ehe es Licht wurde. Noch ehe eine Spur, ein Hoffnungsschimmer zu sehen war. Irgend etwas hatte die Straße passiert. Zusammengekauert lag er in der Kühle der herannahenden Dämmerung, die Arme über der Brust gekreuzt, so wie es die Lebenden den Toten aufnötigen; er lauschte, konnte aber nichts hören. Irgend etwas Furchtbares ging um. Er horchte, ob auf der Straße irgendwo Hunde waren; nichts, kein Gebell. Eine ganze Zeitlang lag er so da; im Osten zog der Morgen als fahler Lichtkeim herauf, kein Hahn, kein erwachender Vogel kündigte ihn an. Holme stand auf, staubte den Häcksel von seiner verschmuddelten Kleidung, stieg in die stabilen, inzwischen mit Graberde beschmierten Stiefel, tappte zur Straße und marschierte in Richtung Stadt. Als er auf einer Steigung ein Feld passierte, flatterten zwei Truthahngeier schwerfällig aus einem abgestorbenen Baum; im Geäst baumelten die Leichen von drei Männern. Einer trug einen schmutzigen weißen Anzug. Nichts rührte sich. Die Geier schwenkten hinter die Wälder ab; nirgendwo ein Geräusch, nirgendwo eine Bewegung. Nur das langsam zunehmende Licht, in dem die augenlosen Toten fremd und irreal wirkten, wie verirrte Gestalten aus einem Traum.

Er eilte weiter, in die leere Stadt. Es war inzwischen taghell. An der Verandaecke vor dem Laden stand, nicht festgebunden, Clarks Gespann mit dem dösenden Maultier im Zuggeschirr. Holme stieg die Treppe hoch, klopfte an die Tür, wartete, klopfte nochmal. Spähte durchs Fenster. Sein Schatten lag im schrägen Licht auf dem Boden. Alles der Düsternis und dem

Staub preisgegeben. Er rief. Nach einer Weile ging er wieder die Treppe hinab auf die Straße, blieb stehen, sah in die Runde und lauschte; nichts regte sich. Er drehte sich um und marschierte mit sehr raschem Schritt durch die Stadt. Dann begann er wieder zu laufen.

DIE SCHMERZENDEN Brüste in die Hände geschmiegt, saß sie auf dem Bohlenweg und ruhte sich einen Moment aus. Es war dunkel; Regen zog auf. Eine Frau schritt vorüber, beladen mit einem Futtersack, in dem stumm etwas Lebendiges zappelte. Als sie sie ansprach, warf ihr die Frau einen leeren Blick zu und ging weiter. Nach einer Weile erhob sie sich und ging ebenfalls weiter, der Staub warm und talgweich unter den Zehen. Auf der anderen Straßenseite standen ein paar Männer vor einem Laden und spähten zu ihr herüber. Sie straffte ein wenig die Schultern. Links trat plötzlich ein Mann aus einem Gebäude, marschierte direkt vor ihr über die Straße und tippte dabei an seinen Hut, so flüchtig, als wolle er eine Fliege verscheuchen. In seinen Mundwinkeln lag die Spur eines Lächelns.

Hey, sagte sie.

Selber hey.

Sie sah ihm nach. Sie sind nich zufällig'n Arzt, oder? rief sie ihm hinterher.

Er blieb stehen und drehte sich um. Nein, sagte er. Anwalt. Ich krieg die Sieger, er die Verlierer. Die Hand wieder an der Hutkrempe, verharrte er mitten auf der Straße und setzte ein schwaches Lächeln auf.

Sagen Sie mal, sagte sie, wo kann ich'n hier'n Arzt finden?

Der Anwalt schob den langen Zeigefinger in die Westentasche und fischte eine Uhr hervor. Er ließ sie aufschnappen, warf einen Blick darauf und spähte zur düster dahinziehenden Sonne, als wolle er so die Zeit vergleichen. Der ist erst gegen halb zwei wieder da, sagte er. Jetzt haben wir zehn vor eins. Er klappte das Uhrengehäuse zu und steckte es in die Weste zurück. Ist es denn dringend? sagte er.

Was?

Ist es sehr eilig? Er hat seine Praxis im selben Haus wie ich. Wir sind nämlich so'ne Art Interessengemeinschaft. Gleich da drüben. Er deutete auf ein dreistöckiges Gebäude mit hohen Fenstern im Obergeschoß; die Scheiben waren beschriftet.

Sie strich sich das Haar aus dem Gesicht und blickte hinüber.

Wo fehlt's denn? Ist es was Ernstes? Oder geht's um jemand anders?

Nein. Um mich selber.

Aha. Hm. Sind Sie krank? Wenn Sie wollen, können Sie sich in meinem Büro ausruhn, bis er wieder zurück ist.

Sie spähte über die Straße zu dem Gebäude; dann wandte sie sich dem Anwalt zu. Möcht Ihnen aber keine Umstände machen, sagte sie.

Ach was, sagte er. Kein Problem. Muß ja eh ins Büro.

Na gut, sagte sie; wenn Sie mir vielleicht einfach mal zeigen, wo seine Praxis iss.

Klar, sagte er. Kommen Sie nur.

Mühsam Schritt haltend, trippelte sie hinter ihm über die Straße, betrachtete dabei seine Hacken, die gekrümmten Räder- und mondförmigen Maultierspuren, bis sie schließlich den Gehsteig und dann ein Stück weiter das Haus erreicht hatten. Der Anwalt trat einen Schritt zur Seite und machte eine einladende Handbewegung. Nach Ihnen, sagte er.

Sie stieg den langen dunklen Treppenschacht hoch; unter den nackten Füßen spürte sie die kalten, aus den abgewetzten Stufen ragenden Nagelköpfe. Im Obergeschoß befand sich ein kleiner, von zwei Türen flankierter Empfangsraum. Sie drehte sich zu dem Anwalt um.

Da wären wir, sagte er. Er ging an ihr vorbei, steckte den

Schlüssel ins Schloß und hielt ihr die Tür auf. Nehmen Sie Platz, sagte er. Sie sah sich um; dann kam sie der Aufforderung nach und ließ sich in eine Art ledernen Klubsessel sinken, aus dessen aufgerissenen Polsternähten Roßhaarbüschel hervorlugten. Die Fußspitzen aneinander, die Hände im Schoß, hockte sie da und schaute zu Boden.

Ach übrigens, sagte er, wo kommen Sie eigentlich her?

Sie sah auf. Er saß vornübergebeugt an seinem Schreibtisch, stützte die Füße auf eine offene Schublade und hielt ein Streichholz an eine Zigarre.

Von drüben hinter dem Fluß, sagte sie.

Er hörte auf zu paffen und warf ihr einen Blick zu; dann zog er wieder an der Zigarre, zündete sie endgültig an und schnickte das Streichholz in einen Aschbecher auf dem Schreibtisch. Wie geht's Ihnen? sagte er.

Danke, sosolala.

Schön. Der Arzt ist bestimmt gleich da.

Gut, sagte sie. Sagen Sie mal.

Ja?

Ich würd Sie gern noch was fragen.

Klar. Was denn?

Naja, sagte sie. Ich hab bloß'n Dollar, und so'n Arzt iss ja nich grad billig, und da frag ich mich halt, ob'n Dollar für'ne Behandlung auch langt.

Der Anwalt pflückte bedächtig die Zigarre vom Mund und verschränkte die Hände in einem blauen Rauchschnörkel. Tja, ich nehm an, die Behandlung fällt zumindest so aus, daß sie den Dollar auch wert ist. Was fehlt Ihnen denn, wenn ich fragen darf?

Sein Sie mir nich bös, aber das möcht ich lieber ihm selber sagen.

Aha. Tja, ich bin mir jedenfalls sicher, daß Sie bei ihm in guten Händen sind. Er ist nämlich kein schlechter Arzt. Wie auch immer, bald wissen wir mehr.

Ich will aber niemand um'ne Gefälligkeit bitten, sagte sie.

Gefälligkeit?

Ja, Sir. Ich mein, wenn's mehr wie'n Dollar kostet, dann möcht ich ihn lieber erst garnich bemühn.

Der Anwalt nahm die Füße von der Schublade und stützte die Ellbogen auf den Schreibtisch. Wer einen Arzt braucht, sagte er, der sollte das nicht auf die leichte Schulter nehmen. Ist ja immerhin was anderes, als wenn man ein Paar Schuhe braucht oder – sie äugte beklommen auf ihre gekreuzten Füße –, oder zum Beispiel 'ne neue Bratpfanne oder so. Sagen Sie ihm einfach, was Ihnen fehlt; die Kosten lassen Sie ruhig seine Sorge sein. Wenn Sie bloß 'nen Dollar haben, dann können Sie den Rest vielleicht später zahlen. Oder bringen ihm mal'n paar Eier. Oder was aus dem Garten, wenn...

Ich hab doch gar keinen Garten, sagte sie.

Hm. Trotzdem, die Kosten lassen Sie ruhig seine Sorge sein.

Ja, Sir, sagte sie.

Er lehnte sich wieder zurück. Es war völlig still in dem Raum. Das Licht nahm mal zu, mal ab; der Schatten des Fensterrahmens quer über dem Holzboden kam und ging, als atme dort etwas. Sind sie verheiratet? sagte der Anwalt.

Nein, sagte sie. Dann hob sie den Blick und sagte: Das heißt, zur Zeit nich. Ich war's mal.

Sind Sie etwa verwitwet?

Ja, Sir.

Ach, das tut mir leid. Eine junge Frau wie Sie. Haben Sie Kinder?

Eins.

Aha.

Es wurde dunkler. Ein feuchter Luftzug strömte herein; die zerschlissenen Spitzengardinen hoben sich.

Sieht nach Regen aus, sagte er.

Aber es hatte bereits angefangen; einzelne Spritzer schlugen über die Scheibe, der erhitzte Steinsims begann zu dampfen.

Im Herbst macht's hier immer 'ne Menge runter, sagte der Anwalt. Aber da nützt es leider nichts mehr.

Sie saßen im zunehmenden Dunkel und beobachteten den

Regen. Nach einer Weile nahm der Anwalt die Füße wieder von der Schublade und stand auf. Jetzt kommt er, sagte er.

Sie nickte. Er ging an die Tür und spähte nach draußen. Sie hörte jemanden fluchend die Treppe heraufstapfen.

Na, John, scheint's'n bißchen was abgekriegt, sagte der Anwalt.

Der Angesprochene sagte etwas, was sie nicht verstand.

Da drin wartet jemand auf Sie.

Der Mann schaute zur Tür herein. Klein, stämmig und mit einem tropfenden Schnurrbart, lugte er über den Rand seiner beschlagenen Brille. Wie geht's? sagte er.

Tag, sagte sie.

Kommen Sie gleich mal mit rüber. Er entfernte sich; sie stand auf, ging am Anwalt vorbei, bedachte ihn mit einem leisen Knicks und nickte ihm zu; zerlumpt, ohne Schuhe, demütig und halb durcheinander, bewegte sie sich trotzdem in einer fast greifbaren Aura von Schicklichkeit. Vielen Dank auch, sagte sie.

Der Anwalt nickte lächelnd. Schon gut, sagte er.

Als sie die Praxis betrat, stand der Arzt mit dem Rücken zur Tür, schüttelte seine nasse Jacke aus und hängte sie an den Kleiderständer. Dann drehte er sich um und wischte sich über die feuchten Schultern; das Hemd pappte durchsichtig an der Haut.

Puh, sagte er. Alsdann. Was haben wir denn, junge Frau?

Sie wandte sich um. Der Anwalt hatte seine Tür bereits zugemacht. Sie hörte den Regen draußen; es war so dunkel, daß man eigentlich eine Lampe gebraucht hätte.

Hier rüber bitte, sagte der Arzt. Nehmen Sie Platz.

Dankschön, sagte sie. Sie setzte sich auf den Stuhl neben seinem Schreibtisch, züchtig, die Füße unter den Stegen. Dann sah sie auf; der Arzt saß am Schreibtisch und wischte mit einem Taschentuch hektisch die Brillengläser ab.

Also, sagte er. Was fehlt uns denn?

Naja, es iss wegen meiner Milch.

Ihrer Milch?

Ja, Sir. Wenn's recht iss.

Haben Sie etwa Fieber?

Nein. Das nich. Ich mein, ich weiß nich genau. Iss wirklich bloß wegen meiner Milch.

Aha. Der Arzt lehnte sich zurück und fuhr sich, die Brille in der Schwebe, mit dem Finger über die Nase. Sie haben ein Baby. Ist es deswegen?

Sie blieb einen Moment stumm. Dann sagte sie: Nein. Das heißt... Sie unterbrach sich und blickte ihn hilfesuchend an. Er sah zum Fenster hinaus. Dann wandte er sich ihr wieder zu und setzte die Brille auf.

Na schön, sagte er. Zunächst mal: Reden wir hier über Kuh- oder Muttermilch?

Muttermilch, sagte sie.

Gut. *Ihre* Muttermilch?

Ja, Sir.

Aha. Dann stillen Sie also ein Baby.

Nein, sagte sie. Eben nich. Drum bin ich ja krank.

Sie haben ein Baby bekommen?

Ja, Sir.

Wann?

Anfang Frühjahr. Im März, glaub ich.

Also vor sechs Monaten, sagte der Arzt.

Ja, sagte sie.

Er beugte sich vor, legte den Arm auf den Schreibtisch und musterte seine Hand. Hm, sagte er; dann haben Sie wohl 'ne Amme zugezogen. Und jetzt wollen Sie wissen, warum Sie keine Milch haben. Nach sechs Monaten.

Nein, Sir, sagte sie. Darum geht's nich.

Hm; ist wohl nicht ganz so einfach, wie?

Nein, Sir. 's brennt halt ziemlich.

Und Sie haben nie Milch gehabt.

Doch, sogar viel zuviel; ich hab sie bloß nie gebraucht.

Er betrachtete wie ratsuchend seine Hand; offenbar mit Erfolg, denn plötzlich hob er den Blick und sagte: Und was ist mit dem Baby passiert?

Iss gestorben.
Vor kurzem?
Nein. Am Tag, an dem's geboren iss.
Und Sie haben immer noch Milch.
Nich mehr soviel. Wär ja garnich so schlimm. Bloß, jetz fangen Sie auch noch zu bluten an. Meine Nuckel.
Langes Schweigen. Im Raum war es fast dunkel; sie hörten den stetigen Regen gedämpft über die Scheibe schrappen, auf den steinernen Fenstersims prasseln. Der Arzt sprach als nächster. Ganz leise. Er sagte: Sie lügen mich an.
Sie sah auf. Offenbar nicht überrascht. Sie sagte: Wieso?
Das will ich ja grad von Ihnen wissen. Das mit den Brüsten und das mit dem Baby. Keine Frau hat sechs Monate lang Milch, wenn das Kind bereits tot ist.
Sie schwieg.
Kann ich sie mal sehn?
Was?
Ich hab gesagt, kann ich sie mal sehn? Ihre Brüste?
Na gut, sagte sie. Sie erhob sich, knöpfte das Unterkleid im Nacken auf und ließ es an den Schultern herunter; dann stand sie da, die Arme gefangen im verschmuddelten Tuch. Mehr hatte sie nicht an.
Aha, sagte er. In Ordnung. Ich geb Ihnen was. Muß ja ganz schön wehtun.
Sie hievte das Gewand wieder über die Schultern und knöpfte es zu. Brennt halt'n bissel, sagte sie.
Pumpen Sie sie überhaupt ab? Die Milch, mein ich.
Nein, Sir. Die kommt ganz von allein.
Hm. Trotzdem, Sie sollten sie unbedingt abpumpen. Wo ist denn das Baby?
Weiß nich. Ich mein, ich hab's nich mehr gesehn, seit es geboren iss. Aber ich kann mir schon denken, wer's hat; wenn ich den bloß endlich finden tät.
Und wann war das? Wann ist es geboren?
Ich glaub, im März; vielleicht auch im April.
Das kann nicht sein, sagte er.

Naja, dann halt im März.

Hören Sie, sagte der Arzt, war's eventuell nicht *doch* etwas später? Zum Beispiel im Juli?

Und wenn? sagte sie.

Der Arzt lehnte sich zurück. Jedenfalls ist es unmöglich, daß Sie nach sechs Monaten noch Milch haben.

Aber bloß, wenn das Kind tot iss. Das meinen Sie doch, oder? Sie beugte sich auf dem Stuhl nach vorne und sah den Mann lauernd an. Und das heißt ja wohl, daß es nich stimmt. Daß der Kleine nich tot iss. Sonst hätt ich ja keine Milch mehr. Oder?

Hm, begann der Arzt. Etwas fast Wirres in ihrem Blick ließ ihn innehalten. Ja, sagte er schließlich. Das könnte es heißen. In der Tat.

War mir die ganze Zeit klar, sagte sie. Hab's richtig geahnt.

Aha, sagte er. Schön, dann geb ich Ihnen jetzt mal 'ne Salbe. Er schwenkte herum, erhob sich vom Stuhl und schloß ein Wandschränkchen hinter dem Schreibtisch auf. Er musterte kurz den Inhalt, holte ein kleines Glas heraus und machte die Schranktür wieder zu. So, sagte er; er drehte sich um und hielt das Glas in die Höhe. Damit reiben Sie sich dick und kräftig ein. Und immer schön drauflassen. Sobald sich's verliert, das gleiche nochmal. Außerdem müssen Sie unbedingt Ihre Milch abpumpen, auch wenn's wehtut. Probieren Sie's am Anfang erst mal ein bißchen aus. Er schob ihr das Glas über den Schreibtisch zu; sie nahm es, warf einen Blick darauf und senkte es in den Schoß.

In ein paar Tagen kommen Sie wieder und sagen mir, wie's Ihnen geht.

Da bin ich vielleicht nich mehr hier.

Wo sind Sie denn dann?

Weiß nich genau. Muß es halt weitersuchen.

Das Baby?

Ja, Sir.

Sie sagen, Sie haben es nie gestillt. Seit wann haben Sie's eigentlich nicht mehr gesehn?

Seit es geboren iss.

Und inwiefern haben Sie mich dann vorhin angelogen?

Naja. Von wegen, daß es tot iss.

Aha. Was ist denn wirklich passiert?

Er hat gesagt, 's wär'n Mickerling; aber vor Gott war's das kein bissel.

Und dann?

Wir ha'm halt nix und niemand gehabt.

Sie sind nicht verheiratet, oder?

Nein, Sir.

Und dann? Habt ihr das Baby weggegeben?

Ja, sagte sie. Ich wollt ja nich, daß er sowas macht. *Ich* hab mich ja nich geschämt. Er hat gesagt, es wär tot, aber ich hab genau gewußt, daß er schwindelt. Hat mich die ganze Zeit angeschwindelt.

Wer denn?

Mein Bruder.

Der Arzt lehnte sich zurück und betrachtete seine im Schoß verschränkten Hände. Nach einer Weile sagte er: Und Sie haben keine Ahnung, wo das Baby jetzt ist?

Nein, Sir.

Unten auf der Straße wurde brüllendes Vieh durch Regen und Schlamm getrieben.

Wo wohnen Sie eigentlich? sagte der Arzt. Und wie heißen Sie überhaupt?

Rinthy Holme.

Und wo wohnen Sie?

An sich nirgends mehr, sagte sie. Hab noch nie'n richtiges Daheim gehabt. Zieh halt durch die Gegend und such meinen Matz. Sonst nix.

AUF DEM HÜGEL machte die Landstraße eine Kehre und zog dann am Kamm entlang weiter, so daß Holme eine ganze Weile den Fluß überblicken konnte; behäbig und breit, von stumpfer Lehmfarbe, kräuselte das Wasser sich zähflüssig im Spätnachmittagslicht. Die Straße war frei, bis sie einen Steilhang hinunterführte; danach war sie wieder unterspült, morastig und gespickt mit den Schlammspuren von Pferden, Menschen oder kleinen Tieren, die sie nachts überquert hatten. Sie mündete direkt in den Strom; Holme sah den hohen Wasserstand. Ein Fährtau lief von einem grobgezimmerten Landesteg quer über den Fluß, bauchte sich fast in die Strömung und stieg auf der anderen Seite wieder nach oben. Von drüben scholl eine Stimme herüber; Holme konnte nichts verstehen. Nach einer Weile sah er einen Mann aus der Fähre kommen; der Mann stellte sich ans Ufer, hob die Hände zum Mund, und einen Moment später, leise und fern, ertönte die Stimme nochmal. Eine Stimme ganz ohne Worte. Holme formte die Hände gleichfalls zu einem Trichter, aber ihm fiel nichts ein, was er hätte rufen können; er ließ die Hände wieder herunter. Kurz darauf ging der Mann zur Fähre zurück und verschwand.

Holme fand im Gras eine trockene Stelle; er hockte sich hin und beobachtete den Fluß. Das Wasser stand sehr hoch; dumpf rauschend, wie rieselnder Sand, zog es dahin. Die Luft hatte sich abgekühlt; der Himmel sah grau und winterlich aus.

Ein paar Vögel flogen stromaufwärts, Wasservögel mit langen Hälsen; Holme sah ihnen nach. Dann schlief er ein.

Es war schon recht spät, als er wieder erwachte; die Fähre trieb über den Strom heran. Ein Pferd hatte ihn aufgeweckt; als er sich danach umdrehte, sah er einen Mann am Landesteg, der das im Fluß trinkende Tier an den Zügeln hielt. Holme stand auf und streckte sich. Tag, sagte er.

Tag, sagte der Mann.

Wollen Sie rüber?

Nee, sagte der Mann. Er beobachtete die Fähre.

Holme massierte sich die Hände und zog fröstelnd die Schultern ein.

Aber der da drüben, der glaubt das, sagte der Mann.

Ja?

Genau. Der Mann riß dem Pferd den Kopf hoch und fuhr ihm mit der Hand über den Hals. Könnt grad meinen, sie'ss in der Mitte, sagte er.

Was denn? sagte Holme.

Der Mann deutete mit dem Finger. Die Fähre da. Was glauben Sie, isse schon in der Mitte oder nich?

Holme beobachtete die behäbig heranrückende Fähre; kleine Wellen brachen sich an der flußaufwärts gewandten Rumpfseite. Ja, sagte er. Ich würd sagen, sogar schon'n bissel drüber raus.

Genau, sagte der Mann. Läßt sich bei'm Fluß näm'ich schwer abschätzen, wennde nich grad mittendrauf bist. Er schwenkte das Pferd herum, stellte den Fuß in den Steigbügel, schwang sich übergangslos in den Sattel und sprengte in schlammsaugendem Kanter wieder die Straße hinauf.

Die Fähre war so groß wie ein leichtes Kielboot. Langsam trieb sie durch die träge Uferströmung heran und glitt dann in den Schlick. Der Ferge stand auf dem Vorderdeck und machte die Leinen fest.

Tag, sagte Holme.

Können noch nich gleich rüber. Sind Sie etwa mit dem Armleuchter da befreundet?

Mit dem von eben? Neenee. Hab grad geschlafen, und da war er auf einmal da.

Muß mir jetz doch ma' so'n Fernglas anschaffen, sagte der Ferge. Er sprang mit einem kleinen Hüpfer von Bord, versank beinahe knietief im Schlamm, trat fluchend mit den Stiefeln um sich und kam schließlich auf höheren Grund. Genau, sagte er. So'n Fernglas; daß endlich ma' Schluß iss mit dem ollen Scheiß. Er wischte die Stiefel im Gras ab. Er trug eine kleine Lederweste und eine merkwürdige Kopfbedeckung, die entfernt an eine Schiffermütze erinnerte. Holme, an einem Stengel kauend, sah sich den Mann an.

So'n kleines Fernglas, das wär goldrichtig, sagte der Mann; dann hättich'n endlich am Sack.

Was hat er denn angestellt? sagte Holme.

Der Ferge warf ihm einen Blick zu. Was er angestellt hat? sagte er. Ha'm Sie doch gesehn. So geht das alle naslang. Schon zwei Jahre jetz. Und alles bloß wegen'm kleinen Händel. Schickt seine Alte immer rüber nach Morgan. An sich solltich der ihren fetten Arsch garnich mehr transportieren.

Holme nickte schwach.

Na egal; jedenfalls können Sie erst rüber, wenn'n Gaul mitfährt.

Okay, sagte Holme.

Personen kosten'n Dime. Gäule fünfzig Cent.

Aha.

'n Transport für'n Dime kannich mir einfach nich leisten.

Hm. Was meinen Sie, wie lang dauert's, bis hier mal'n Pferd aufkreuzt?

Keine Ahnung, Mister.

Auf der Straße da iss ja nich grad viel los.

D's wechselt. Gestern abend zum Beispiel war ganz schön Betrieb. Meistens dauert's bloß ein, zwei Tage, bis wieder jemand hier auftaucht.

Ein, zwei Tage? sagte Holme.

Wird schon noch jemand kommen.

Ich steh doch nich ein oder zwei Tage hier rum.

Kommt garantiert bald jemand vorbei.
Wird außerdem schon dunkel, sagte Holme.
Spielt keine Rolle, sagte der Ferge. D's geht hier eh Tag und Nacht. Wollen Sie nach Morgan?
Wenn's drüben am Weg liegt, komm ich bestimmt durch.
Hübsches Städtchen, Morgan. Waren Sie schon ma' dort?
Nein, sagte Holme.
Hübsches Städtchen, wiederholte der Ferge. Er kauerte im Gras und spähte über den Fluß. Ha'm Sie vor, 'ne Weile drüben zu bleiben?
Nein, sagte Holme. Glaub nich.
Naja, geht mich ja auch nix an.
Holme hockte sich hin und schlug die bestiefelten Füße übereinander. Er pflückte einen Grashalm und machte eine Schlinge daraus. Es dunkelte rasch. Der düster am Steg vorbeirauschende Fluß schien von großen Reptilien bevölkert zu sein.
's Wasser iss noch am Steigen, sagte der Ferge.
Ja.
Und durch Morgan, da wollen Sie einfach bloß durch?
Keine Ahnung, sagte Holme. Gibt's dort eventuell Arbeit?
Der Ferge spuckte aus und wischte sich den Mund am Knie ab. Was für Arbeit denn? sagte er.
Irgendeine, sagte Holme. Er verknotete den Grashalm und riß ihn entzwei. Bin da nich wählerisch.
Ha'm Sie keine Beschäftigung?
Nein.
Tja, vielleicht finden Sie was. Wirklich'n nettes Städtchen, das olle Morgan.
Wohnen Sie dort?
Woll. Bin dort geboren und großgeworden. Mein Daddy hat die Fähre gebaut. Ich nehm an, Sie kommen aus dem Clayton County.
Nein, sagte Holme.
Er konnte das Gesicht des Fergen nicht mehr erkennen; der Mann schwieg eine Weile. Mit zunehmender Finsternis wurde

der Fluß lauter; Holme fragte sich, ob es am steigenden Wasser oder bloß an der Dunkelheit lag.

Das Boot läuft mit der Strömung, sagte der Ferge; aber das ha'm Sie wahrscheinlich schon selber gemerkt.

Wie?

Ich hab gesagt, das Boot läuft mit der Strömung. Oder ha'm Sie so'ne Fähre noch nie gesehn?

Nein, sagte Holme. Bis jetz noch nich.

Hab ich mir fast gedacht. Bei der da zurrste vorne fest und läßt hinten die Leine locker; dann kannse sich stromaufwärts ausrichten, und das Wasser ziehtse hopplahopp rüber. Und wennde zurückwillst, dann machste's grad umgekehrt, und schon kann's wieder losgehn.

Sie müssen sie also nich wenden?

Ach wo. Iss doch vorne und hinten gleich. Brauchst bloß die Leinen andersrum zurren, und fertig iss die Laube.

Nich schlecht, sagte Holme.

Könn'Sie laut sagen. Und kost' keinen Cent extra.

Hat sich Ihr Daddy das ausgedacht?

Nee. So heißt's zwar immer, aber's stimmt nich. Er hat halt vorher schon ma' sowas gesehn.

Nich schlecht, sagte Holme.

Genau. Brauchst bloß die Leinen andersrum zurren, das iss alles. Wennde se gleich stark zurrst, dann läuft nix.

Aha.

Würd garantiert's Tau krachen.

Ja.

Der Ferge ließ sich ins Gras sinken und streckte die Füße aus. Irgendwann iss ma' eins gekracht und hat dabei'n Gaul mitgerissen. Hopplahopp in'n Fluß. Der, der den Gaul gehalten hat, stand dann angeblich bloß noch mit leeren Zügeln da.

Da hat er aber Schwein gehabt, sagte Holme.

Der Ferge nickte. Genau, sagte er. Dabei war's nichma' sein eigener Gaul.

Wenn bloß endlich mal einer käm, sagte Holme. Mir wird's langsam kalt.

Können uns ja solang'n Feuerchen machen.

Glaub nich, daß es hier noch viel trockenes Holz gibt.

Naja, wird bestimmt bald einer auftauchen.

Hoffentlich.

Samstags wär's was andres. Da iss hier immer die Hölle los.

Was'n heut für'n Tag? sagte Holme.

Keine Ahnung, sagte der Ferge. Jedenfalls nich Samstag.

Die beiden hockten im Gras und betrachteten den im Dunkeln strömenden Fluß, als sei von dort etwas zu erwarten. Tja, sagte der Ferge. 's Wasser iss noch am Steigen.

Hat scheint's ganz schön geschüttet hier.

Allerdings. Iss'ne riskante Fahrerei bei dem Wasserstand, grad nachts. Rumste schnell an'n Baumstamm oder so.

Glaub's gern, sagte Holme.

Außerdem rauscht dann das Ding mit'm Affenzahn rüber.

's Wasser steht ja wohl ganz schön hoch im Moment.

Genau. Pscht ma'.

Holme lauschte.

Der Ferge stand auf. Na also, sagte er.

Kommt einer?

Horchen Sie ma'.

Holme lauschte. Er hörte das Pferd erst, als es den harten Boden des Steilufers erreichte; die Hufe klapperten stumpf die Landstraße entlang, ein ursprungslos durch die Finsternis schallender Laut, keine Silhouette zwischen den wenigen Bäumen am Hang, kein Reiter vor dem nächtlichen Himmel. Der Ferge war zum Boot gegangen und machte es fertig zum Ablegen. Der Hufschlag oben verklang. Holme wußte, der Reiter kam jetzt im weichen Schlamm die Straße herunter in Richtung Fluß, und nach einer Weile hörte er im Dunkeln den klirrenden Zaum und das schnaubende Tier; dann tauchten sie, deutlich abgezeichnet gegen den Fluß, vor dem Landesteg auf; der Reiter führte das Pferd. Holme hörte, wie der Ferge etwas sagte, wie der Reiter verneinte, wie der Ferge etwas erwiderte, wie der Reiter wieder verneinte. Da drüben will noch einer mit.

Holme stand auf, streckte sich und ging durch den Schlick

zum Boot. Der Reiter bugsierte das Pferd an Bord, ein Tier mit hohen Knien, es warf unruhig den Kopf, die Hufe klapperten hölzern über das Fährendeck, er führte es nach vorne und band es fest. Holme stieg ebenfalls an Bord, zog einen Dime hervor und gab ihn dem Fergen. Der Ferge nickte, schwang die Leine und zurrte sie fest; das Boot begann zu zittern und sich ganz langsam fortzubewegen, die Ringbolzen kratzten oben am Tau entlang, Wasser schäumte gegen den Rumpf. Der Fluß war dunkel und ölig; er schien ins Nichts zu führen, keine Uferlinie, der zu schwarzer Tusche verfärbte Himmel kaum heller als das Wasser ringsum; als hingen sie in einem finsteren Schacht, wie Spinnen in einem Brunnen.

Holme hatte sich hinten auf eine Bank unter dem Schandeck gesetzt. Er streckte den Arm nach unten und hielt kurz die Handfläche ins kalte Wasser, als wolle er sein Gleichgewicht überprüfen. Der Ferge stand gefährlich weit außen auf Achterdeck und richtete seine Leinen. Die Fahrt wurde allmählich sehr rasch; das Wasser tobte gegen die flußaufwärts gewandte Rumpfseite. Holme spürte, wie die Fähre zu schlingern begann.

Iss auch alles okay? rief er dem Fergen über das Gebrause hinweg zu; aber der Ferge, die Schiffermütze schief auf dem Kopf, war mit den Leinen beschäftigt und lugte zum Giertau hinauf, zu den Ringbolzen, die inzwischen kreischten wie eine verstimmte Fiedel. Auf dem Vorderdeck schnaubte das Pferd, wieherte, stampfte mit dem Huf auf die Planken. Als Holme sich wieder hinüberdrehte, sah er den Fergen, unentwegt fluchend, zwischen den Leinen herumwuseln. Holme stand auf. Es war wie bei schwerem Sturm; Wasser wehte über das Deck. Der Fluß brach sich mit voller Wucht an der krängenden Bootkante; pausenlos flappte die schwarze Brandung, stieg an, begann über die Reling zu schwappen und auf die Planken zu klatschen. Der Ferge war nicht mehr zu hören. Wie rasend gierte das Boot durch die Nacht. Der Ferge sprang an Deck und rannte los. Das Pferd stampfte und taumelte. Die Reling war bereits überflutet; Holme war zum hinteren Gangspill gehüpft, versuchte das Gleichgewicht zu halten und sah sich verwundert um. Es war, als jagten sie seitlich gegen die Strömung flußauf. Die Fähre trudelte heftig; eine Woge überspülte das Heck, rollte übers Gangspill und fächerte mit leisem Gezisch auseinander. Auf einmal ein lauter Ratsch; oben heulte etwas vorüber; dann kein Laut mehr. Das Boot ruckte und drehte bei; die Wasserwand zog sich zurück, und sie trieben in völliger Windstille und Finsternis.

Holme platschte durchs Wasser. Alles war still. Heh, rief er. Nichts zu erkennen. Er tastete sich am Schandeck entlang. Etwas tauchte mit einem erstickten Schrei vor ihm aus dem Dunkel; er ließ sich fallen und krabbelte rücklings los; die Hufe schurrten an ihm vorbei und donnerten auf die Planken. Durchnäßt und durchfroren, schob er sich im Krebsgang voran. Heda, rief er. Keine Antwort. Iss doch festgebunden, sagte er. Aber es war nicht mehr festgebunden. Als er zur anderen Seite taperte, hörte er es wiehernd über die Planken klappern, niederkrachen und wieder umkehren. Holme taten die Augen weh. Er ließ sich zu Boden sinken, kroch unter die Reling zum Speigatt; das Pferd stampfte vorüber und brach polternd am Bug zusammen. Holme riß sich hoch und wollte schon los zum Heck, da hörte er das Pferd zurückkommen. Fluchend griff er ins Dunkel, warf sich erneut auf die Planken; das Pferd raste vorbei mit einem Geräusch wie Gewehrfeuer. Er wartete, die Wange am kalten Holz. Das Boot trieb dümpelnd dahin, schwenkte langsam herum. Eine Welle fegte über Deck, drang kalt auf ihn ein, ins Hemd, in die Stiefel, schwappte zurück. Das Pferd konnte er nicht mehr hören, dafür den körnig unter ihm wallenden Fluß. Nach einer Weile erhob er sich und torkelte wieder los. Schwarzer Dunst war aufgezogen, stach ihn wie Nadeln ins Gesicht, in die blinden Augen. Als dann das Pferd zum drittenmal auftauchte, drückte er sich halb wahnsinnig ans Vorderschott und brüllte dem Tier etwas zu. Es stieg, düster und wiehernd, die Hufe schlugen gegen die Planken. Er konnte es riechen. Es rauschte vorüber, krachte zu Boden, wieherte noch einmal; plötzlich ein gewaltiger Platsch; dann nichts mehr. Als habe der Fluß die Raserei einfach verschluckt, spurlos wie Feuer. Ein sanftes Rucken ging durch die Fähre. Holme, die Fäuste gegen die Brust gepreßt, schob sich keuchend voran. Hob den Kopf und horchte in die Stille hinein. Vergewissert, daß das Pferd fort war, stand er vorsichtig auf und taumelte bugwärts, ohne Balance inmitten der Schwärze. Die Hände an der Reling, lehnte er sich vornüber und spähte zum Wasser. Es flappte sacht an den Rumpf. Nach einer Weile merkte er, daß er auf etwas stand; er langte nach unten und hob es auf. Es war ein Stiefel. Er hielt ihn einen Moment vor sich hin. Dann beugte er sich vor und warf ihn über Bord. Der Schuh kippte zur Seite, füllte sich mit Wasser und sank plötzlich ab, wie hinuntergezogen von einer Hand. Holme war völlig durchfroren.

Er wußte nicht, was er tun sollte. Er tastete sich zu den Bänken hinüber, hockte sich hin, schlang die Arme um die Brust und wippte hin und her. Hörte das über Deck wispernde Wasser. Es klang, als suche es ihn. Nach einer Weile formte er die Hände zu einem Trichter und rief in die Nacht. Nicht einmal ein Echo. Das Hallo kam wie ein abgehacktes Bellen aus seinem Mund; er gab es auf. Er fragte sich, wie weit es zum Ufer, zur Morgendämmerung war.

Nachts trieb das Boot durch eine Untiefe. Das Geräusch des Stroms wurde lauter, steigerte sich zu einem Plätschern, bis die Fähre unter gräßlichem Gieren plötzlich abschwenkte und schaukelnd durch eine Stromschnelle glitt; Holme, hilflos und blind, sein Magen ein schwarzes flaues Gewaber, saß da, klammerte sich, umfangen vom klammen Dunst, an die Bank und flehte, im innersten Herzen gottlos, den Fluß in stummem Gebet um Schonung an. Die Fähre drehte in Stillwasser bei und trieb weiter. Irgendwann später hob sich der Dunst. Holme stand auf und lugte hinaus auf den Fluß. Er sah die stumpf und bedrohlich spiegelnde Wasserfläche, dann den düsteren Fries einer Baumreihe. Er wußte nicht, wie schnell sie dahinzogen, er und das Boot. Hatte auch nicht bemerkt, daß sie sich drehten; auf einmal schwenkte die verschwommene Baumsilhouette langsam in farbloses Gewölk, verschwand darin, schälte sich auf der anderen Seite wieder heraus. Und noch einmal. Die Bewegung wurde rascher. Beim dritten Schwenk meinte Holme den Bäumen etwas näher zu sein, und jetzt sah er auch die hell kräuselnde Uferströmung; der Wellenschlag klang wie das Gebrabbel von Tollhäuslern. Kurz darauf ein Licht. Ehe er es genau erkennen konnte, war es wieder verschwunden; er hielt danach Ausschau. Die Fähre hatte sich zwischendurch noch zweimal gedreht und lavierte nun in einem Strudel, beinahe unterhalb der düsteren Baumwand. Holme spürte, wie Abfälle am Rumpf entlangrutschten oder dagegenprallten, wie ein Baumstamm mit dumpfem Schaben darunter hindurchglitt. Dann tauchte das Licht wieder auf. Ein schwaches Flackern in einer glosenden Schneise. Holme spähte hinüber. Es hatte zu regnen begonnen. Er spürte es hauchzart an den Armen und war überrascht. Zog fröstelnd die Schultern ein und beobachtete das Licht; der Regen fiel auf ihn herab, fiel lautlos durchs Dunkel auf die wie gehämmert aufbrodelnde Flußoberfläche.

Zuerst dachte er, es sei eine Hütte, aber das war es nicht. Schemenhaft zeichnete es sich unter dem Baumgewölbe ab; auf einmal wurde ihm klar, daß es sich um ein Lagerfeuer handelte. Das Boot trieb langsamer. Bäume zogen vor dem Feuer vorüber, er hielt sie für Menschen; dann kreuzte tatsächlich jemand das Licht, ein aufrecht gehender Schatten, der sich einen Moment lang zu krümmen schien, dann plötzlich verschwand, als sei er verbrannt. Die Fähre war inzwischen ganz nah am Ufer, geriet aber wieder in eine Strömung und wurde schneller.

Heh, rief Holme.

Er sah Bewegungen. Rief nochmal.

Wer'ss da? antwortete eine Stimme.

Holme hatte sich am Bug eine Leine geschnappt und hielt sie bereit. Das Boot glitt an der letzten Baumgruppe vorbei. Drei Männer standen im Nieselregen am Ufer; das Feuer dahinter warf ihre Umrisse übergroß ragend ins Dunkel.

Fangt mal die Leine auf, rief Holme.

Wieviel seid ihr denn?

Bin allein. Hier. Er konnte die Gesichter nicht erkennen. Taperte vor ihnen und dem Licht hin und her, wie zwischen den Seitenkulissen einer Bühne.

Soll ich'n abknallen? sagte eine Stimme.

Schnauze. Schmeiß die Leine ma' rüber, Mister.

Er hielt die Leine immer noch fest. Versuchte die Männer zu sehen, aber sie waren nur Silhouetten. Das Boot begann sich zu drehen, und er hörte wieder das Rauschen des Flusses; dann warf er die Leine. Sie entrollte sich zischend durchs Wasser; er sah einen der Männer heranrücken, sich bücken und wieder aufstehen.

Ha'm Sie sie? rief er.

Festmachen, sagte der eine.

Die Fähre war ein Stück weitergetrieben; Holme konnte nichts mehr erkennen. Er hörte, wie die Leine am Schandeck entlangschleifte und sich straffte; als das Boot schließlich quietschend beidrehte, machte er zwei kleine Ausfallschritte, um nicht das Gleichgewicht zu verlieren. Ein paar Zweige schabten über den Rumpf, brachen ab und fielen an Bord. Er ging an Land, wühlte sich durchs Gesträuch und marschierte durch den Wald auf das Licht zu.

Als er die kleine Lichtung erreichte, waren nur zwei von den Männern da. Der eine, lässig ein Gewehr in der Hand, stocherte in den Zähnen. Der andere stand leicht gebückt da, mit baumelnden Armen und hängendem Unterkiefer, den Mund aufgesperrt zu einem sabbernden Grinsen. Der mit dem Gewehr ließ kurz die Hand sinken, als wolle er etwas sagen, aber er blieb stumm.

Ich war auf der Fähre da hinten, sagte Holme und deutete vage ins Dunkel; das Tau iss gekracht. Keiner der beiden sah in die bezeichnete Richtung. Sie blickten Holme lauernd an.

Könnt ich mich zum Trocknen mal an Ihr Feuer hocken? Ich hol auch gern noch'n bissel Holz.

Schweigen. Holme schaute sich um. Der dritte, vom Licht gerade noch erfaßt, stand links von ihm und beobachtete ihn. Er hatte einen dunklen formlosen Anzug an, dessen Jacke sich offenbar nicht mehr zuknöpfen ließ; außerdem trug er ein Hemd und ein fetzenartiges Halstuch. Sein Gesicht glomm finster aus einem gewaltigen schwarzen Bart. Er ruckte kurz mit dem Kopf. Komm ruhig ran, sagte er.

Dankschön, sagte Holme. Bin nämlich patschnaß; hätt mir beinah die Hacken abgefroren.

Die anderen beiden drehten sich sacht, folgten ihm mit den Blicken, mit raublüsterner Neugier. Holme nickte ihnen im Vorbeigehen zu, aber sie schienen überhaupt nicht darauf zu achten.

Hock dich her, sagte der Bärtige und machte eine einladende Handbewegung.

Dankschön, sagte Holme. Er kauerte sich vors Feuer und streckte die Hände darüber, wie ein stürmischer, verderbenbringender Prophet. Der Regen nieselte lautlos auf die Männer herab; feuchtes Holz spratzelte in den Flammen. Der Bärtige ließ Holme nicht aus den Augen.

Der Fluß hat ganz schön Hochwasser, sagte Holme.

Ja.

Der Fährmann iss über Bord.

Was für'n Fährmann?

Holme blickte den Mann übers Feuer hinweg an. Na, der Fährmann halt, sagte er. Der von der Fähre da.

Du bist also nich der Fährmann.

Nein. Wollt bloß über'n Fluß. Ging aber schief. Da war noch so einer mit'm Gaul; den hat's scheint's auch erwischt.

Der Bärtige beugte sich interessiert vor. Ähä, sagte er. Du bist also nich der Fährmann.

Nein, sagte Holme. Den hat's glatt aus'n Stiefeln gehaun. Wo's Tau gekracht iss. Hat sich angehört, wie wenn'n Schwarm Katzen vorbeisegelt.

Tscha, sagte der Bärtige. Also ich hätt jetz gedacht, du bist der Fährmann.

Nein, sagte Holme. 's war so, wie ich sag.

Der Bärtige musterte ihn mit durchdringendem Blick. Holme schaute ins Feuer. Auf einem Stein lag eine Pfanne mit schwarzem verdörrtem Fleisch. Holme betrachtete die Flammen und massierte sich die Hände. Die zwei anderen waren herangekommen; sie kauerten halb im Dunkeln und glotzten ihn an. Der Bärtige lugte zu ihnen hinüber; Holme wandte sich wieder der Pfanne zu.

Da hat's Fleisch, sagte der Mann; wennde Kohldampf hast, dann bedien dich.

Holme schluckte und warf ihm noch einmal einen Blick zu. Der Bart funkelte im hochscheinenden Licht, die Lippen waren rot, die Augen nurmehr schattige Lünetten.

Was für Fleisch isses denn?

Der Mann gab keine Antwort.

Holme sah ins Feuer. Hab eigentlich gar keinen Hunger, sagte er; würd bloß gern mal mein Hemd trocknen, wenn's recht iss.

Der Mann nickte.

Holme begann das durchnäßte Hemd auszuziehen; als er dabei die Arme ausstreckte, riß der Stoff am Rücken lautlos entzwei. Er hielt inne und griff zaghaft nach hinten.

Das kannste wohl vergessen, sagte der Mann.

Ja, sagte Holme. Er schälte sich aus dem Hemd, hielt es vors Feuer und begutachtete es.

Jetz iß ma' was, sagte der Mann.

Holme spürte ein flaues Rumoren im Magen.

Nur keine Hemmungen. Lang zu. Wir ha'm schon gevespert.

Holme legte das Hemd über die Knie, nahm behutsam etwas von dem schwärzlich angekokelten Fleisch aus der Pfanne und schob es sich in den Mund. Es war zäh wie Leder und schmeckte nach Schwefel. Er biß ein Stück ab und begann mit hilflos mahlenden Kiefern zu kauen.

Der Bärtige nickte. Also'n Reiter auch noch, sagte er.

Ein was? sagte Holme.

Ein Reiter.

Ja.

Ähä, sagte der Mann.

Der blöde Gaul hätt mich fast umgebracht, sagte Holme. Das

Zeug in seinem Mund schwoll zu einer breiigen, von unbezwingbaren Fasern durchzogenen Masse. Er kaute weiter.

Wo soll's'n überhaupt hin? sagte der Mann.

Holme wälzte den Fleischklumpen hinter die Backe. Wollt bloß über'n Fluß, sagte er. Hab da an sich kein festes Ziel.

Kein festes Ziel.

Nein.

Ähä, sagte der Mann.

Holme kaute. Also ich glaub, so'n Fleisch hab ich noch nich gefuttert, sagte er.

Ich eigentlich auch nich, sagte der Mann.

Holme hielt inne. Ha'm Sie denn nix davon gegessen? sagte er.

Der Bärtige blieb einen Moment stumm. Dann sagte er: Gibt ja noch anderes Fleisch.

Oh, sagte Holme.

Der Kauernde mit dem Gewehr auf den Schenkeln kicherte. Na klar, sagte er. Reiherfleisch, Iltis...

Der Bärtige schwieg. Er warf dem Mann lediglich einen Blick zu, so daß er verstummte.

Ach was, sagte der Bärtige zu Holme. Hör gar nich hin, Mister. Rück doch ma'n Stück näher ran. Und du, Harmon, du holst noch'n bissel Holz.

Der mit dem Gewehr stand auf, reichte die Waffe seinem schweigsamen Nebenmann und entfernte sich.

Kann aber gern mithelfen, sagte Holme.

Du bleibst da hocken, sagte der Mann. Der Rest braucht dich nich zu kümmern.

Holme kaute vor sich hin.

'n Paar saubere Stiefel haste da, sagte der Mann.

Holme betrachtete sie. Er hatte sich hingesetzt und die gekreuzten Füße am Feuer entlanggestreckt. Ja, die sind okay, sagte er.

Allerdings.

Könnt langsam mal aufhören zu regnen, sagte Holme. Finden Sie nich?

Ja, sagte der Mann. Was haste denn mit dem Gaul gemacht?

Was für'm Gaul?

Dem von dem Reiter.

Nix. Hätt mich ja beinah umgebracht. Iss dauernd wie blöd hin und her gewetzt; irgendwann hat's'n dann in'n Fluß gehauen.

War wohl zu stark für dich, was?

Hab das Viech doch nichmal richtig gesehn.

Vielleicht haste auch Bammel davor gehabt. Kann ich verstehn.

Ich brauch kein Pferd, sagte Holme.

Ähä. Nimm dir ma' noch von dem Fleisch.

Hab doch noch was, sagte Holme.

Der Mann wandte den Kopf. Harmon war mit einer Ladung feuchter Äste zurückgekehrt; er ließ sie fallen, kniete sich auf die lehmige Ufererde und legte das Holz zum Trocknen vors Feuer. Der Bärtige wartete. Dann sagte er: Hock dich hin. Harmon kauerte sich auf die Hacken und verschränkte die Arme über den Schienbeinen.

Tscha, sagte der Bärtige und drehte sich wieder zu Holme. Jetz hockste schon'ne ganze Weile hier, hast dich aufgewärmt und gevespert, aber wiede heißt, haste noch nich gesagt. Könnt grad meinen, das wär'n Geheimnis.

Kann ruhig jeder wissen, sagte Holme. Dort, wo ich herkomm, fragt halt nie einer danach.

Dort sindwer jetz aber nich, sagte der Mann.

Holme, sagte Holme.

Holme, wiederholte der Mann. Als habe das Wort einen üblen Geschmack. Er nickte vage zu dem mit dem Gewehr hinüber. Der da, der hat keinen Namen. Er wollt, daß ich ihm einen geb, aber ich hab keine Lust. Braucht auch keinen. Haste das schon ma' erlebt, daß einer keinen Namen hat?

Nein.

Ähä, sagte der Mann. Hab ich mir gleich gedacht.

Holme musterte den mit dem Gewehr.

Muß ja nich alles'n Namen ha'm, oder? sagte der Mann.

Keine Ahnung. Wahrscheinlich nich.

Und jetz würdste gern *meinen* wissen, stimmt's?

Wozu? sagte Holme.

Heißt das, du würdst'n *nich* gern wissen?

Doch, sagte Holme.

Die Zähne des Mannes blinkten auf, als habe er kurz gelächelt. Tscha, sagte er. Ich glaub, das würden viele gern.

Holme wischte sich am nackten Arm den Mund ab, versuchte zu schlucken und kaute dann weiter. Es war sehr still. Er horchte; nirgends ein Laut, weder im Wald noch am Fluß. Keine Eule, kein Nachtvogel, kein fernes Hundegebell.

Für manches isses halt besser, wenn's keinen Namen hat, sagte der Mann. Harmon hier – er deutete auf den Kauernden –, der heißt wirklich so. Dem sag ich immer, er soll sich hinhocken und aufpassen, obwohl er nich viel kapiert.

Holme nickte.

Möcht ihm halt wenigstens 'ne Chance geben.

Ja.

Harmon schien überhaupt nicht zuzuhören. Er glotzte ins Feuer wie eine ausgemergelte schmutzige Katze.

Vielleicht weißer ja doch was, sagte der Mann; und er und ich, wir kriegen nix davon mit. Trotzdem, am liebsten isses mir, wenner einfach dahockt und aufpaßt oder ma' Holz nachlegt.

Harmon begann sich zu regen. Ohne das Feuer aus den Augen zu lassen, beugte er sich mit ausgestreckter Hand vor, griff nach dem Holz und schob ein paar Äste in die verlodernden Flammen. Holme äugte hinüber zur anderen Seite; der dritte kauerte am Boden, das Gewehr senkrecht zwischen den Knien, das Gesicht an den Lauf geschmiegt.

Hab's gern, wenn das Feuer richtig am Brennen iss, sagte der Bärtige. Falls ma' einer vorbeikommt.

Holme schluckte den zerkauten geschmacklosen Fleischbrocken hinunter; vor Anstrengung traten ihm die Augen hervor, wie die einer Kröte. Kann ich mir eigentlich nich vorstellen, sagte er.

Der Bärtige schien nicht zuzuhören. Er streckte die Füße aus, schlug sie übereinander, kreuzte sie erneut. Holme langte in Richtung Pfanne; dann überlegte er es sich noch einmal und stockte, aber es war schon zu spät. Er griff sich eines der übelriechenden schwarzen Fleischstücke und biß hinein.

Also meine ollen Stiefel hier, sagte der Mann, die sind schon total abgelatscht.

Holme sah sich die Stiefel an. Sie waren rissig und wettergeschwärzt; der eine war von der Zunge bis zur Spitze gespalten, wie ein Huf. Holme äugte zu Harmon; dann schaute er kauend wieder ins Feuer.

Findste nich? sagte der Mann.

Glaub schon, sagte Holme. Holme drehte sein Hemd auf die andere Seite und fingerte daran herum.

Nimm dir noch von dem Fleisch, sagte der Mann.

Dankschön, sagte Holme. Mehr schaff ich nich.

Hat der Fährmann kein besseres Hemd gehabt?

Was?

Ich hab gesagt, hat der Fährmann kein besseres Hemd gehabt?

Iss mir nich aufgefallen.

Der Mann musterte ihn. Dann drehte er sich zu Harmon. Er sagt, es iss ihm nich aufgefallen, sagte er.

Harmon rieb sich kichernd und heftig nickend die Schienbeine.

Der Mann, auf den Ellbogen gelehnt, streckte sich vor dem Feuer aus. Er sagte: Ich frag mich, wo man die herkriegt, so'n Paar Rindslederstiefel wie deine da.

Holmes Mund war staubtrocken; der Fleischbrocken darin war wie aufgebläht. Keine Ahnung, sagte Holme.

Keine Ahnung?

Holme legte das Hemd wieder andersherum. Ganz bleich und nackt saß er da. Hat mir einer geschenkt, sagte er.

Ha'm scheint's vorne'n bissel viel Luft, sagte der Mann. Kennt der denn nich deine Schuhgröße?

Die Dinger waren ursprünglich für jemand anders. Hab sie

bloß gekriegt, weil der gestorben iss; drum sind sie auch'ne Nummer zu groß. Aber sonst sind sie okay.

Der Mann drehte sich etwas zur Seite, lüpfte den Fuß, begutachtete seinen kaputten Stiefel, ließ den Fuß wieder sinken. Holme sah die nackte Haut hinter dem rissigen Leder.

Tscha, sagte der Mann, besser die Stiefel von'm Toten als gar keine Stiefel.

Holme durchlief es eiskalt. Harmon reckte den Kopf und schaute ihn an; sogar der mit dem Gewehr, der anscheinend geschlafen hatte, schlug vollkommen reglos die Augen auf und glotzte mit tückischem Stumpfsinn herüber.

Du wolltst also bloß über'n Fluß? sagte der Mann.

Holmes Stimme klang zittrig und fremd. Er merkte es mit Bestürzung. Bin hinter meiner Schwester her, sagte er. Iss abgehaun, und jetz such ich sie. Wahrscheinlich isse zum Kesselflicker. So'n kleiner klappriger Alter. Sie selber iss noch ganz jung. Seit Anfang Frühjahr bin ich hinter ihr her; kann sie einfach nich finden. Sie hat außer mir niemand. Weiß der Kukkuck, in was für'm Schlamassel sie steckt. Sie iss nämlich krank. War schon immer'n bissel anfällig.

Der Mann hörte genau zu; aber dann sagte er: Ich wollt'm keinen Namen geben, weil, was keinen Namen hat, das kannste auch nich in Anspruch nehmen. Kannst nichma' drüber reden. Kannst nichma' sagen, wases iss. Trotzdem, hab immer noch Harmon, fallses ma' hart auf hart kommt. Ich bleib jedenfalls dran. Er'ss schwer zu kriegen, aber ich bleib dran.

Holme starrte ihn an. Der Mann hatte sich wieder aufgesetzt und die Beine übereinandergeschlagen.

Er war's näm'ich, der heut früh das Boot losgemacht hat, sagte der Mann. Er steckt dahinter, auch wenn's so aussieht, als wär's von allein passiert. Spricht alles dafür. Ha'm den ganzen Tag und die halbe Nacht lang gewartet. Deswegen war das Feuer dauernd am Brennen. Haste ja gesehn, oder?

Ja, sagte Holme.

Wieso haste deine Schwester überhaupt fortgejagt? sagte der Mann.

Hab ich doch garnich.

Wieso isse dann ab?

Keine Ahnung. Einfach so.

Viel Ahnung haste wohl nich, wie?

Holme sah an ihm und Harmon vorbei zu dem mit dem Gewehr. Der Mann schien zu schlafen; aber er schlief nicht. Holme wandte sich wieder dem Bärtigen zu. Hab Ihnen doch nix getan, sagte er.

Mir kann eh keiner was tun.

Holme gab keine Antwort.

Iss nu'ma' so, sagte der Mann.

Holme faßte sich an den Ellbogen und beugte sich ein Stück vor. Das Fleisch lag ihm schwer und zäh im Magen.

Glaubste nich? sagte der Mann.

Doch.

Nimm dir noch von dem Fleisch.

Dankschön, mehr krieg ich nich runter.

Also so große Stiefel da, sagte der Mann; schlappen die nich an'n Fersen?

Sind schon okay.

Kann ich mir ei'ntlich nich vorstellen, sagte der Mann.

Was?

Daßse okay sind.

Spielt das'ne Rolle?

Wenn ich mir was nich vorstellen kann, dann spielt das immer'ne Rolle.

Holme schaute ins Feuer. Verschwommen sah er die Funken zu Lichtbroschen perlen und wie glühende Sporen davonfliegen. Das Blut war ihm in die Ohren gestiegen; sie waren heiß und schon halbtaub davon. Mir doch egal, sagte er.

Aber nich mehr lang, Mister. Kommst mir näm'ich nich so ganz hasenrein vor. Bist scheint's'n bissel schwer von Begriff. Alsdann, zieh die Dinger ma' aus.

Harmon hob grinsend den Blick. Holme sah den Mann an. Hinter dem inzwischen beinahe heruntergebrannten Feuer konnte er den Dahockenden besser erkennen; die Szenerie war wie zusammengeschnurrt, die schwarzen Wälder hingen ihm dicht vor den Augen, der Mann schien direkt im Feuer zu sitzen und sich an die Flammen zu schmiegen, als spendeten sie nicht nur Wärme. Holme langte nach vorne und streifte die Stiefel ab, den einen, den anderen; dann stellte er sie vor sich hin.

Harmon, sagte der Bärtige.

Harmon stand auf, griff sich die Stiefel und brachte sie hinüber. Der Mann nahm sie entgegen, beugte sich näher ans Feuer und inspizierte sie, drehte sie dabei hin und her wie ein barbarischer, die Arbeit einer anderen Welt begutachtender Schuster. Dann schlüpfte auch er aus den Stiefeln, stieg in die neuen, stellte sich hin, ging drei Schritte auf, zwei Schritte ab, machte kehrt. Harmon hatte sich die alten Stiefel geklaubt und zog sie an. Der mit dem Gewehr gaffte glücklich herüber.

Okay, sagte der Bärtige.

Holme kauerte barfüßig unter ihm.

Jetz seine, sagte der Mann.

Harmon tappte mit seinen Stiefeln zu dem mit dem Gewehr und stellte sie vor ihn hin. Der mit dem Gewehr betrachtete die Stiefel, betrachtete Harmon. Harmon nahm ihm die Waffe ab und trat gegen die leeren Schuhe.

Ziehse ihm aus, sagte der Bärtige.

Harmon kniete nieder, streifte dem Namenlosen die Stiefel ab und schob ihm die anderen hin. Dann stand er mit dem restlichen Paar auf und kehrte zurück. Der Bärtige machte eine Handbewegung.

Holme hockte barfuß und halbnackt da und schaute zu. Harmon kam grinsend herüber, in der einen Hand das Gewehr, in der anderen die Stiefel. Er ließ die Schuhe neben Holme fallen, blieb stehen und lugte auf ihn herunter. Holme schaute den Bärtigen an.

Die sind für dich, sagte der Mann.

Holme warf einen Blick darauf. Zwei ungleiche Stiefel, rissig und formlos; sie sahen aus wie versengt und waren mit Draht und Bindfaden grob zusammengeflickt. Holme äugte zu dem

Namenlosen hinüber, der nun ebenfalls barfüßig dahockte, mit einem Paar Stiefel vor sich. Die vom Gewehr befreiten Hände beidseits am Boden, glotzte er Holme lauernd an. Holme schaute weg.

Ich hab gesagt, die sind jetz deine, sagte der Bärtige.

Holme wandte sich wieder den Stiefeln zu; dann hob er den einen behutsam auf und zog ihn an. Ätzender Mief quoll aus dem Schaft.

Hat dir scheint's die Sprache verschlagen, was? sagte der Mann.

Nein.

Meinst wohl, wir zwei hätten einfach tauschen sollen.

Mir doch egal, sagte Holme.

Mir aber nich. Ich denk halt gern zuerst an mich selber. So iss das nu'ma'.

Der eine so, der andre so.

Laß ihn, Harmon.

Harmon wich ein paar Schritte zur Seite. Es regnete nicht mehr. Holme hatte es nicht bemerkt. Er hatte den Regen nicht auf dem nackten Rücken gespürt, den Nieselregen, der lautlos im Feuer zerging.

Wirst ma' froh sein, daßde überhaupt noch'n Paar Stiefel hast, sagte der Mann.

Holme machte eine hilflose Handbewegung.

Wo wolltste jetz nochma' hin?

Nirgends.

Nirgends.

Ja.

Irgendwann landeste da auch, sagte der Mann. Er schritt am Feuer entlang herüber, blieb stehen und schaute Holme an. Holme sah nur seine Beine und, ein Stück dahinter, die Beine von Harmon. Das Feuer war heruntergebrannt; bloß noch die gespaltene gelbe Schlangenzunge einer letzten Flamme stand in der Glut. Ein drittes Stiefelpaar erschien; Holme warf einen Blick darauf. Die Spitzen standen etwas nach innen; links und rechts waren vertauscht.

Iss doch bestimmt noch nich alles, oder? sagte der Mann.

Sonst hab ich nix, sagte Holme.

Der Mann spuckte an ihm vorbei ins Feuer. Ähä, sagte er, sonst haste nix. Außer'ner Schwester.

Sag ich doch.

Die mit dem Kesselflicker.

Ja.

Das kann sie halt leider nich bestätigen; sie iss ja nich da. Oder?

Nein.

Und was meinste, wo die zwei im Moment stecken?

Keine Ahnung.

Vielleicht grad'n Stück weiter die Straße runter. Oder?

Schon möglich. Hab noch nich drüber nachgedacht.

Hast noch nich drüber nachgedacht.

Nein.

Es war, als spreche Holme mit dem Feuer. Als er den Kopf hob, sah er die drei lauernd dastehen, zerlumpt, schmutzig, bedrohlich.

Doch, sagte der Mann. Haste.

Holme gab keine Antwort. Er drehte das Gesicht wieder dem Feuer zu.

Harmon, sagte der Mann. Laß ihn.

Holme sah nicht auf. Er hörte, wie die Schritte sich aus dem Feuerschein entfernten, durchs nasse Laub auf den Fluß zu, dorthin, wo die Fähre festgemacht war. Vollkommen reglos, sein Hemd mit beiden Händen umkrampfend, starrte er in stummem Gebet den schon bedenklich flackernden Flammenstab an. Dann hörte er wieder Schritte. Er hob den Kopf. Harmon tauchte wie ein Gespenst aus dem Dunkel. Grinsend. Ohne Gewehr. Mit leeren Händen. Er tappte heran und beugte sich über Holme. Holme fuhr zusammen. Harmon schien nicht darauf zu achten. Er klaubte sich die Pfanne, kippte das restliche Fleisch ins Feuer, klackte die Pfanne an einen Stein, trat zurück, machte kehrt und war fort. Holme betrachtete eines der Fleischstücke. Stumm wie ein Stein lag es in der schimmernden Glut, wie feuerfest. Holme rührte sich nicht vom Fleck. Er horchte auf Stimmen; nichts. Lange danach hörte er wieder den Fluß; noch immer kauerte er reglos, das Feuer war längst erloschen. Irgendwann später hörte er eine Spottdrossel. Oder auch einen anderen Vogel.

DER STRASSENSCHLAMM hatte sich zu stahlharten Strängen und Furchen verfestigt, Spuren von Fuhrwerken und Wagen, die im letzten Regenwetter hier durchgezogen waren. Der Karren ruckelte trunken dahin; zwischen den Deichselstangen stemmte sich der Kesselflicker ins selbstgemachte Geschirr. Er hielt den Blick stur zur Straße gesenkt; als das Mädchen ihn ansprach, schrak er wie aus einer Trance gerissen hoch, blieb stehen und spähte umher. Sie saß am Straßenrand auf einem Stein und trug eine späte Wildblume im hellen Haar.

Tag, junge Frau, sagte er. Wie geht's?

Sosolala, sagte sie. Sind sie der Kesselflicker, der immer ins Johnson County kommt?

Du lieber Gott, Herzchen, da war ich schon sechs bis acht Monate nich mehr. Sind Sie von dort?

Ja, sagte sie. Und Sie ha'm keinen Kakao, stimmt's?

Nee, sagte er. Wird zuwenig verlangt, als daßich den auch noch mit rumschlepp. Hab aber Kaffee.

Und Bücher.

Was für Bücher?

So Bücher halt. Bilderbücher für Männer.

Die Augen des Kesselflickers blitzten argwöhnisch auf. Wer sind Sie denn? sagte er.

Die Mutter von dem Kleinen, den Sie dabeiha'm.

Hab ich doch garnich, sagte der Kesselflicker.

Ich will ihn zurück, sagte sie.

Sehn Sie'n vielleicht irgendwo?

Was ha'm Sie mit ihm gemacht?

Hab'n nich.

Sie saß immer noch auf dem Stein. Strich das zerlumpte Kleid über den Knien glatt und hob wieder den Blick. Ich möcht ihn zurück, sagte sie.

Der Kesselflicker hatte seine Haltung zwischen den Deichselstangen etwas gelockert und sah die junge Frau an; sein kleines Bocksgesicht verriet mehr als Interesse. Woher wollen Sie überhaupt wissen, daßer bei mir iss?

Sie ha'm ihn von meinem Bruder, sagte sie. Und jetz will ich ihn wieder zurück.

Wie alt isser denn? Der Kleine, den Sie angeblich verloren ha'm?

Höchstens acht Monate.

Acht Monate. Und wie lang vermissen Sie'n schon?

Die ganze Zeit.

Der Kesselflicker, den Daumen in den Overall-Latz gehakt, spuckte träge über den Unterarm und kniff wissend ein Auge zu. So lang schon, sagte er. Da hocken Sie ja hübsch in der Patsche.

Allerdings, sagte sie.

Allein schon der Ammenlohn.

Der was?

Der Ammenlohn. Das läppert sich näm'ich. Kommt bestimmt ganz schön was zusammen.

Hab ich noch nich drüber nachgedacht, sagte sie.

Hm, sagte der Kesselflicker. Glaub's gern.

Hab außerdem gar kein Geld.

Kein Geld.

Nein.

Tscha. Also selbst wenn ich jetz wüßt, wo der Kleine steckt, dann tät das noch lang nich heißen, daßes auch wirklich Ihrer iss. Das sagen näm'ich bloß Sie.

Wenn er nich meiner wär, würd ich ihn ja nich zurückwollen.

Na, ich weiß nich so recht. Manche Weiber wer'n wegen so'm Kind regelrecht närrisch. Machen alles, daßse eins kriegen.

Ich möcht bloß wiederha'm, was mir gehört.

Womöglich sind Sie *auch* so'ne Irre.

Nein, sagte sie. Das Kind gehört wirklich mir.

Aha, sagte der Kesselflicker. Viel machen wollen Sie also nich dafür, hä?

Ich will meinen Kleinen zurück, sagte sie. Sonst nix.

Tscha dann, sagte der Kesselflicker.

Kann's ja abarbeiten, sagte sie, den Lohn oder so.

Der Kesselflicker, die Daumen hinter den Latz gehakt, warf ihr einen Blick zu. Tscha dann, wiederholte er. Im Ernst?

Ja, sagte sie. Ich muß ihn unbedingt wiederha'm.

Der Kesselflicker rückte mit der Schulter den zerflickten Overall zurecht und nahm die Deichsel auf. Okay, sagte er; wenn Sie sonst nix zu tun ha'm, dann komm'Sie halt mit.

Er setzte sich wieder in Marsch; sie schloß sich ihm an, tappte, zerlumpt und ohne Schuhe, hinter ihm her, beäugte dabei den schwanken ruckelnden Karren und die an den Querbalken hängenden Blechwaren, deren Geklapper sich allmählich zu einer wirren Kakophonie steigerte. Sie gingen der Straße nach, in die Richtung, aus der sie gekommen war.

Sie zogen an Häusern, an umzäumten Feldern vorbei; schon abgeernteter später Mais stand nackt und bizarr zwischen kahlem Gestrüpp und vereinzelten hellen Kürbissen. Der Karren mit seinen unrunden Rädern hoppelte wie ein verkrüppelter Hund. Der Kesselflicker sprach kein einziges Wort. Gelbes Laub fiel auf einen Acker; es lag bereits tief in den steinigen, von einer letzten Egge gezogenen Furchen. Mit leise zuckenden Lippen schritt sie dahin und schaute dabei auf ihre Füße. Erst als das Karrengeräusch zum schläfrigen Bimmeln von Kuhglocken verebbte, hob sie den Blick und sah das Gefährt weit vorn auf der Straße. Mit der Faust das Kleid zwischen den Brüsten umkrampfend, der Stoff schon dunkel von Milch, eilte sie los, holte das Gefährt wieder ein.

Den Rest des Tages tappte sie wie festgebunden hinter dem Karren her. Der Kesselflicker schwieg; er drehte sich weder um, noch schien er rasten zu wollen. Eine sonderbar feierliche Prozession, zogen sie durch die gestreiften Schatten des Spätnachmittags; der Kesselflicker krumm ins mürbe Leder gestemmt, die Mütze weit hinten, den Blick zu Boden; das Mädchen im Schlepptau des Karrens und der einsam klirrenden Blechwaren, wie entrückt, wie behext von Zaubermusik, von Geistergeflöte.

Am Abend verließ der Kesselflicker die Straße und bog in einen unkrautbewachsenen Fahrweg ein, sah sich dabei kurz nach ihr um und zeigte mit dem Kopf. Es ging einen Acker hinauf, der Karren in gefährlicher Neige, der Kesselflicker fast waagerecht in der Deichsel. Am Hügelkamm machte der Weg einen Schwenk. Im blauen Dämmer zogen sie eine Hochweide entlang; kleine Vögel flogen auf und wirbelten mit empörtem Geschrei über die Segge. Am Ende der Weide stand eine Hütte.

Sie hielten im Vorgarten; der Kesselflicker schnallte sich das Geschirr ab und ließ die Deichsel sinken. Sie trat behutsam näher und spähte durch die halboffene Tür. Vor der Schwelle wuchs Unkraut; von innen her roch es nach Moder.

Iss keiner da, sagte sie.

Nein, sagte er. Kommen Sie rein.

Skeptisch folgte sie ihm in den Schummer, blieb stehen und sah sich um. Vom nackten Fensterrahmen an der Hinterwand fiel mattes Licht durch verfitzte staubige Spinnengewebe und formte auf dem unebenen Boden ein fahles schiefes Mandala.

Iss denn niemand da? sagte sie.

Nein.

Wieso sind wir dann hier?

Jetz komm' Sie schon weiter, sagte er. Stehn ja rum wie bestellt und nich abgeholt.

Sie trat bedächtig näher, blieb mitten im Zimmer stehen, im verblassenden Lichtfleck, als suche sie Wärme darin oder Gnade. Ein schaler Lufthauch wehte zum Fenster herein; sie drehte das Gesicht hinüber und atmete tief durch. Der Kesselflicker, noch immer wie ins Geschirr gestemmt, schlich koboldhaft krumm durch den Raum.

Setzen Sie sich, sagte er.

Sie fand nirgendwo einen Platz. Sie wandte sich um und sprach hinter ihm in den Dämmer: Er iss ja garnich hier.

Nein, sagte er. Ein Zündholz flackerte auf; im grellen Schwefellicht begann die Mißgestalt des Kesselflickers zu flirren, verblaßte wieder, erlosch. Nich hier, sagte er.

Sie trat ans Fenster und sah hinaus. Das Gelände fiel ab zu einem Bach; Weiden brannten limonengrün in der untergehenden Sonne. Kleine dunkle Vögel überquerten wie Schrekkensboten die Felder nach Westen. Weiter unten am Bach stand das Gerippe eines Außenaborts, dessen Bretter zu Brennholz zerlegt worden waren; an der Decke hing ein Hornissennest, einem großen Papierei gleich.

Der Kesselflicker hatte eine Laterne vom Karren geholt; er stellte sie auf den Kamin und zündete sie an. Das Mädchen sah ihm zu. Eine Whiskeyflasche unter dem Arm, kniete er sich wie ein Sünder im Büßergewand vor den Rost, brach Reisig und Äste; bald darauf entstand eine Flamme, die er, vornübergebeugt, vorsichtig anblies. Dann hockte er sich auf die Hacken und hätschelte das Feuer mit seiner Mütze. Wollen Sie etwa dort Wurzeln schlagen? sagte er.

Sie durchquerte die leere Hütte, verharrte einen Moment an der Tür und machte sie zu. An der Innenseite hing ein von Spinnweben umfangener Mantel, wie ein riesiges Beutetier; auf dem Fußboden lag ein toter Vogel. Sie stupste ihn mit den nackten Zehen an. Eine ausgehöhlte Hülle, etwas säuerlich riechend. Eine weiße Made wand sich auf dem zurückgebliebenen feuchten Fleck. Sie nahm die Blume aus ihrem Haar, drückte sie an die Brust und drehte sich wieder um. Der Kesselflicker hielt die Whiskeyflasche vor die Laterne. Er schraubte die Kappe ab, hielt wie luftholend kurz inne, trank. Sie beobachtete, wie seine schlaffe Kehle hüpfte, seine Augen zu engen Schlitzen wurden. Er setzte schnaufend die Flasche ab und verschloß sie so rasch, als könne daraus etwas entfliehen. Als er merkte, daß sie ihm zusah, streckte er ihr die Flasche hin. Auch'n Schluck? sagte er.

Lieber nich, sagte sie.

Hm. Er wandte sich um und stellte die Flasche neben die Laterne. Das schüttere graue Haar stand ihm elektrostatisch vom Schädel ab; wie er sich so vor dem Feuer bewegte, ähnelte er einer zerlumpten, von gleichgültiger Hand gelenkten Marionette. Kommen Sie, wärmen Sie sich bissel auf, sagte er.

Ich frier nich.

Der Kesselflicker sah nicht herüber. Aber Hunger ha'm Sie doch wohl, sagte er.

Sie schwieg einen Moment. Er wandte immer noch nicht den Kopf. Ja, sagte sie.

Er verließ das Feuer, durchquerte den Raum und ging nach draußen. Mit einem Weidenkorb am Arm und einer Ladung Holz kehrte er wieder zurück. Sie stand inzwischen vor dem Kamin, mit dem Rücken zum Feuer. Er stellte den Korb auf den Boden und stapelte Holz.

Früher war ma'n Tisch da, sagte er; aber den hab ich an'm kühlen Abend verbrannt.

Sie nickte.

Setzen Sie sich, sagte er. Hab noch was Kaltes zu essen.

Er hockte schon auf dem Boden und öffnete den Korb. Sie ließ sich behutsam nieder und zog die Beine an.

Hier, sagte er. Nehmen Sie sich'n Stück Maisbrot.

Sie griff sich einen Runken und biß hinein. Das Brot war hart, schmeckte sandig und fade.

Da hat's Bohnen.

Sie nickte mit vollem Mund. Er schöpfte mit einem Stück Brot die Bohnen aus einer Schüssel. Langen Sie ruhig zu, sagte er.

Isses noch weit bis dort, wo er iss? sagte sie.

Verdammt weit, sagte der Kesselflicker.

Sie häufte Bohnen aufs Brot und stopfte es sich in den Mund, wischte Krümel vom Schoß, von den verschmierten staubigen Füßen. Und bis wann sind wir dort? sagte sie.

Der Kesselflicker schaute sie an. Wieso wir? sagte er.

Wir könnten doch morgen in aller Früh los, oder?

Man weiß nie genau, was der nächste Tag alles bringt, sagte der Kesselflicker. Nehmen Sie sich noch von dem Maisbrot.

Bin eigentlich satt.

Sind wohl kein großer Esser, wie?

Bin's nich mehr so gewöhnt.

Aha, sagte der Kesselflicker.

Meinen Sie, wir schaffen das morgen noch?

Morgen?

Schaffen wir's?

Der Kesselflicker kaute ruhig vor sich hin. Die langen Schatten der beiden huschten über den Boden wie tanzende Kraniche. Fräuleinchen, sagte der Kesselflicker, Sie sind nich die erste Hirschkuh, die mit schlaffem Bauch und großen Augen im Wald rumirrt.

Ich will doch bloß meinen Matz zurück, sagte sie.

Ah ja?

Sie ha'm selber gesagt, ich könnt's abarbeiten.

Gibt so'ne und so'ne Arbeit, sagte der Kesselflicker. Er erhob sich auf die Knie, griff nach dem Whiskey und stellte ihn vor sich hin.

Ich mach alles, egal was, sagte sie. Hab ja sonst eh nix zu tun.

Der Kesselflicker klemmte sich lächelnd die Bohnenschüssel zwischen die dürren Schenkel und wischte sie mit dem letzten Brotrunken blank. Er kaute mit halbgeschlossenen Augen; im Feuerschein war sein Gesicht eine Maske morbider Ruhe, wie das Gesicht eines Ertrunkenen.

Was wollen Sie überhaupt mit dem Kleinen? sagte sie.

Er fuhr sich mit dem Ärmel übers stopplige Kinn, hob die Flasche und trank. Sah sie ganz ruhig über den Rand hinweg an. Stellte die Flasche ab, schraubte sie wieder zu. Bin ja schon ganz schön rumgekomm' in der Welt, keuchte er, und hab'n paar komische Sachen erlebt. Aber noch nie, daß jemand'n kräftigen Säugling im Wald aussetzt; bis auf'n einzigesma'.

Im Wald? sagte sie.

Die nähren sich ja nich von der Erde wie Mais.

Sie ha'm ihn von jemand bekommen. Ja?

Niemand hat'n bekomm'.

Was ha'm Sie für ihn bezahlt?

Tscha, sagte der Kesselflicker. Was habich für ihn bezahlt?

Sie kriegen's zurück, sagte sie. Egal, wieviel.

Soso, sagte der Kesselflicker.

Ich werd's abarbeiten, sagte sie. Kann immer noch arbeiten, wenn's nich anders geht.

Wird nie anders gehn.

Sind halt schlechte Zeiten.

Schlechte Zeiten wer'n von schlechten Menschen gemacht. Hab schon soviel Gemeinheit erlebt, daß ich mich manchma' frag, wieso der liebe Gott nich einfach die Sonne auslöscht und dann verschwindet.

Egal, was Sie bezahlt ha'm, sagte sie leise. Sie kriegen's zurück, und noch was dazu.

Der Kesselflicker spuckte bitter ins Feuer. Gibt nix dazu, sagte er.

Sie ha'm's versprochen.

Versprochen, sagte der Kesselflicker. Ich hab überhaupt nix versprochen.

Er gehört mir, flüsterte sie.

Der Kesselflicker schaute sie an. Sie hatte beide Daumen im Mund. Ja, sagte er. Aber Sie können doch garnix mit'm anfangen.

Wie wollen'n Sie das wissen?

So halt.

Sie hatte sich nach vorne gebeugt, mit riesigen flehenden Augen. Berührte mit zwei Fingern seinen zerschlissenen Ärmel. Was ha'm Sie bezahlt? sagte sie. Sie kriegen's zurück. Egal, wieviel. Auch den Ammenlohn.

Der Kesselflicker riß den Arm weg. Neigte ihr das Gesicht zu. Bezahlt, sagte er. Ich bezahl mit mei'm Leben dafür, daß ich in'ner Gegend rumzieh, wo mich alle schief angucken. Und *das* wollen Sie mir zurückzahlen? Ich bezahl dafür, daß ich mich jetz schon vierzig Jahr wie'n Muli vor meinen Karren spann;

irgendwann bin ich davon so krumm, daßse mich nichma' mehr aufhängen können. Hab keine Menschenseele auf der Welt, bis auf'ne alte halbirre Schwester, die auch keiner will, genausowenig wie mich. Mit Steinen werfense nach mir, schießen tunse auf mich, und was nich alles: Peitschenschläge, Fußtritte und Hundebisse, querbeet durch'n Bundesstaat. Das können Sie garnich zurückzahlen. Mit nix. *Die* Rechnung iss mit Blut geschrieben, die läßt sich mit nix auf der Welt begleichen.

Ich will meinen Kleinen wieder, schluchzte sie. Wieso geben Sie'n mir nich zurück?

Tscha, feixte der Kesselflicker, wieso.

Ich paß auch auf ihn auf, sagte sie. Kann niemand so gut wie ich.

So wie schon ma'?

Iss doch nich *meine* Schuld. *Er* war's.

Wer denn? sagte der Kesselflicker.

Mein Bruder. *Er* hat's getan.

Ja, sagte der Kesselflicker. Wennich nich zufällig dagewesen wär, dann hätter das Kind wohl noch um die Ecke gebracht. Hab doch gleich sowas geahnt. Krankheit. Bei ihm iss'ne Krankheit ausgebrochen. Er... Er unterbrach sich. Es war sehr still in der Hütte. Sie hörten das Gemurmel des Baches. Vielleicht war es auch der Wind. Der Kesselflicker stockte, starrte sie an, seine Vipernaugen blitzten wild in den schwarzen Höhlen. Jedenfalls isses jetz nich mehr seins, sagte er.

's bedeutet Ihnen doch nix.

Der Kesselflicker lehnte sich vor und packte sie mit knöchernem Griff am Handgelenk. So? sagte er. Wirklich nich?

Nein.

Keiner der beiden regte sich. Der Kesselflicker ließ ihren Arm nicht los. Das'ss gelogen, sagte er.

Was wollen Sie denn mit dem Kind?

Das'ss gelogen, wiederholte er. Sag, daß das gelogen iss.

Sie rührte sich nicht.

Sag's schon, sagte der Kesselflicker.

Sie brauchen den Kleinen doch nich, flüsterte sie. Sie hätten ihn garnich genommen, wenn Sie gewußt hätten...

Der Kesselflicker zog sie dicht heran. Gottverflucht, sag endlich, daß das gelogen iss.

Das Kind iss unrecht, sagte sie. Sie brauchen's nich. Sie wand sich vor Schmerz und schloß die Augen.

Ja, sagte der Kesselflicker. Wolltst's halt ma' drauf ankommen lassen, wie? Du elendes kleines Lügenmaul. Er stieß sie weg; sie krümmte sich zusammen, hielt sich den Arm. Der Kesselflicker stand auf, verharrte dürr und bebend über ihr. Den Kleinen siehste nich wieder, sagte er; eher siehste mich tot.

Sie werden keine Ruhe mehr ha'm, stöhnte sie. Nie mehr.

Wer hat das schon auf dieser Welt, sagte er.

Das Feuer war zu Asche verlodert. Der Kesselflicker holte die Lampe herunter; die Schatten der beiden schwenkten jäh auseinander und erstarrten an entgegengesetzten Wänden. Geh mir ja nich nach, sagte der Kesselflicker. Wennde mir nachgehst, bring ich dich um.

Sie rührte sich nicht.

Lügenmaul, sagte er. Du gottverfluchtes Lügenmaul.

Sie wimmerte leise in ihre Hände. Der Kesselflicker hörte es noch lange die Straße hinab.

Hörte es fern hinter den kalten dunstenden Herbstfeldern, hinter dem Geräusch seiner Schüsseln, die durch die Nacht klirrten wie Bojen vor einer düsteren öden Küste, hörte es abklingen, hörte es schließlich verstummen, verloren wie der Schrei von Seevögeln in ihren weiten salzschwarzen Einsamkeiten.

HOLME TAPPTE, den Blick zu den kaputten Stiefeln gesenkt, über die steinige Krume eines schwarzen, frisch umgepflügten Brachfelds. Es wehte ein steter kalter Wind; oben trieben schrill ziepende Schwalben wie grauschuppige Schieferplättchen reglos dahin, bis sie abkippten und im Tiefflug wieder an Holme vorbeischwirrten. Am Zaun angelangt, verharrte er einen Moment und blickte zur Straße zurück; dann marschierte er weiter, überquerte ein Feld voller Unkrautgestrüpp, das sich rauschend im Wind bog, als ziehe etwas Unsichtbares darüber hinweg.

Die Hände im Kreuz, blieb er unschlüssig vor der Blockhütte stehen. Spähte wieder in Richtung Straße. Dann stieg er die Treppe hoch zur Veranda, trat näher und schritt durch die offene Tür.

Es war eine uralte Hütte; die Decke des Raumes, worin er stand, reichte ihm knapp über den Kopf, das rohe Gebälk schimmerte in tiefem rußigem Schwarz, überflochten mit ähnlich gefärbten Spinnweben. Der Fußboden war krumm, die Wände schienen zu wanken; nichts war plan, nichts war lotrecht. Ein kleines Fenster saß schief in der Holzwand, der Rahmen hing an Lederscharnieren. Das Fenster und die lehmlosen Ritzen zwischen den Blöcken ließen das schwindende Tageslicht ein; Wind zog durch den Raum, ein steter kühler Strom wie fließendes Wasser. Ein mit Mörtel verputzter Kamin aus unbündig zusammengefügtem Feldstein bauchte sich, schon einsturzgefährdet, ins Zimmer, eine Blattfeder als Sturz, der Herd aus gegossenem Lehm, hart und blank wie Stein. Ein geschlängelter Schürhaken. Zwei hölzerne Bettstellen mit maisfasergefüllten Drillichbezügen; eine Pritsche mit einer Matratze, auf der eingerollt eine tote, augenlos grinsende Katze lag, ein ausgehöhlter madiger Körper, dessen zartherber Fäulnisdunst den abgestandenen Rauchgeruch überdeckte. Holme griff die Matratze, zog sie herunter, schleifte sie zum Eingang, quetschte sie durch die schmale Tür nach draußen; längliche hellrote Käfer wimmelten pausenlos unter der Katze hervor, schwärmten in symmetrischen Strahlen aus und fielen hörbar zu Boden. Er warf die Matratze in den Hof und ging wieder hinein. In der Küche ein türloser Holzofen, vorn auf zwei Ziegel gestützt, zum Ausgleich des abschüssigen Fußbodens. Eine ausgefachte Mehlkiste mit Sieb; am Holz klebte eine harte trockene Mehlkruste, gespickt mit Larven, deren abgestreifte Hüllen zwischen Mäusedreck und toten Käfern am Kistenboden herumlagen. In einem Fliegenschrank aus massiver Walnuß kümmerte billiges weißes Geschirr vor sich hin, gesprungene Kaffeetassen mit abgebrochenem Griff, Teller mit gezacktem, wie vor Heißhunger angeknabbertem Rand, ein Blechseiher mit einer umgedrehten Lachsdose als Deckel. Über allem lag namenlos grauer Staub. Holme ging ins Vorderzimmer zurück, drückte die gestreckte Hand in den Bettbezug, spähte lustlos umher.

Später ging er nach draußen und holte Holz. In einem Schuppen hinter dem Blockhaus fand er mehrere Bohnenstangen; er trug sie hinein, dazu ein paar grob zurechtgesägte Kastanienbretter. Als das Feuer brannte, zog er eines der Betten vor den Kamin, hockte sich hin und betrachtete die Flammen. Qualm leckte unter der Blattfeder hervor, stand dann in blauen Kräuseln; Holme hörte Mauersegler im Rauchfang flattern, wie Wind in einer Flasche. Er saß auf dem Bett und ließ die Hände zwischen den Knien baumeln. Das Fensterlicht war vom Fußboden auf die hintere Wand gekrochen; eine

Barre aus flimmerndem Bronzestaub querte den Raum. Nach einer Weile erhob er sich und ging wieder hinaus, um mehr Holz zu holen.

Zurück in der Hütte, heizte er ein, zog die miefenden Stiefel aus und streckte sich aufs Bett. An einem Nagel im Balken über dem Kamin hing ein Strang mit ausgetrockneten Pfefferschoten. Sie sahen wie Leder aus. Die schrundigen Rußplacken in der Kaminkehle begannen vor Hitze zu flirren. Eine Hüpfmaus huschte irgendwo zwischen den Holzblöcken hervor, sprang lautlos wie eine Feder herab, verharrte, steckte den Fuß in den Pelz, musterte Holme mit riesigen schwarzen Augen. Holme betrachtete sie, blinzelte; sie verschwand. Kurz darauf schlief er ein.

Die ganze Nacht über fror er; als er am nächsten Morgen aufwachte, herrschte Frost. Außerdem war da ein Mann, der ihn hinter dem Doppellauf einer Schrotflinte mit einem schimmernden Porzellanauge anvisierte.

Hoch mit dir, sagte der Mann.

Holme setzte sich schwerfällig auf.

Hol deine Stiefel. Der Mann zeigte mit dem Kopf seitwärts zum Fußboden.

Holme bückte sich, griff nach den Stiefeln, schnappte sich einen, versuchte ihn über den nackten Fuß zu pfriemeln.

Stop, sagte der Mann und schwenkte die Flinte vor Holmes Gesicht.

Holme, den Stiefel in der Hand, hielt inne und sah den Mann an.

Nimmse *so* mit.

Holme griff sich den anderen Stiefel und hockte, die Schuhe im Schoß, auf dem Bett.

Abmarsch, sagte der Mann; er trat zurück und winkte mit der Flinte zur Tür.

Holme stand auf, durchquerte den Raum, tappte nach draußen. Das lange, flachliegende Gras ums Haus war frostbleich, die öde Landschaft dahinter mit kleinen anonymen Wintervögeln betupft. Die Kälte kam für ihn völlig überraschend.

Los, sagte der Mann.

Holme stieg die bereiften Bohlen hinab, verharrte barfuß im Hof. Der Mann kam ebenfalls die Treppe herunter und winkte ihn mit der Flinte weiter. Sie marschierten übers gefrorene Gras zum Zaun, dann über die stahlharten Erdklumpen und Furchen des Pfluglands zur Straße.

Hopp, sagte der Mann.

Holme sah ihn an.

Der Mann wies mit der Flinte nach links; Holme klemmte die Stiefel unter den Arm und bog in die Straße ein, tappte auf seinem dünnen hüpfenden Schatten dahin, mit eingekniffenen Zehen im kalten Sand. Hinter sich hörte er den gemessenen Schritt des Bewaffneten, nach einer Weile sein Schnaufen; der Mann sprach kein Wort. Die Sonne nahm zu; Holme spürte sie lind und wohltuend im Rücken.

Nach etwas über einer Meile erreichten sie eine nach rechts führende Fahrstraße.

Da lang, sagte der Mann hinter ihm.

Holme schwenkte ein. Die Straße war unterspült und mit Unkraut bewachsen; die steigende Sonne ließ das Wasser in den kahlen Rinnsteinen allmählich auftauen. Sie marschierten eine Anhöhe hinauf, vorbei an abschüssigen Verwerfungen von rotem Sandstein; schließlich kamen sie in Gelände, wo die Straße sich wieder abflachte.

Auf geht's, Freundchen, sagte der Mann. Wir sind gleich da.

Sie passierten eine Scheune; dahinter befand sich ein mit den Ecken auf Steinblöcken stehendes Holzhaus. Ein paar Hühner spähten von der Veranda herüber.

Heh, Richter, rief der Mann, die Hand am Mund. Du bleibst da stehn, sagte er zu Holme. Er trat vor die Veranda und pochte auf den Boden. Heda, rief er.

Komm rauf, sagte eine Frauenstimme im Haus.

Los, sagte der Mann.

Holme klemmte die Stiefel unter den anderen Arm, bestieg die Veranda und ging an den Hühnern vorbei ins Haus. Es roch nach Frühstück.

Vorwärts, sagte der Mann.

Holme passierte den Raum, schritt weiter hinten durch eine Tür. Die Frau kam mit einem leeren Eimer herein. Grüßte, ohne die beiden anzusehen, und ging in die Küche. Sie folgten ihr. Ein Mann hockte am Tisch vor einem großen Teller mit Rührei und Brötchen; als sie eintraten, blickte er auf. Er saß im Unterhemd da, einem verschmuddelten aschgrauen Flanellsack; die am Ellbogen zerfransten Ärmel wirkten wie abgeknabbert. Er wandte sich wieder dem Teller zu; dann begann er zu sprechen.

'n Morgen, John. Warst jagen?

Ja, sagte der Mann. Einbrecher.

Einen geschnappt, eh?

Genau. Der Mann stieß Holme mit der Schrotflinte weiter.

Den da? sagte der Friedensrichter, ohne aufzuschauen; er belud die Gabel mit Rührei, stopfte sie sich in den Mund, das Kinn berührte dabei fast den Tisch.

War in Daddy sei'm alten Haus; hat dort einfach im Bett gelegen.

Wie isser denn reingekommen?

Wie biste denn reingekommen? sagte der Mann.

Durch die Tür, sagte Holme.

Durch die Tür.

Ah ja?

Hat einfach im Bett gelegen.

Der Sitzende nickte, wischte mit einem großen Stück Brötchen das Fett vom Teller. Ich trink keinen Kaffee, sagte er; sonst würd ich dir einen anbieten. Er lehnte sich zurück und wischte sich mit der Hand den Mund ab. Na denn; wie heißen Sie, junger Mann?

Culla Holme.

Sind Sie Indianer?

Nein, Sir.

Und Ihr Vorname?

Culla. Holme iss mein Nachname.

Aha, sagte der Friedensrichter; und Sie sind also ins alte Haus von Johns Daddy eingebrochen.

Woher denn; bin einfach rein. War ja nich abgeschlossen. Wie soll ich denn wissen, daß da einer wohnt? Hab gedacht, die Bude steht leer.

Sind Möbel drin, sagte der mit der Flinte. Hast das Bett doch selber benutzt.

Auf dem andern hat'ne tote Katze gelegen, sagte Holme.

Wär mir neu, sagte der Mann. Er wandte sich an den Richter. 's Bettzeug hater grad in'n Hof geschmissen, daßes draufregnen kann. Wolltich erst garnich sagen.

Also wenn's jetz noch August wär, sagte der Richter, dann dürft er mir ruhig alles rausschleppen, daß es endlich mal regnet.

Auf dem Bett war'ne tote Katze, sagte Holme.

Schon gut, sagte der Friedensrichter. Lassen wir das jetzt mal, Holme. So war doch der Name, oder?

Woll Sir.

Wo sind Sie überhaupt her, Holme?

Aus dem Johnson County.

Und wieso sind Sie dort rausgeflogen?

Bin ich doch garnich.

Was machen Sie dann hier?

Such Arbeit.

Im alten Haus von Johns Daddy?

Nein, Sir. Wollt bloß drin übernachten.

Hängt dort'n Schild, daß du wen brauchst, John?

John, die Flinte in die Armbeuge gebettet, begann spöttisch zu grienen. Nich daß ich wüßt, sagte er.

Aha, sagte der Friedensrichter. Er lehnte sich zurück und trommelte mit den Fingern viermal auf die Tischkante; dann blickte er hoch zu Holme.

Na denn, Holme; auf was erkennst du?

Auf was ich erkenn?

Schuldig oder nicht schuldig?

Bin nich schuldig.

Du warst also nicht im alten Haus von Johns Daddy?

Doch; bin aber nich eingebrochen.

Hm. Dann läuft das Ganze wohl auf Hausfriedensbruch raus.

Holme sah den mit der Flinte an; der Mann erwiderte den Blick. Der Richter klopfte mit der Gabel müßig am Rand des leeren Tellers herum und sog dabei an den Zähnen.

Was hab ich denn Schlimmes gemacht? sagte Holme.

Tja, wenn du auf *nicht* schuldig erkennen willst, muß ich dich rüber nach Harmsworth bringen; dort bleibst du dann bis zum Gerichtstag in Haft.

Und wann iss der?

Der Richter hob den Blick. In zirka drei Wochen, sagte er. Falls er nicht noch verschoben wird. Wenn ja, dauert's noch sechs Wochen länger. Und wenn du...

Okay, sagte Holme, dann bin ich halt schuldig.

Der Friedensrichter lehnte sich vor und schob den Teller beiseite. Gut, sagte er. Schuldig. Er nahm ein Stück Maisbrot aus einer Schale in der Mitte des Tisches und bestrich es mit Butter. Ethel, sagte er. Heh, Frau.

Sie kam mit einer kleinen Eichenholztruhe herein und stellte sie auf den Tisch.

Schuldig des Hausfriedensbruchs, sagte der Richter.

Eine Schnur mit Schlüsseln hing an der Frau. Sie fummelte daran herum, schloß die Truhe auf, nahm ein paar Formblätter heraus, eine Feder, ein Tintenfaß. Name? sagte sie.

Sag's ihr, sagte der Friedensrichter.

Culla Holme.

Was?

Culla Holme.

Wie schreibt sich das? Sie saß am Tischende, die Feder schon über dem Formular.

Keine Ahnung, sagte Holme.

Er weiß nich, wie sich sein Name schreibt, sagte sie.

Der Richter, den Mund voll Maisbrot, betrachtete erst sie, dann Holme. Schreib halt was, sagte er. Einfach so, wie man's spricht, ja?

Nein, Sir. Ich kann nich...

Nicht du.
Woll Sir.
Also nochmal, sagte die Frau; aber bitte langsamer.
Holme wiederholte seinen Namen.
Sie schrieb etwas. Was war's jetz gleich? sagte sie, zum Richter gewandt.
Hast seinen Namen?
Ja. Was war's noch?
Einbruch... Nee. Was war's denn nochmal? Hausfriedensbruch? Ja, Hausfriedensbruch. Er trat gegen einen Stuhl. Hier, John; hock dich mal hin. Iss sonst so ungemütlich.
John setzte sich. Es war völlig still in dem Raum, bis auf das Schaben der Feder. Holme stand vor dem Tisch und trat von einem Fuß auf den anderen.
Das wär's, sagte sie.
Iss auch das Datum drauf? Hast nämlich schon'n paarmal vergessen.
Iss drauf, sagte sie.
Okay.
Sie drehte das Blatt um, machte unten ein kleines X, hielt Holme die Feder entgegen. Er nahm sie, beugte sich über das Formular, machte neben das X ein weiteres X, gab die Feder zurück. Die Frau unterschrieb und schwenkte das Blatt kurz hin und her; dann reichte sie es dem Richter. Er winkte träge ab und wandte sich an Holme.
Dein Strafgeld beträgt fünf Dollar, sagte er.
Hab keine fünf Dollar.
Der Richter schneuzte sich in einen fleckigen Fetzen und steckte das Tuch wieder in die Gesäßtasche. Dann mußt du's halt abarbeiten, sagte er. Zehn Tage.
Okay.
Setz dich. Der Richter drehte sich zu der Frau hinüber. Räum mal die Sachen weg und gib ihm was zu essen. Du hast doch noch nicht gefrühstückt? Nein. Na, dann bring ihm mal was. Kann nicht'n Häftling mit leerem Bauch beschäftigen. Das wär's, John; oder hast du sonst noch was auf'm Herzen?

John beugte sich auf dem Stuhl nach vorne und machte eine Handbewegung.

Momentchen mal, sagte er.

Was denn?

Ja, und wieviel von den zehn Tagen arbeitet er dann bei mir?

Der Richter hielt mit der ausgestreckten Hand inne und kratzte sich in der Achselhöhle. Bei dir? sagte er.

Genau.

Wieso sollte er?

Na, ich hab ihn ja schließlich hergebracht. Iss in mei'm Daddy sein Haus eingebrochen...

Ich kann doch nicht jeden Tag extra mit ihm zu dir, bloß weil er zufällig in deinem Daddy sein olles Haus eingestiegen iss.

Und wenn ich'n nich geschnappt hätt, dann wärer überhaupt nich hier...

Iss ja auch völlig okay, John, daß du'n gebracht hast und so; aber'ne Belohnung iss darauf nicht ausgesetzt, oder? Ich mach die Gesetze nicht, ich führ sie bloß durch.

Naja, ich seh halt nich ein, daß du die Rosinen kriegst von dem, was ich gemacht hab. Oder vielmehr von dem, was er ei'ntlich berappen soll. Ich nehm doch stark an, daß du's dem County zurückzahlst, den Lohn oder das Bußgeld, oder wie das Dings heißt...

Der Richter hatte aufgehört sich zu kratzen. Nu aber mal halblang, John, sagte er; du weißt ganz genau, daß meine Bücher jedermann offenstehn. Stimmt's, Frau?

Stimmt, sagte die Frau. Holme betrachtete sie. Sie hatte überhaupt nicht zugehört.

Tut dir doch garantiert nich weh, wennde ihn an'n paar von den zehn Tagen zu mir läßt.

Der Richter schüttelte überdrüssig den Kopf. John, sagte er, wir zwei waren doch immer gute Nachbarn. Oder nicht?

Glaub schon, sagte John.

Hab ich dir jemals was abgeschlagen?

Hab auch noch nie was von dir verlangt.

Aber du weißt genau, daß du das jederzeit kannst. Stimmt's?

Stimmt, sagte die Frau. Der Friedensrichter warf ihr einen durchdringenden Blick zu.

Keine Ahnung, sagte John. Kann ich's jetz vielleicht nich?

Nein.

Ähä. Aber's wär doch bloß gerecht.

Ob gerecht oder nicht, das spielt keine Rolle; es wär gegen's Gesetz. Du bist nicht befugt, Häftlinge zu beschäftigen.

Hätt'n wohl doch lieber abknallen sollen.

Neinein, war schon in Ordnung, daß du ihn hergebracht hast. Aber du kannst nicht verlangen, daß ich das Gesetz brech, bloß weil er bei dir arbeiten soll. Kapiert?

Scheiße. Verzeihung, Mam.

Würdst du an meiner Stelle bestimmt auch nicht machen. Oder, John?

John war aufgestanden. Ohne sich noch einmal umzudrehen, die Flinte schlaff in der Hand, marschierte er aus der Küche; seine Stiefel krachten über die blanken Dielen, durch die Räume; der Türriegel knackte, die Tür schlug laut zu, kurze Ruhe, dann wildes Hühnergegacker, dann endgültige Stille.

Jetzt hock dich mal hin, sagte der Friedensrichter. Wieso hast du denn bei der Kälte deine Stiefel nicht an?

Holme setzte sich auf den freigewordenen Stuhl und streifte mühsam die Stiefel über. Er stampfte mit den erstarrten Füßen auf; sie blieben taub. Er blickte hoch.

Er hat gesagt, ich soll sie *so* mitnehmen. Wahrscheinlich meint er, 'n Barfüßiger kann nich so schnell durchgehn.

Der Richter schüttelte traurig den Kopf. Ich glaub, dem fehlt's irgendwo.

Hab doch garnix geklaut in dem Haus.

Spielt keine Rolle, sagte der Richter. Du bist jetzt rechtskräftig verurteilt. Und für'n Fremden iss deine Strafe noch relativ mild ausgefallen.

Holme nickte.

Darfst gleich nach dem Frühstück anfangen.

Dankschön, sagte Holme.

Nix zu danken. Ich tu bloß meine Pflicht.

Woll Sir, sagte Holme. Hinter ihm brutzelte bereits Fett in der Pfanne; die Frau legte Brötchen zum Aufwärmen in den Backofen. Holme spürte ein Knabbern im Magen.

Die Alte soll dir hier in der Küche'n Bett richten. Du bist doch nicht etwa'n schwerer Junge? Hast doch nicht etwa wen umgebracht?

Nein, Sir. Nich daß ich wüßt.

Soso, nicht daß du wüßtest. Der Richter lächelte.

Holme lächelte nicht. Er blickte zu Boden.

Jetzt soll dich die Alte erstmal'n bissel aufpäppeln, sagte der Friedensrichter. Daß du dich dann auch tüchtig reinknien kannst. Was meinst du?

Woll Sir. Arbeit macht mir nix aus.

Der Richter, zurückgelehnt auf dem Stuhl, musterte ihn. Ich glaub, du bist gar kein so übler Kerl, Holme, sagte er. Hast scheint's bloß'n bissel Pech. Mein Daddy hat immer gesagt, jeder iss seines Glückes Schmied. Aber das kann man wohl so und so sehn.

Also *mein* Daddy hätt das bestimmt anders gesehn. Der hat immer gesagt, er iss der unglücklichste Mensch, den's gibt.

Im Ernst? Und wo iss dein Daddy jetzt? Wahrscheinlich daheim, und du...

Er iss tot.

Der Richter, den Fuß auf den Stuhl vor ihm gestützt, rieb sich zerstreut den Wanst und starrte vor sich hin. Dann hörte er auf zu reiben, schaute Holme an, sah wieder weg. Tja, sagte er. Noch unglücklicher geht's wohl nicht.

Woll Sir.

Hast du überhaupt Familie?

Hab nichmal Verwandte, sagte Holme.

Hier, sagte die Frau.

Holme betrachtete stumpf den vor ihm stehenden Teller mit den dampfenden Rühreiern.

Wenn du gegessen hast, gibst du Laut, sagte der Richter und stand auf. Ich bin hinter'm Haus.

Okay, sagte Holme. Wie lang kann ich bleiben?

Der Richter verhielt an der Tür. Was? sagte er.

Ich hab gesagt, wie lang kann ich bleiben?

Der Richter zog den Mantel über die Schultern. Zehn Tage à fünfzig Cent. Mehr nicht.

Und danach?

Wie danach?

Ich mein, kann ich noch länger bleiben?

Wozu?

Naja, so halt. Zum Arbeiten.

Für fünfzig Cent am Tag?

Mir egal.

Dir egal?

Wenn Sie mich brauchen können, dann mach ich's auch bloß fürs Essen und Übernachten.

Es war sehr still in der Küche. Der Richter stand da, die Hand bereits an der Tür. Die Frau ließ von ihren Schüsseln und Töpfen ab. Die beiden blickten Holme an.

Glaub nicht, daß ich dich brauchen kann, Holme, sagte der Richter. Gib Laut, wenn du fertig bist.

SIE KAM aus dem Haus auf die Veranda, blieb stehen, atmete die linde Abendluft ein, roch die fruchtbare Erde hinter der Straße; er folgte dem Maultier die Bachsenke hinab, wieder hinauf, wieder hinab durch den wachsenden Dunst, bedrängt von Kiebitzen, die an ihm und dem Maultier vorbeifliegen, kreisen, zurückschwirren, den langen blauen Dämmer schließlich den Fledermäusen abtreten. Die Blumen im Hof haben sich bereits eingerollt und geschlossen; eine Spottdrossel sagt, was sie weiß von der Nacht.

Sie saß friedlich im Schaukelstuhl. Bei schon völliger Dunkelheit kehrte er, krumm unter dem kleinen japanischen Pflug, aus der Senke zurück, dahinter das Maultier; die beiden bewegten sich wie Schatten durchs Düster, lautlos bis auf das sanfte Klirren des Zuggeschirrs und das gemessene hohle Tokken der unbeschlagenen Hufe, zuerst auf der Straße, dann leiser im feuchten Gras, bis sie im Scheunengelände und außer Hörweite waren. Sie saß ganz ruhig, ohne zu schaukeln. Nach einer Weile hörte sie ihn im Haus; er entzündete eine Lampe, kam zur Verandatür und rief nach ihr. Sie stand auf, ging hinein, ging wortlos an ihm vorbei, ihre Pantoffeln wie Mäuse im finsteren Flur; er holte sie ein, leuchtete ihr in die Küche, wo sie dann Abendbrot machte.

Er saß am Tisch, sah ihr zu, die Hände müßig im Schoß, sein Gesicht glutrot im Lampenschein. Sah sie vom Herd zum Fliegenschrank gehen, und wieder zurück, stumm, schlurfend, hölzern. Sie stellte ihm grünes Gemüse, kaltes Schweinefleisch und die Milch hin, er betrachtete die Speise lange mit stumpfem Blick; dann griff er die Gabel und begann lustlos zu essen, wie voller Kummer.

Sie wollte an ihm vorbei zur Tür; er hielt sie am Ellbogen fest. Moment, sagte er.

Sie verharrte, schwenkte langsam herum, puppengleich, den Arm in der Schwebe. Sie sah ihn nicht an.

Guck her, Rinthy.

Sie wandte den Blick vage in seine Richtung.

Iss nich grad die feine Art, sagte er. Daß du einfach so kommst und gehst, ohne was zu sagen.

Gibt nix zu sagen.

Zum Kuckuck, irgendwas wirst du doch sagen können. Hallo oder Wiedersehn oder Leck mich am Arsch. Irgendwas halt. Oder nich?

Fürs Fluchen hab ich nix übrig.

Na, dann eben Hallo oder Wiedersehn. Iss das so schwer?

Glaub nich.

Und?

Gutnacht, sagte sie.

Den Mund schon zum Sprechen geöffnet und dennoch stumm, sah er ihr nach, sah sie aus dem staubigen Lichtkreis treten, hörte ihren leise Schritt auf den ächzenden Stufen, das hölzerne Zuklappen der Tür. Gutnacht, sagte er. Er trank das Glas Milch aus, wischte sich den Mund an der Schulter ab, eine seltsame vogelgleiche Gebärde. Die ganze Nacht über würde er nun wieder die mühselig haspelnden Maultierhufe vor sich sehen, die um und um gewendete kühle Erde, den dunklen modrigen Humus, wie er mit dumpfem, vom Klicken der Bachkiesel untermaltem Schmatzen über das Messersech stürzte.

Ein Nachtfalter war hereingeschwirrt, flatterte mit großen geäugten Flügeln gegen den Lampenzylinder, stürzte ab, blieb zitternd auf dem schmierigen Wachstuch liegen. Er zermalmte das Tier mit der Faust, schnickte es weg; dann saß er vor seinem leeren Teller und trommelte mit den Fingern auf das vom Falter zurückgebliebene glitzernde Staubmuster.

Es war ihr zunächst nicht bewußt, daß sie fortging. Nachts wachte sie auf, stieg halb betäubt aus dem Bett, begann sich anzukleiden, ernst, umgeben von Dunkelheit. Womöglich getrieben von einem Traum. Sie nahm ihre wenigen Sachen aus der Kommode, bündelte sie, trat auf den Treppenabsatz hinter der Tür. Lauschte, ob er im Zimmer gegenüber atmete, konnte nichts hören. Schlich sich, aus Furcht, er könne wach sein, endlos lange durchs Düster, ging dann barfüßig die Stufen hinab, blieb unten im tiefschwarzen Flur noch einmal stehen und horchte die Stiege hinauf. An der schon geöffneten Haustür verharrte sie ebenfalls noch einmal, schwebte wie ein zartgebauter Dieb zwischen den Schlünden des toten lieblosen Hauses und den Schlünden draußen im Dunkel. Es war feucht und kühl; Hähne begannen zu krähen. Sie schloß die Tür, schritt über den Pfad zum Tor und zur Straße, zitternd im kalten Sternenlicht, unter Wega und Wasserschlange.

Sie ging westwärts die Straße entlang; der Himmel hellte sich, ringsum entstand die Welt der erwachenden Schemen. Die steigende Sonne im Rücken, eilte sie dahin, wie eine Verstörte auf der Flucht vor dem aufgehenden Licht. Kurz darauf hörte sie hinter sich auf der Straße ein Pferd; sie lief in den Wald, das Herz in der Kehle. In langsamem Kanter tauchte das Tier aus der Sonne, eine quälend gestaltlose Silhouette. Sie duckte sich ins Gesträuch, spähte hinüber; ein gewaltiges Roß, das glosend dem Auge der Sonne entsprang, vorbeischwebte wie das Wrack einer Karavelle, vorstehende Rippen, schwarz, wild, mit zerrissenem Sattel, baumelnden Bügeln, leise im Staub klappernden Hufen, riesig, ausgemergelt und lodernd trieb es dahin, sein Hufschlag verhallte die Straße hinunter, verhallte zum fernen Echo des Beifalls in einem für immer und ewig leeren Saal.

AN EINEM schönen Frühlingstag saß Holme am Straßenrand und ruhte sich aus. Er war lange marschiert, hatte das Geräusch lange gehört, ehe ihm dämmerte, woher es kam, das leise surrende, an Heuschrecken, den Einzug barbarischer Heerscharen gemahnende Dröhnen. Er stand auf und folgte dem Hügelkamm, erreichte schließlich die Felsspalte; wenig später sah er die ersten unten auf der Straße heranrücken, bis plötzlich das ganze Tal von ihnen wimmelte, eine Sturzsee von Schweinen, die über die staubige Ebene wogten, unvermindert die Engen der Senke durchfluteten, über die Hänge schwärmten, in zerrissener Phalanx, wie die gehetzte Vorhut eines Fischzuges, und aufrecht dazwischen, mit fluchend geschwungenen Stäben, vereinzelte Treiber, hager und unglaublich zerlumpt, mit fiebrigen Augen und wirrem Haar.

Holme machte den Weg frei, verließ die Straße und erklomm den felsigen Hang. Der vorderste Treiber kämpfte sich schräg durch die Herde, kam direkt auf ihn zu; der Pulk strömte quiekend auseinander, floß wieder zusammen, wie Sirup. Als endlich Platz war, trat der Mann gelassen näher und lächelte hoch zu Holme, der mit baumelnden Füßen auf einem Felsen hockte und nicht wenig erstaunt das Spektakel verfolgte.

Hallo, Kumpel, rief der Treiber. Schöner Tag heute, wie?

Ja, sagte Holme. Wo soll's'n hin mit den Viechern, wenn ich fragen darf?

Über'n Berg nach Charlestown.

Holme schüttelte respektvoll den Kopf. So'n Riesenhaufen Schweine hab ich noch nie gesehn, sagte er. Wieviel sind's denn?

Der Treiber war neben dem Felsen stehengeblieben und lugte ebenfalls zu den vorbeiwirbelnden Tieren hinunter. Das weiß nichma' der liebe Gott, sagte er feierlich.

Jedenfalls'ne ganz schöne Menge.

Meine Güte, sagte der Treiber, was glau'm Sie, was da gleich noch kommt. Er verlagerte den Stab von der einen Armbeuge in die andere, stützte den Fuß auf den Felssims, beugte sich vor und beäugte die grunzende, buntscheckige Schweineflut, die nun in voller Breite das Tal überschwemmte, betrachtete sie mit der Neugier eines zufällig anwesenden Wanderers, sein schütterer Backenbart bebte im Höhenwind.

Sind'n Haufen Eselfüßer dabei, sagte er.

Was?

Eselfüßer. Sind bestimmt'n paar hundert; findste sonst nich so oft.

Was iss denn'n Eselfüßer? sagte Holme.

Der Treiber setzte eine fachmännische Miene auf. 'n Bergschwein vom Norden. Kennen Sie nich?

Nein.

Hat Füße wie'n Esel.

Sie meinen, die Hufe sind nich gespalten?

Genau.

Hab ich noch nie gesehn, sagte Holme.

Wundert mich nich, sagte der Treiber. Zeig Ihn' gleich eins, wenn Sie Lust ha'm.

Gern, sagte Holme.

Der Treiber verlagerte wieder seinen Stab. Verträgt sich wohl nich mit der Bibel, wie?

Was denn?

Die Schweine. Sind angeblich unrein, weilse gespaltene Klauen ha'm.

Wär mir neu, sagte Holme.

Hab ich ma' von'nem Prediger gehört. Iss ganz schön auf Draht, der Bursche. Sagt, der Teufel hätt'n Schweinefuß. Behauptet, daßes so in der Bibel steht; hater wahrscheinlich recht.

Kann schon sein.

Sagt, daß die Juden deswegen kein Schweinefleisch futtern.

Was sind'n Juden?

Die aus der Bibel, so Leute von ganz früher. Aber das sagt ja noch nix über'n Eselfüßer, oder? Wie isses nu mit dem?

Keine Ahnung, sagte Holme. Wie isses denn?

Naja, isser nu'n Schwein oder nich? Der Bibel nach.

Ich würd sagen, 'n Schwein iss'n Schwein, auch wenn's überhaupt keine Füße hat.

Müßt man ei'ntlich meinen, sagte der Treiber; weil, wenn's welche hätt, dann wären's wohl Schweinefüße. So wie'n Schwein ohne Kopf immer noch'n Schwein iss. Aber wenn jetz auf einma' eins mit'm Eselkopf rumläuft? Da wärste dann doch bissel baff.

Allerdings, gab Holme zu.

Woll Sir. Gibt ei'm ganz schön zu denken, was? Das mit der Bibel und mit'n Schweinen.

Ja, sagte Holme.

Hab lang hin und her überlegt; werd einfach nich schlau draus.

Hm.

Der Treiber strich sich den Backenbart und nickte. Schweine sind halt'n Rätsel, sagte er. Kennt sich keiner groß aus damit. Hab schon mit Schweinen rumgemacht, wie ich noch'n Hosenknopf war; bin trotzdem nie richtig dahintergestiegen. Und andern geht's wahrscheinlich genauso. 'n Schwein iss'n Schwein. Ganz einfach. Viel mehr kannste dazu nich sagen. Und raffiniert sindse, das gibt's überhaupt nich. Raffiniert wie der Teufel. Und die, die kein' Spalt im Fuß ha'm, mit denen isses genauso; da darfste dir garnix vormachen.

Ich würd sagen, Schweine sind Schweine, sagte Holme.

Der Treiber spuckte aus und nickte. Sag ich doch, sagte er.

Holme blickte hinunter auf das Getümmel.

Da drüben'ss Billy, mein kleiner Bruder, sagte der Treiber und deutete mit dem fetzenumhüllten Arm. Iss zum erstenma' mit uns los. Hab mir schon gedacht, daß Mama deswegen rumzetert. Er meint, wennwer verkauft ha'm, dann möchter endlich ma' einen wegstecken, aber ich hab'm gesagt, das machter doch längst bei den Sauen. Der Mann drehte sich herüber und bleckte mit lüstern idiotischem Grinsen die orangebraunen Zähne. Holme wandte sich ab und beobachtete die Schweine. Die Treiber standen mitten im Pulk, wie Wanderer in einer Furt; dann und wann tauchten sie aus den roten Staubschwaden, verschwanden wieder. Als seien sie mit ihren Schweinen auf der Flucht vor einer göttlichen Strafe, vor Feuer oder Flut, vor der sich auftuenden Erde.

Ich pack's lieber ma' und faß bissel mit an, sagte der Treiber.

Viel Glück, sagte Holme.

Wir übernachten irgendwo hinten am Fluß. Falls Sie zufällig vorbeikommen, bleiben Sie einfach da und essen mit uns zu Abend.

Gern, sagte Holme. Dankschön.

Der Treiber hob grüßend den Stab und krabbelte wie ein Kobold über die Felsen davon. Holme blieb noch eine Weile sitzen; dann stand er auf und marschierte über den Hügelkamm Richtung Schlucht, durch die gerade die Schweine strömten.

Die Schlucht war schmal; die Herde wuchs zu einer tosenden Sturzwelle, schwärmte am anderen Ende über die ans Steilufer grenzende Wiese. Dann, noch rascher, fächerte die staubige Flut am schroffen Klippenrand aus; Holme hörte unten die Rufe der Treiber, sah weiter hinten die mattgraue Flußserpentine. Immer mehr Schweine ergossen sich durch die Schlucht, drängten gegen die auf der Wiese, die ersten kippten bereits über die Kliffkante. Holme sah zwei in den Fluß stürzen, dreißig Meter tief, kreischend, in steifbeiniger Pirouette. Er stieg den Hang hinunter in Richtung Uferstraße. Treiber mit erhobenen Stäben hetzten im Zickzack durch die ziellos umherirrende Herde, strauchelten, schlugen zu Boden, strebten wieder nach vorne, versuchten die Tiere vom Steilhang zu jagen. Worauf eine neue Panikwelle zwischen die Schweine fegte, wie Sturmwind durch Gras; ein ganzer Pulk stob uferwärts, entsagte dem festen Boden, lief unter zerrissenen Schreien ins Leere. Alles begann nun noch mehr auszufächern, noch rascher am Kliffrand entlangzuwirbeln; die vordersten Reihen schlugen zentrifugal über die Böschung, hintereinander, und über dem wehen Gekreisch das Brüllen und Fluchen der staubgepeitschten Treiber, die, inmitten der Wirre des ihnen befohlenen Fleisches, mit ihren Stäben und wilden Augen wie Teufel wirkten, als seien sie keine Schweinehirten, sondern Adepten der Dunkelheit, in die Herde gefahren, um sie ins Verderben zu führen.

Wie vor einer Sturmflut floh Holme hangauf, hockte sich auf einen Felsen und verfolgte den Gang der Dinge. Die Schweine waren in voller Stampede. Seltsam starr, als halte ein Stock ihn aufrecht, tappte einer der Treiber vorüber, ließ dabei, einem Schlafwandler gleich, langsam die gestreckten Arme kreisen. Die ersten Schweine brandeten über den Felsen, mit wütendem Schnauben, mit scharrenden klappernden Hufen. Holme wich weiter nach oben zurück, blickte auf sie hinunter. Der Treiber, mit dem er gesprochen hatte, schoß mit krummem Rücken und erhobenen Händen im tobenden Pulk vorbei, eine schlaffe, zottige, hektisch um sich schlagende Vogelscheuche; Holme sah ihn ganz kurz aus dem Staubinferno herüberlugen, der rollende Blick ohne Hoffnung, der starre Mund ohne Gebet, sah ihn fortgerafft wie einen siebenfach von der Flut seiner Höllenbeschwörung gepackten Gottesleugner, wie einen grotesken, unwillig auf den Schultern des rasenden Pöbels davongetragenen Helden, sah ihn der Kliffkante entgegenschweben und mitsamt seinem großen Gefolge wegkippen.

Holme schüttelte blinzelnd den Kopf. Quiekend und stampfend brausten die Schweine vorüber; der aufgewirbelte Staub hing kalkrot über dem Fluß, überflorte den Himmel fast wie ein Sonnenaufgang. Die Herde drehte inzwischen vom Steilufer ab, schwenkte in weitem Bogen stromaufwärts. Die Treiber hatten sich in den Schutz der Bäume geflüchtet; Holme sah, wie zwei von ihnen, auf ihre Stäbe gestützt und tumb vor sich hingrübelnd, den Tieren nachschauten und dann in stummer Zustimmung nickten, als werde mit diesem jähen Höllenspektakel ein altes Unrecht gesühnt.

Als schließlich die letzten Schweine unter gellem Getöse vorbeigejagt waren, der Ockerstaub sich von der zerschrundenen Erde verzogen hatte und nurmehr bebende Stille herrschte, stieg Holme behutsam von seinem Felsen. Ein paar Treiber kamen hinter den Bäumen hervor; drei rosa Ferkel, wimmernd wie Kätzchen, quälten sich die Hügelflanke hinauf, hüpften dann flußaufwärts über das leise rauchende Land, wie Geschöpfe in einem Traum.

Holme tappte schwerfällig den Steilhang hinauf. Die Sonne lachte; es war ein schöner Frühlingstag. Die Treiber rotteten sich langsam wieder zusammen, hatten es anscheinend nicht eilig mit ihren Schweinen. Mit ungerührter Gelassenheit reichten sie Prieme und Tabaksbeutel herum.

Also sowas habich noch nich erlebt, sagte einer.

Schad um deinen Bruder.

Weiß garnich, wie ich's Mama beibringen soll. Rauscht einfach mit'n paar Schweinen vom Kliff. Hab überhaupt keinen Schimmer, wie ich's ihr beibringen soll.

Sag doch, daßer besoffen war.

Oder vielleicht, daß'n wer abgeknallt hat.

Brauchst ihr ja nich gleich sagen, daßer mit'm Rudel Schweine 'n Bach runter iss.

Der Angesprochene schüttelte bekümmert den Kopf. Herrgott, wenn ich's bloß wüßt, sagte er. Wenn ich bloß wüßt, was ich ihr sagen soll.

Bist doch jetz eh'n paar Monate fort, Billy. Denk halt solang drüber nach.

Was'n passiert? sagte Holme.

Einer der Treiber schaute herüber. Heiliger Bimbam, sagte er; wo kommst'n *du* her? Haste nich die Schweine gesehn?

Der'ss da drüben auf'nem Felsen gehockt, sagte Billy. Vernon iss direkt an'm vorbei, aber der Kerl hat'm nichma' die Hand hingestreckt.

Die Treiber schauten Holme an, eine bizarre Kollektion von Gesichtern, wie aus Schnipseln und Flicken zusammengefügt, haarig, verdreckt, halb zahnlos, die verwitterten Mäuler voller Kautabakkrümel. Der eine spuckte aus und fixierte ihn dann mit schiefem Blick.

Iss das wahr, Fremder? sagte er.

Holme ignorierte ihn. Ihr habt'm doch auch nich geholfen, sagte er.

Ich war zu weit weg, sagte Billy. Hättich garnich mehr schaffen können. Aber du, du warst direkt neben ihm.

Ich hab'n auch gesehn, auf dem Felsen da.

Stimmt, er'ss einfach dort rumgehockt; wieso ha'm ei'ntlich die Viecher'n Rappel gekriegt?

Genau. Wieso ei'ntlich?

Wo warst'n da, Fremder? Wie die Schweine durchgegang' sind?

Nirgends. 'n Stück weiter hinten.

Direkt dahinter, hä?

Guckt seelenruhig zu, wie Vernon vom Steilhang segelt; sagt nichma' piep.

Irgendwas muß die Schweine ja aufgescheucht ha'm.

Hm; hater nich grad gesagt, daßer direkt dahinter war?

Rührt nichma'n Finger.

Tscha, Fremder; das ha'mwer gern, andern Leuten ihr Vieh verrückt machen.

Mit Tagedieben ha'mwer hier näm'ich nich viel am Hut.

Vernon hat nie jemand'n Haar gekrümmt. Kannst jeden fragen.

So'n Scheiß, sagte Holme. Ihr seid ja plemplem, ihr Deppen.

Friede sei mit euch, Freunde, flötete eine Stimme von hinten. Zwei der Treiber zogen die Hüte. Holme spähte forschend in die Runde.

Ein Geistlicher, zumindest dem Äußeren nach, stapfte über den Hügelkamm, trat näher, hob segnend und grüßend die

Hand, wehrte zugleich ein paar Fliegen ab. Er trug einen staubigen Gehrock und hatte einen Spazierstock dabei. Auf seiner Nase saß eine achteckige Nickelbrille mit nur einem einzigen, die späte Sonne spiegelnden Glas; aus dem leeren Gestell daneben lugte ein triefendes Auge.

Was'n das für'n Händel hier? Heh? Er blieb stehen, blickte die Männer der Reihe nach an; dann, als habe er etwas vergessen, sah er zu Boden, zog ein Taschentuch aus dem Ärmel und schneuzte sich.

Tag, Reverend, sagte Billy.

Tag allerseits. Gott segne euch. Grundgütiger, was war'n hier los?

Schweine, sagte einer der Treiber. 'n gottverfluchtes Kuddelmuddel von Schweinen. Verzeihung.

Schlimme Worte machen mir genausoviel Kummer wie schlimme Taten, sagte der Reverend. Drum bin ich ja hier. Was hat er'n angestellt? Ihr wollt'n doch nich etwa aufhängen, oder? Die Rache iss mein, sagt der Herr. Lynchen iss gegen's Gesetz. Wieso sind'n die Schweine überhaupt durch?

Der Kerl da, der hatse aufgescheucht, sagte Billy.

Garnich wahr, sagte Holme.

Und ob.

Tja, einer lügt ja dann wohl. Na denn, junger Freund, guck mir mal in die Augen und sag, daß du die Schweine nich aufgescheucht hast.

Hab sie nich aufgescheucht, sagte Holme.

Die Treiber drängten sich neugierig näher.

Der Priester sah wieder zu Boden, steckte das Taschentuch in den Ärmel zurück.

Und, Reverend?

Ich glaub, er war's.

Sag ich doch, sagte Billy.

Himmelarsch, sagte Holme; ich hab überhaupt nich...

Gib acht, wasde sagst, Freundchen, sagte einer der Treiber. Stehst immerhin vor'nem Priester.

Aber hängt'n nich auf, Freunde, sagte der Reverend. Bloß

nich. Wir bringen ihn vor den Richter. Gebet dem Kaiser, was seins iss.

Wegen dem iss Bruder Billy sein Bruder Vernon vom Kliff geflogen, mitsamt den Schweinen.

Moment mal, verdammt, sagte Holme.

Jetz fluchter schon wieder.

Hängt'n auf keinen Fall auf, Freunde, rief der Priester. Kommt nix Gutes dabei raus.

Ha'm alle gesehn, waser gemacht hat, sagte Billy. Alle.

Der Priester sah wie ein kohlschwarzer Vogel aus. Er hielt den Blick gesenkt, klopfte mit dem Spazierstock auf dem Boden herum. Bloß nich aufhängen, sagte er. Herr des Himmels, hängt'n nich auf. Kopfschüttelnd murmelte er es immer wieder laut vor sich hin.

Sein Sie jetz lieber mal still damit, sagte Holme.

Iss eine ernste Sache, das Aufhängen, sagte der Priester. Bin bloß in den schlimmsten Fällen dafür.

Naja, aber schwätzen Sie doch bitte nich dauernd davon...

Zerrissen von Schuld. Der Priester nickte traurig, ohne Holme zu beachten. Völlig zerrissen von Schuld.

Wir ha'm ihn alle gesehn auf dem Felsen da.

Wieso hast du das getan, mein Sohn?

Holme blickte in die Runde, forschte nach einer letzten Spur von Vernunft. So'n Scheiß, sagte er.

Ich glaub, das mit den Schmutzwörtern ha'm wir dir schon gesagt.

Der Priester fuchtelte sinnlos mit dem Spazierstock herum. Freunde, auch wenn er wahrscheinlich den Teufel im Leib hat, hängt'n nich auf.

Am besten, wir pfeffern'n über die Klippen, sagte Billy; so wie er's mit Vernon gemacht hat.

Wie tief isses denn? wollte der Priester wissen.

So tief, daß keiner mehr raufkommt.

Billy weiß garnich, waser seiner Ma sagen soll, Reverend. Hat keinen Schimmer, wie er's ihr beibringen soll. Stimmt's, Billy?

Und ich weiß nich, wiewer Greene sagen, was mit'n Schweinen passiert iss. Waren garantiert zweihundert Stück, die'n Bach runter sind.

Trotzdem, Freunde, sagte der Reverend; schmeißt'n nich über die Klippen. Dann lieber noch aufhängen.

Findich auch.

Was meinste, Billy? Er war immerhin dein Bruder.

Könntich wahrscheinlich ruhiger schlafen. Und Vernon hätt's sicher genauso gewollt.

Vielleicht möchter sich's aussuchen, der Kerl.

Sie blickten Holme an.

Hat's Vernon sich aussuchen können? sagte Billy.

Auch wieder wahr.

Vielleicht isses ihm wurscht. Wie hättste's denn gern, Fremder? In'n Baum oder in'n Bach?

Holme fuhr sich mit den Händen über die Overallbeine und sah sich mit großen Augen um.

Wenn's ihm eh wurscht iss, dann hängenwer'n doch einfach auf. Hab noch nie einen baumeln sehn.

Wir ha'm aber keinen Strick.

Sie hielten inne und glotzten sich an.

Strick?

Ohne Strick geht's nich.

Im Wagen iss einer. Cecil hat einen im Wagen.

Menschenskind, biswer den jetz erwischen, isser zehn Meilen flußauf.

Ach wo, iss doch schon spät; hat sich bestimmt längst'n Lager gemacht. Wennwer uns beeilen, sindwer vorm Dunkelwerden dort und hängen den Kerl auf.

Ich glaub, wir pfeffern'n doch in'n Bach; dann iss Ruh.

Nee, lieber nich. Außerdem, Billy möcht, daßer baumelt.

Vernon hätt's sicher genauso gewollt, sagte Billy.

Und der olle Greene hätt garantiert auch nix dagegen.

Schmeißt'n nich über die Klippen, Freunde. Das wär nich christlich.

Okay, dann wollenwer ma'.

Ab die Post, Fremder; jetz geht's baumeln.

Sie marschierten flußaufwärts los.

Der Priester ging neben Holme her. Aus welchem Höllenpfuhl kommst'n überhaupt, Mister? fragte er.

Holme warf ihm einen überdrüssigen Blick zu. Aus gar keinem, sagte er. Ich komm aus dem Johnson County.

Nie gehört. Bist du Christ?

Ja.

Siehst mir aber nich grad so aus.

Wahrscheinlich ha'm Sie nich richtig hingeguckt, sagte Holme.

Zieh nich das Priestergewand in'n Schmutz, mein Sohn, sagte der Geistliche. Zieh nich das Priestergewand in'n Schmutz.

Scheiß drauf, sagte Holme.

Also sowas, sagte der Priester, was ha'm wir denn hier? Da würd ja sogar Jehova vor Scham in'n Boden versinken.

Holme gab keine Antwort.

Vielleicht isses irgendwie tröstlich für dich, daß dir in deiner letzten Stunde'n Priester beisteht, fuhr der Geistliche fort. Falls dein Herz noch nich endgültig von der Sünde verhärtet iss.

Sie sehn aber garnich aus wie'n Priester, sagte Holme.

Für dich bestimmt nich, sagte der Priester. Für dich ganz bestimmt nich.

Holme stapfte über die zerhauene Erde. Die Männer folgten dem von den Schweinen gebahnten Trampelpfad.

Wo wolltst'n überhaupt hin? fragte der Priester.

Zur nächsten Stadt.

Wie du in der Früh los bist, da hättst du wohl auch nich gedacht, daß es heut noch ans Hängen geht. Oder?

Holme schwieg.

Jaja, wer weiß schon, welcher Tag in diesem Jammertal sein letzter sein wird. Bist du getauft?

Gehn Sie doch endlich fort und laufen woanders, sagte Holme.

Wenn einer so richtig tief im Sündenpfuhl steckt, dann will er von Gnade und Heil scheint's nix mehr hören. Nichmal, wenn's ans Aufhängen geht.

Bei dem iss doch eh alles zu spät, Reverend. Da iss nix mit Heil.

Wahrscheinlich hast du recht, sagte der Reverend. Aber trotzdem, wenn ich könnt, würd ich'm ganz gern dazu verhelfen. Gäb'ne hübsche Predigt. Hab mal so eine für'n Blinden gehalten, der den Herrgott für seine Not verfluchen wollt. Wollt ihr sie hören? Iss'ne gute Predigt. Heb ich mir immer für was Besonderes auf.

Machen Sie ma', Reverend.

Aber nich die ganze. Also der Blinde da, der jammert auf einmal los und sagt: Gucken Sie mich doch an, blind wie ich bin. Und dafür soll ich Jesus noch lieben?

Tja, mein Sohn, sag ich, das solltest du wohl. Er gibt dir das Augenlicht, dann nimmt er's dir wieder. Wahrscheinlich warst du nich Christ genug, um was damit anzufangen; drum hat er gemeint, das bringt dich vielleicht auf den richtigen Weg. Schon manche sind über die Pfade der Not zu Jesus gelangt. Und wem ging's da besser wie einem Blinden? Bestimmt sieht er mehr wie andre, in einer so finsteren Welt wie der unsrigen. Und das hat ja wohl einiges für sich. Die Gnade Gottes iss keine leichte Last. Sie kann einem das Augenlicht nehmen oder auch nich. Sie kann einen beugen, sie kann einen krumm machen. Wen hat denn Jesus geliebt, meine Freunde? Die Lahmen, die Krüppel und die Blinden. Sie sind von Gottes Gnade versehrt, von seiner Liebe gestreift worden. Jeder beinlose Narr, jeder blinde Erdenwurm, wie du einer bist, iss eine Blume im Garten Gottes. Amen. Genau das hab ich ihm gesagt.

Wirklich'ne tolle Predigt, Reverend.

Wenn bloß Vernon sie auch noch hätt hören können.

Daraufhin isser bloß noch hingekniet und hat auf der Stelle sein Heil gefunden, sagte der Reverend.

Es war bereits später Nachmittag; der Pfad flachte allmählich ab und lief dann am Fluß entlang. Holme sah sich um, schlüpfte am Priester und nächsten Treiber vorbei und sprang.

Es ging tief hinunter; als er aufschlug, spürte er ein Ratschen im Bein. Den Mund voll Schlammwasser, kam er hoch, spuckte aus, wandte den Kopf. Sie standen in einer Reihe am Kliff und beobachteten ihn. Der Priester mit erhobenen Händen, gestikulierend. Die Treiber unter dem fahlen Himmel wie kleine, aufgerichtete Affen. Alle sieben starrten herunter. Holme hörte die Stimme des Priesters. Die Strömung trug ihn fort, das Bein schmerzte, aber er ließ die Gestalten nicht aus den Augen, bis sie ganz klein waren; schließlich drehten sie ab und schritten am Steilhang weiter, ohne Marschordnung, ungereiht, jeder für sich in der gegliederten Welt.

ÜBER DEM schattengestreiften Waldweg, im langen Dämmer, lassen die Blechwaren des Kesselflickers eine dissonante Vesper erklingen, er selbst ist gebeugt und gehetzt von der windigen Tagesneige, wie jene alten Verbannten, die, entleibt und Einlaß zum Himmel oder zur Hölle begehrend, für immer und ewig die Irrgärten des Zwischenreichs durchwandern, spurlos, unerschaffen, verstoßen. Gehetzt von Sorge, von Schuld, oder wie dieser freudlose Höker, den der Lärm seiner ebenfalls gramvollen untröstlichen Waren als blecherner Fluch beharrlich durch Wälder und Sümpfe verfolgt.

Auf der Lichtung stellte er seinen Karren ab und umkreiste mit gerümpfter Nase und argwöhnischem Blick die Überreste eines Feuers; eine schlanke Rauchsäule erhob sich daraus, wie der Stempel aus einer verbrannten Blüte. Im zertrampelten, befleckten Gras waren noch die Abdrücke von Schläfern zu sehen. Er legte das Kind auf den Boden, holte Holz und fachte das Feuer neu an. Dunkelheit brach herein; Fledermäuse begannen durch die Lichtung zu jagen, zuckten über die reglos auf den dürren Schenkeln kauernde Gestalt, wie kleine stimmlose Seelen. Dann verschwanden sie wieder. Ein Fuchs hörte auf zu kläffen. Der Kesselflicker, in seine mottenzerfressene Decke gehüllt, nickte ein. Das Kind schlief.

Drei Männer tauchten auf, wie aus dem Boden gewachsen. Der Kesselflicker fand keine Erklärung dafür. Sie stellten sich ums Feuer und blickten auf ihn herab. Der eine hatte ein Gewehr und grinste. Tag, sagte der Kesselflicker.

HOLME HUMPELTE aus dem Wald, tappte über ein kleines Feld dem Licht zu und strich mit den Fingern an den Halmen der feuchten Segge entlang; Insekten entschwirrten dem Dunkel, klatschten wie Regen auf sein Gesicht. Alles war still, bis auf ein leises windähnliches Ächzen, aber es wehte kein Wind. An der Lichtung angelangt, sah er Männer ums Feuer sitzen; mit erhobener Hand hinkte er in den Flammenschein. Als er, schon fast am Feuer, erkannte, wer sich dort wärmte, war es bereits zu spät. Sie waren zu dritt; ein Kind kauerte im Staub, dahinter der Karren des Kesselflickers; die Pfannen glommen im Licht wie die haßvollen Augen einer stummen, seelenlosen Feme, eilig versammelt, um über den Ankömmling zu richten.

Tag, sagte der Bärtige. Lang nich gesehn.

Holme schaute die Männer an. Sie waren gekleidet wie immer, saßen da wie immer, gleich einem stetig wiederkehrenden Traum. Gleich Wiedergängern in fieberverwüsteten Ländern: geisterhaft, greifbar wie Stein. Er schaute das Kind an. Eine Brandnarbe zog sich über die ganze Rumpfseite hin, die Haut war papierdünn und runzlig wie die eines alten Mannes. Nackt und halb mit Staub bedeckt, wirkte es fast wie ein Pelztier; es drehte sich Holme zu, blickte zu ihm hinauf, eine der Augenhöhlen war leer und schimmerte grellrot, wie ein Schürloch in einem brennenden Hirn. Holme wandte sich ab.

Hock dich her und ruh dich'n bissel aus, sagte der Bärtige.

Holme kauerte nieder, achtete dabei auf sein kaputtes Bein. Das Kind sah ihn unentwegt an.

Wem gehört'n der Kleine? sagte er.

Harmon lachte schallend los und klatschte sich auf den Schenkel.

Was iss'n mit seinem Auge passiert? sagte Holme.

Was für'n Auge?

Na, mit dem da. Holme deutete hinüber. Mit dem, das fehlt.

Hat er wohl irgendwo verloren. Er hat ja noch eins.

Zwei wären besser.

Wenn's langt. Manche ha'm näm'ich zwei und können trotzdem nix sehn.

Holme schwieg.

Vielleicht weiß der Kesselflicker, was da passiert iss.

Was für'n Kesselflicker?

Der in dem Baum da, sagte Harmon und zeigte mit dem Gewehr.

Schnauze. Hör gar nich hin, Mister. Was hast'n mit deinem Haxen gemacht?

Nix.

Der Bärtige kratzte mit einem Stecken Schlammklumpen vom Stiefel. Tscha, jedenfalls war's anscheinend nich schwer für dich, uns wiederzufinden.

Hab euch doch überhaupt nich gesucht.

Na, wennde woanders hinmußt, wieso biste dann hier?

Muß nirgends hin. Hab bloß das Feuer gesehn.

Hab's immer gern, wenn das Feuer richtig am Brennen iss. Weiß nie, was so alles vorbeikommt. Stimmt's?

Ja.

Genau. Könnt alles mögliche sein. Zum Beispiel einer, der nirgends hinmuß.

Und wo müssen *Sie* hin? sagte Holme.

Nirgends, sagte der Bärtige. Ich muß überhaupt nix. Er äugte Holme von unten her an. Na, wir sind ja auch leicht zu finden. Wode eh schon ma' bei uns warst.

Holme drehte sich weg. Seine schweißbeperlte Stirn blitzte im Flammenschein. Er betrachtete den Karren, das Kind. Wo iss sie? sagte er.

Wer denn?

Meine Schwester.

Ach so, sagte der Bärtige. Die mit dem Kesselflicker.

Sind doch seine Sachen da drüben.

Der Bärtige drehte sachte den Kopf, spähte hinüber, drehte sich wieder um. Genau, sagte er. Die von dem, mit demde ma'n Geschäft gemacht hast.

Ich hab'm kein Kind gegeben, sagte Holme. Hab ich meiner Schwester auch schon gesagt.

Dann iss das da vielleicht'n andres.

Geht mich nix an.

Der Bärtige strich einen Lehmbatzen vom Stecken und warf ihn ins Feuer. Weißte, was ich glaub? sagte er.

Was denn?

Ich glaub, du hast dein Schwesterlein angeknallt und den Balg dann dem Kesselflicker untergejubelt.

Nix hab ich untergejubelt.

Hast wahrscheinlich gedacht, er versteckt'n für dich.

Hab überhaupt nix gedacht.

Was hast'n dafür hinblättern müssen?

Nix hab ich hingeblättert, für keinen. Bin eh immer blank.

Denkt nix, hat nix, iss nix, sagte der Bärtige. Er sah vor sich hin. Rechts von ihm kauerte der Stumme; er schien zu schlafen und ließ dabei die Hände zwischen den Knien baumeln, als harre er darauf, geweckt und gefüttert zu werden.

Wer sind Sie? murmelte Holme.

Was?

Holme wiederholte düster die Frage.

Der Bärtige lächelte. Ach so, sagte er. Na, das hattenwer doch schon ma', oder nich?

Iss mir eigentlich auch wurscht.

Der Mann hörte offenbar überhaupt nicht zu. Er nickte, als unterhalte er sich mit jemand anders. Er sah Holme nicht an.

Du hast uns noch garnich gesagt, wasde mit deiner Schwester gemacht hast.

Nix.

Und wo isse jetz?

Weiß nich. Abgehaun.

Die Geschichte kennenwer schon.

Geht Sie doch überhaupt nix an.

Das überlaß lieber ma' mir.

Harmon, das Kinn an der Gewehrmündung, drehte sich herüber. Er lächelte träumerisch.

Das kleine Schwesterlein, sagte der Bärtige; wahrscheinlich isse bloß'n Stück weiter die Straße hoch. Meinste nich?

Keine Ahnung. Hab sie ja nich gesehn.

Ähä.

Aber Sie vielleicht, sagte Holme. Sie wissen ja scheint's über alles Bescheid.

Haste nich grad gesagt, das geht mich nix an?

Holme gab keine Antwort.

Der Mann wischte den Stecken ab, stieß ihn ins Feuer und streckte die bestiefelten Füße aus. Gib'n ma' her, sagte er.

Was?

Gib'n ma' her. Den Kleinen da.

Holme rührte sich nicht. Das Kind schaute ihn immer noch an.

Oder isses dir lieber, wenn's Harmon macht?

Er warf Harmon einen Blick zu; Harmon beugte sich vor, hob das Kind auf. Es blieb völlig reglos. Baumelte an Harmons Händen wie ein gehäutetes Karnickel, eine große schaurige Puppe mit rachitisch krummen Beinen und nur einem Auge, das sich sacht öffnete und wieder schloß, wie das einer nackten Eule. Harmon stand auf, umkreiste das Feuer, reichte das Kind hinüber. Der Bärtige musterte es einen Moment; dann packte er es mit der Hand am Oberarm und setzte es sich zwischen die Füße.

Was wollen Sie denn mit dem Kleinen? sagte Holme.

Nix. So wie du.

Iss ja auch nich meiner.

Ähä.

Und wo iss der Kesselflicker? Der angeblich für ihn gesorgt hat?

Der hat ausgesorgt. Macht jetz keinem mehr Sorgen.

Sie brauchen den Kleinen doch garnich.

Wasser im Sommer und Feuer im Winter, das brauch ich, sonst nix. Wir quatschen hier nich über das, was ich brauch. Der Bärtige spuckte über den Kopf des Kindes ins Feuer; ein dünner Funkenschwarm stob aus dem graugrünen Qualm. Darum geht's näm'ich nich.

Hm.

Bist genauso wie alle anderen. Bist geboren, großgeworden, hast Familie und stirbst. Aber auf drei kommt nichma' einer, der wenigstens in'm schwarzen Anzug verrecken kann.

Holme, die Füße aneinander, die Hände an den Seiten, stand da wie in der Anklagebank.

Wie heißt'n der Balg ei'ntlich? sagte der Bärtige.

Woher soll ich das wissen?

Er hat keinen Namen.

Nein. Glaub nich. Keine Ahnung.

Die in der Hölle ha'm angeblich auch keinen. Aber mit irgendwas müssense ja gerufen werden, daßse dort hinkommen. Oder nich?

Vielleicht hat'm der Kesselflicker einen gegeben.

Nee, der garantiert nich. Außerdem, mit'm Namensgeber stirbt auch der Name. Der Hund von'm Toten hat keinen Namen. Der Bärtige griff in den Stiefel und zog ein schlankes Messer heraus.

Holme schien in die jenseitige Nacht zu sprechen. Meine Schwester tät's bestimmt nehmen, sagte er. Das Kind da. Wenn wir sie erstmal gefunden ha'm, dann tät sie's bestimmt nehmen.

Ähä, sagte der Bärtige.

Ich such sie ja schon die ganze Zeit.

Harmon schaute den Bärtigen an. Sogar der Stumme begann

zu glotzen. Der Bärtige packte das Kind, hob es hoch. Es äugte ins Feuer. Holme sah die Klinge blitzen, wie ein längliches Katzenauge, schräg und tückisch; ein dunkles Lächeln brach an der Kehle des Kindes auf, rann zerfließend herab. Das Kind gab keinen Laut von sich. Es hing einfach da, das Auge wurde glasig, gleich einem benetzten Stein; schwarzes pumpendes Blut überschwemmte den nackten Rumpf. Der Stumme schob sich auf den Knien heran. Er sabberte, begann leise und kehlig zu winseln. Verharrte dann, immer noch auf den Knien, mit ausgestreckten Händen, mit leicht gerunzelter Nase. Der Bärtige hielt ihm das Kind entgegen; der Stumme ergriff es, warf Holme einen einfältigen Blick zu, vergrub das stöhnende Antlitz in der winzigen Kehle.

AM SPÄTEN Nachmittag schritt sie einen mit niedergewalztem Unkraut bewachsenen, von schmalen Karrenspuren durchzogenen Waldweg entlang und erreichte schließlich die Lichtung; verhärmt und halb wirr in ihrem formlosen sonnengetränkten Linnen, grazil zugleich wie eine Hindin, trat sie näher, blieb stehen, gebettet in einen Gral aus jadefarbenem, windigen Licht, schlank, zitternd, blaß, und beschwor mit gertengleichen Händen die sie umdrängenden beinlosen Geister.

Sacht, in einer Aura blutigen Untergangs, umschritt sie die Lichtung, zog mit fast schmerzlicher Anmut ihre Lumpen durch Staub und Asche, umkreiste das erloschene Feuer, die verkohlten Scheite, die kreidigen Knochen, den kleinen kalkweißen Brustkorb. Untersuchte die versengte Habe des Kesselflickers, die zwischen Schutt umherliegenden geschwärzten Pfannen, die Laterne mit dem verzogenen Glas, die schon rostige Karrenachse, die ebenfalls rostigen eisernen Radreifen. Durchforschte neugierig diese Schädelstätte. Konnte sich keinen Reim darauf machen. Sie wartete, aber niemand erschien.

Sie wartete die ganze blaue Dämmerung lang, wartete noch, als es schon dunkel war. Fledermäuse kamen und gingen. Wind wehte die Asche auf; der Kesselflicker drehte sich langsam in seinem Baum; niemand erschien. Schatten wuchsen kalt durch den Wald; die Nacht senkte sich über die einsamen Gestalten; nach einer Weile schlief die junge Frau ein.

Der Kesselflicker in seinem Totenbaum war für die Vögel ein wahres Wunder. Tags kamen die Geier, stießen wie rasende Schoßtiere die krummen Schnäbel zwischen Knöpfe und Taschen, hatten ihn bald seiner Lumpen, seines Fleisches entblößt. Schwarze Alraune sproß unter dem Baum, überall dort, wo die Saat des Gehenkten zu Boden fiel; im Frühling durchbohrte ein frischer Zweig seine Brust, entfaltete sich zum immergrünen Bukett, direkt unter dem gelben Grinsen. Winterschnee rieselte auf seinen verdorrten Schädel, auf die letzten noch daran haftenden Haarbüschel; vorbeiziehende Jäger bemerkten ihn nicht, wie er mit seinen ausgetrockneten Gliedern dumpf vor sich hinbaumelte. Erst als der Wind die Gebeine klappern ließ, als die Jahreszeiten sie nach und nach lösten, als in dem einsamen Baum nur noch der bleiche verwitterte Brustkorb hing, wie ein knöcherner Vogelbauer.

IN SPÄTEREN Jahren traf er manchmal einen abgerissenen freundlichen Blinden, der ihm aus seinem ewigen Dunkel einen guten Tag wünschte. Eines Mittags tappte der Mann mit seinem Stock durch den hellen Staub auf ihn zu, grüßte und reckte dabei, nach Blindenart, wie verwundert den Kopf. Holme wollte eigentlich weiter, aber diesmal hielt ihn der Blinde an.

Wie geht's? sagte Holme.

Gut wie immer, sagte der Blinde. Hätten Sie vielleicht was zu rauchen für mich?

Nein, Sir.

Nichmal'n kleinen Glimmstengel?

Ich rauch nich.

Aha, sagte der Blinde. Er knöpfte den Latz seines Overalls auf und fischte einen Tabaksbeutel hervor. Jaja, sagte er; tut gut, mal wieder die Sonne zu sehn. Nich wahr?

Holme musterte die ihm zugewandten, mit blauem Glibber gefüllten Augenhöhlen. Ja, sagte er.

Genau. Nach so langer Zeit. Der Mann formte eine schmale Rinne aus dem Zigarettenpapier, träufelte Tabak hinein und steckte den Beutel weg.

Wirklich'n schöner Tag heut, sagte Holme.

Der Blinde lächelte. Ich kenn Sie doch, sagte er. Wir ha'm schon mal mit'nander gesprochen.

Möglich, sagte Holme. Weiß ich nich mehr.

Der Blinde drehte seine Zigarette zu Ende und schob sie sich zwischen die Lippen. Klar, sagte er. Iss nich das erstemal, daß wir uns hier in den Straßen begegnen.

Sind halt so viele unterwegs zur Zeit, sagte Holme.

Genau, sagte der Blinde. Krieg ich tagtäglich mit. Streunen in der Welt rum wie Hunde. Wie wenn sie nirgends daheim wären. Hab doch gleich gewußt, daß wir uns kennen.

Holme spuckte aus. Ich muß wieder los, sagte er.

Aha, sagte der Blinde. Brauchen Sie was?

Ob ich was brauch?

Irgendwas.

Nee.

Ich frag immer ganz gern.

Was verkaufen Sie denn?

Nix. Ich befehl meine Arbeit dem Herrgott. Und der braucht Ihr Geld nich.

Da bin ich aber froh. Sind wohl sowas wie'n Prediger, wie?

Neinein. Woher denn. Was gäb's'n auch groß zu predigen? Iss doch eh alles klar. Wort und Fleisch. Mit Predigen hab ich nich viel am Hut.

Holme lächelte. Was ha'm Sie denn so alles zu bieten? 'n blinder Alter wie Sie, der die Leute fragt, was sie brauchen.

Keine Ahnung. Hab da drauf noch nie'ne Antwort gekriegt.

Wie wollen Sie dann überhaupt zu was kommen?

Einfach mit Beten.

Und das klappt immer?

Ja. Eigentlich schon. Ich bet ja bloß, wenn ich wirklich was brauch. Sie nich?

Hab ich noch nie gemacht. Wieso beten Sie dann nich um Ihr Augenlicht?

Ich glaub, das wär'ne Sünde. Immerhin können meine ollen Glotzer noch sehn, daß sich da nix mehr dran ändern läßt. Wenn'n Blinder Augen bräucht, dann hätt er auch welche.

Trotzdem, Sie täten doch bestimmt gern sehn, wo's langgeht.

Was brauch ich das sehn, wenn ich's eh schon weiß?

Ich muß jetz wieder, sagte Holme.

Der Blinde stützte die Hand auf den am Bein lehnenden Stock. Er sog an der Zigarette; aus seiner dünnen Nase schossen zwei Rauchstrahlen, verteilten sich in der Luft. Ich hab mal in'ner Stadt'n Prediger gehört, sagte er. 'n Wanderprediger, der alles und jeden kurieren wollt. Die andern ha'm mich dort hingeschleppt; 's war nämlich'n ganzer Haufen von uns da, lauter Krüppel, und außerdem so'n Alter, der angeblich schon seine Krücken hingeschmissen ha'm soll. Jedenfalls, der Wanderprediger, von dem hat's geheißen, daß er die Blinden sehn machen kann. Auf einmal hopst einer hoch und fängt an zu brüllen, daß keiner weiß, was los iss. Angeblich iss deshalb der Prediger dann wieder fort. Geht halt finster zu in der Welt; wahrscheinlich war's gar kein richtiger Prediger.

Ich muß jetz aber wirklich weiter, sagte Holme.

Der, der damals gebrüllt hat, sagte der Blinde, den tät ich gern wiederfinden. Daß ich's ihm sagen kann. Der hat erst Ruh, wenn's'm endlich mal einer sagt.

Bis dann, sagte Holme.

Genau, sagte der Blinde. Bis zum nächstenmal.

Holme hob zum Abschied sinnlos die Hand, setzte sich die Straße entlang in Marsch. Das leise Tocken des Blindenstocks verebbte allmählich. Holme schritt weiter, lautlos auf bloßen Füßen, schlurfend, bar aller Anmut und Gnade, schritt hinaus aus dem friedlichen Feldergewirr, seine Zehenspuren weich im Staub, neben den tiefen Abdrücken von Pferde- und Eselhufen; ihm voraus, unter der hohen Nachmittagssonne, wanderte sein Schatten, eine dunkle Parodie seines Dahinschreitens. Die Straße führte mitten durch einen hellichten Brand; meilenweit in der toten Landschaft nur die versengten Baumschemen, nichts regte sich, bis auf die windgetriebenen Ascheschwaden, die schmerzlich hochwirbelten und über den kohlschwarzen Fluren wieder zerstoben.

Gegen Abend führte die Straße in einen Sumpf, hörte dort einfach auf. Vor Holme dehnte sich eine gespenstische Wüste; die vereinzelten Bäume darin, kahl und in qualvoller Haltung, erinnerten vage an Menschen, wie Gestalten im Land der Verdammten. Ein leise dampfender Totenhain, der sich hinter der Krümmung der Erde verlor. Holme hielt versuchsweise den Fuß hinein; der Morast klaffte auf, klebrig schmatzend wie eine Vulva. Holme wich zurück. Ein schaler Luftzug wehte von der Ödnis herüber, das Ried, die schwarzen Farne ringsum rasselten sanft, als ob sie in Ketten lägen. Holme fragte sich erstaunt, warum eine Straße ausgerechnet an einen solchen Ort führte.

Er kehrte um, in die gleiche Richtung, aus der er gekommen war; unterwegs kam ihm noch einmal der Blinde entgegen. Holme verharrte ganz still am Straßenrand; der Alte tappte durch den Staub an ihm vorüber, drehte dabei den Kopf und warf ihm sein blindes Lächeln zu. Holme sah ihm nach, bis er verschwunden war. Fragte sich, wo der Blinde hinwollte, ob er wohl wußte, wie die Straße endete. Man sollte es einem Blinden sagen, ehe man ihn einfach so ziehen läßt.

Cormac McCarthy

All die schönen Pferde

Roman
Deutsch von Hans Wolf
320 Seiten. Gebunden

Ein literarischer Western, ein Liebesroman und zugleich eine Parabel über die tiefsten Gründe der menschlichen Existenz – Cormac McCarthys Roman «All die schönen Pferde» wurde von der amerikanischen Kritik als sein Meisterwerk gefeiert und 1992 mit den beiden höchsten Literaturpreisen der USA, dem National Book Award und dem National Book Critics Circle Award, ausgezeichnet.

1949 – Zwei junge Ausreißer reiten durch Mexiko. John Grady Cole, 16, und Lacey Rawlins, 17, träumen von Abenteuern, heißblütigen Pferden und unberührter Natur. Sie verlassen die verhaßte Zivilisation und betreten jenseits des Rio Grande ein mythisches Paradies voll wilder Schönheit, voller Gefahr. Bald gesellt sich ihnen ein weiterer Junge hinzu: Jimmy Blevins, 14, ein kauziger Tolpatsch, dem das Pech an den Fersen klebt. Bei einer Springflut in der Wüste verliert er Pferd, Kleider und Revolver. Tage später sehen die drei das Tier im Stall eines Mexikaners und holen es sich im Schutz der Nacht zurück. Sie werden entdeckt und verfolgt, doch die Flucht gelingt; Jimmy Blevins zieht seiner Wege.

Lacey und John Grady verdingen sich auf der Hacienda des reichen Pferdezüchters Don Héctor, dessen schöne Tochter Alejandra schnell auf John Grady aufmerksam wird. Mit heimlichen Ausritten und nächtlichen Bädern fängt eine leidenschaftliche Liebe an...

Doch kurz darauf werden Lacey und John Grady verhaftet. Als sie in die Zelle gestoßen werden, liegt dort, schwer gefoltert, Jimmy Blevins. Man klagt sie wegen Pferdediebstahls und Mordes an, und ein böser Alptraum beginnt.

«Ein Buch wie ein Monolith: schwarz, mächtig, geheimnisvoll. ‹All die schönen Pferde› kreist um Themen wie Liebe und Ehre und Tod. Vor allem schildert der Roman eine Reise – eine Suche nach Identität und der Geschichte Amerikas.»

Der Spiegel

Rowohlt

Cormac McCarthy

Verlorene

Roman
Deutsch von Hans Wolf
656 Seiten. Gebunden

Cormac McCarthy beschreibt eine archaische Welt im Schatten der rigiden, rassistischen Gesellschaft des amerikanischen Südens, geprägt durch Armut und brutalen Überlebenskampf.

Knoxville, Tennessee, Anfang der fünfziger Jahre. In einem Slum am Ufer des Tennessee-Rivers lebt auf einem Hausboot ein Mann: Cornelius Suttree, Sohn wohlhabender Eltern, geflohen aus einem bürgerlichen Leben mit Frau und Kind und hadernd mit dem Schicksal, das ihn und nicht seinen Zwillingsbruder die Geburt überleben ließ.

Suttree schwankt zwischen Verzweiflung und anarchischem Überschwang. Er säuft, hurt und prügelt sich, landet im Gefängnis und kehrt ungebessert zurück...

McCarthy begleitet Suttree durch ein knappes Jahrzehnt seines Lebens, in Episoden voller grandioser, menschlicher Komik. Aber eigentlich steht im Mittelpunkt des Buches der Fluß, Lebensader und Styx: Suttree lebt vom Verkauf der Fische, doch allzuoft treibt eine Kinderleiche im Wasser. Im Schlamm und an den Abstürzen des Steilufers vegetieren die Außenseiter, die heroischen Überlebenskünstler; auf der anderen Seite des Flusses, hell erleuchtet und unerreichbar fern, liegt die moderne, die reiche Stadt.

McCarthys Welt ist ein unbezähmbarer, in leuchtenden Farben blühender Wildwuchs auf der Schattenseite des Lebens – eine Metapher für menschliches Leiden und menschlichen Lebenswillen.

«Cormac McCarthy ist der legitime Nachfolger Faulkners.»

The Washington Post